戯作・誕生殺人事件

辻　真先

JN090207

東京から北関東へ移住した、ミステリ作家の牧薩次とキリコ夫妻。高齢出産を決意したキリコは、地元の中学生・美祢に住み込みで手伝いをしてもらうことに。やがて臨月間近の秋祭の日、キリコにボールペンで手書きされた生原稿が手渡される。担当の助産師の息子が書いた時代ミステリ作品らしい。それが、キリコたちに新たな事件をもたらすことになろうとは——。折しも薩次は北京に出張中、キリコは大きなお腹を抱え難事件に挑む。台風19号の来襲、そして陣痛、さらに牧家を狙う怪しい影……。〈ポテトとスーパー〉シリーズ最終巻、待望の文庫化。

登場人物

牧薩次……………ミステリ作家、ポテト
牧キリコ…………薩次の妻、スーパー
醍醐美祢…………牧家に住み込みの中学生
可能克郎…………「夕刊サン」デスク。キリコの兄
可能智佐子………克郎の妻
鵜飼伸江…………カリスマ助産師
鵜飼香住…………伸江の娘。行方不明
鵜飼範彦…………香住の弟
醍醐影行…………鷹取神社宮司。美祢の父

戯作・誕生殺人事件

辻　真　先

創元推理文庫

AN EDO STORY : BIRTH MURDER CASE

by

Masaki Tsuji

2013

戯作・誕生殺人事件

第一章　陣痛

1

　台風19号の先ぶれが手荒に中庭をかき回すと、勢いに乗った雨が無数の拳をたたきつける。腰板のがっちりしたガラス戸も、厭な音をたてて撓《しな》いはじめた。

「雨戸、締めましょうか」

　美祢《みね》は声をかけたが、答えがない。

「……」

　背後で立ち上がった牧《まき》キリコは、なにかつぶやいていた。つい三十分前に陣痛を訴えた当人とは思えない穏やかさだが、口にする内容は穏やかといえない。

「嵐の山荘ものはミステリの定番のひとつだわ。クローズドサークルといってもいい。外部と連絡が途絶したせまい空間で、殺人が起きる物語なのよ」

「……?」

　美祢は呆気にとられている。ふだんあまり感情を表に出さない少女だけに、キリコもその反応を目にとめたようだ。

「気にしないで」

「気にします」

醍醐《だいご》美祢にきゅっと睨まれた。人形のように色が白くて表情に乏しいのに、こんなときは「凛《りん》」という形容が似合った。髪を短くしたせいか、アニメキャラなみに目が大きく見える。

エプロン姿で甲斐甲斐しくも幼いメイドが、神経質になるのは当然だ。今日にかぎってベテラン——というよりカリスマ助産師の鵜飼《うかい》仲江《のぶえ》がまだ来てくれない。キリコの義姉《ぎし》・可能《かのう》智佐子《ちさこ》も東京へ帰ったというのに、キリコがはじめての陣痛を訴えたのである。予定日まで時間はあったものの、射程距離にはいったのは確実であった。

このユニークというかわけのわからない妊婦が、中学生の少女を相手に痛みを訴えるなんて、よくよくのことだと美祢は感じた。

おりから台風19号の襲来である。山あいだけに風よりも雨が怖かった。ここ数日の雨量で土砂災害の危険があると、テレビが声高に警告を重ねていた。

仲江に連絡をとろうとしたが、相手の携帯は電源を落としたままだ。機器に不慣れな仲江が忘れた心配もあった。実年齢よりずっと落ち着いてみえる美祢も、さすがに浮足立っていた。

なにしろ亭主の牧薩次《さつじ》は、講演旅行で北京《ペキン》に出張中なのだ。帰国の予定は明日だが、陣痛が切迫して出産ということになったら、どうすればいい？

少なくともいま、古ぼけてだだっ広いこの家には、妊婦と美祢しかいなかった。出産の準備は隣の寝室に万端整えられているけれど、頼みの助産師が顔を見せるまで、中学生の小さな肩に牧家二世誕生の全責任がのしかかっているのだ。

少女は表情を消したづもりだが、キリコはちゃんと察していた。

「心配しなくていいのよ。赤ちゃんは明日まで待ってくれるわ」

妊婦にあべこべに慰められてしまった。

実際に痛みは治まっているようだ。キリコは寝室に行くでもなく、ダイニングルームのテレビを居間からのんきに視聴していた。予報によれば台風はこれからが本番らしい。正午まで間があるというのに、庭は薄墨色にけぶっている。

牧家はほとんど平屋で中庭を囲むようにコの字形に建てられ、リビングとダイニングは縦棒の位置にあった。敷地が意味もなく広くて、家の周囲は無秩序な空き地だ。とてもすべての面倒は見切れないので、キリコは中庭に的をしぼってガーデニングに精だしていた。

妊娠が確定してからは、長くこなしてきたタレント業から一切足を洗い、家事労働に専念したが、おなかが大きくなったあとは安産第一だ。庭仕事は美祢の精励《せいれい》さに、のこる空き地は雑草の繁殖力にまかせることにした。

中庭のぬし然として葉を繁らせるキンモクセイは、去年の春に薩次が若木を買って植えたものだ。咲くのは来年と植木屋にいわれたそうで、この秋にはきっと花をつけると、夫婦が楽しみにしていたから、美祢もていねいに手入れしていた。

風が強いので不安になって庭を覗くと、ヒョロヒョロのびたコスモスの群れはあっさり地べたにひれ伏していたが、キンモクセイは少し葉を吹き散らされた程度で、しっかりと大地に根を張っており、美祢を安心させてくれた。

「頑張ってますよ、あのコ」

背後のキリコに声をかけると、またひとしきりガラスが鳴ったので、「雨戸、締めましょうか」気をきかせた矢先に、彼女の立ち上がる気配があった。

それにつづく独白が「嵐の山荘」だったのである。

2

「気にします」

美祢は睨みつけたが、撫子《なでしこ》色のマタニティドレス姿で動物園のシロクマみたいに歩き回っていたキリコは、どこ吹く風で笑い返した。

「怒った？」

「怒ってないけど、お姉さん、いま〝殺人〟ていわなかった？」

「いったわよ。そっか。時と場合を考えろって？　あははは」

妊婦は豪快に笑った。

美祢にはこのお姉さんが、なにを考えているのかときどき見当がつかなくなる。天然と呼ぶには、彼女は少々トシがいっていた。お姉さんどころか、母娘ほどの年齢差がある。

「でもね。さっきの痛みが本物の陣痛か、まだ前駆陣痛なのかわからないもん。なんたって初体験じゃない。ギューとおなかが痛んだから、いよいよキタかと思ったのに、すぐ楽になってしまってさ。こんなときはイライラするより、好きなことを考えた方が気が紛れるって、仲江さんもいってたわ。だからこうやってお散歩なの。ホントは外へ出たいけど、19号の直撃じゃあね。げ……おなかの子がまた暴れた。サボるなママ、だって。生まれる前から親使いが荒いのよねー。へいへい畏《かしこ》まりました、お姫さま」

胎児の性別は女とわかっている。姿のない娘相手にしゃべり散らしてから、また足を運びはじめた。

「あのオ、台風と殺人は関係ないと思うんですけど。おなかの赤ちゃんがびっくりしてますよ」

キリコはひらひらと手をふった。

「それなら大丈夫。胎教の代わりにミステリの話をしてやってるの。生まれる前に、親の属性を学習させておかなきゃ」

彼女の亭主牧薩次は推理作家だ。『完全恋愛』という長編で本格ミステリ大賞を受賞した経歴はあるが、ベストセラーに縁遠いので知名度はあまり高くない。ミステリ好きの美祢はよく知っていたが、仲江にどの程度の知識があったものか、「人殺しの話を書く殿方としては、ちゃんとしていらっしゃる」とズレた感想を述べていた。

そんなまっとうな亭主の伴侶《はんりょ》にしては、キリコは少々ハミ出たところがある。美祢は、呆れる前に唇をほころばせた。キリコさんてこういう人なんだ……そんなキャラまで含めて、彼女はスーパーさんなんだ。

「参っちゃうな」肩をすくめた。

こんなときの美祢には女の子らしい愛嬌があるが、ふだんはポーカーフェイスを決めこんでいて、同級の男子からは敬遠の四球がつづいている。女子生徒の間では美祢を贔屓《ひいき》する男性教師の名がいく人も噂にのぼり、クラスではダントツに浮いた存在だと自覚していた。

今年の初夏に体調を崩してしばらく学校を休んだとき、いじめを懸念する教師が飛んできたが、彼女も父親もあえて一笑に付した。クラスメート全員にシカトされても意に介さない強靭《きょうじん》さを秘めた美祢だけれど、ときに周囲を寄せつけまいとする頑なさが、教師の目に危うく見えていたのだろう。

読書傾向もやや偏《かたよ》っていた。コミックやラノベも読んでいるが、級友に話を合わせるための実用的な意味合いがあり、量的にはミステリが遥かに多い。それも新旧問わず本格もの中心だったから、薩次の名を知っていたのだ。教室で嗜好を公言したことはないが、このお姉さん相手なら気安く口にできる。

「嵐の山荘テーマのミステリならいくつも読んでますよ。こないだ牧先生の書庫から借りた『霧越邸殺人事件』がそうでしょう」

「美祢ちゃん、読むのが早いんだ。読後感はいかが。ダンナが綾辻《あやつじ》先生に会ったら伝えてくれるよ」

「えっとですね……」

つりこまれそうになって、踏みとどまった。

「殺人の話はやめましょうよ。あのおばあちゃんに聞かれたら、白髪を逆立てます」

「鵜飼伸江さんならおばさんよ」

「八十歳超してますけど」

「百歳になっても、女性は若く思われたいの。美祢ちゃんは若いから容赦ないわね。……ああ、キミはまだ中学生か。私だってそんな時代があったんだな……はじめてポテトに会ったのがそのころでさ」

いつぞやその話を一時間も聞かされた。またのろけられてはたまらない。美祢は短くした髪をふりたてた。

「来年の春には高校生です」

「そっか」

笑顔のキリコは、美祢を見やった。

「大人なんだ。赤ちゃんだって産めるんだ」

あわてたように少女が話をそらした。

「散歩はもう中止ですか、おばさん……あ、ごめん。お姉さん」

「それでよろしい」

キリコはまた歩きだした。まるまるとしたおなかを抱えて十二畳の居間を一周する。三日前に美容院へ行ったばかりなので、胸から上だけ見ていると十分にみずみずしい女っぷりだ。もとタレントだけあって、さすがよねえ。素直に感心するほかはない。

初の陣痛に見舞われても、額に縦皺を刻む程度でやり過ごしたキリコを、多少の敬意を払って見直した。

またひとしきり、ガラス戸が揺れた。ダイニングルームは庭に面して腰高の窓があるだけだが、居間の開口部は一間幅の掃きだしになっている。今どき珍しい木製の建具なので敷居から雨が吹きこんでは厄介だ。バスタオルを巻いて敷居に押しこむテキパキした動きを、キリコが褒めた。

「台風慣れしてる」

「うちはここよりずっと古いんです。雨漏りの染みなんてもうしょっちゅう。天井は一面の世界地図だから」

思い出したように美祢は居間の天井を見上げた。改装費用を最小限に抑えたので、いまも古風な棹縁《さおぶち》である。

「二階……雨が漏ってないかしら」

玄関に近く一部だけだが、二階が設けられていた。屋根裏部屋と呼ぶ方が実態に合い、もとは納戸だったが今は薩次が書庫として使っている。

「あそこなら安心よ。完全防水仕様を信頼しましょうよ」

「うちもそうすればいいのになあ」

美祢が子供っぽく口をとがらせる。父の醍醐影行《かげゆき》は歴史のある鷹取《たかとり》神社の宮司《ぐうじ》だが、歴史はあっても金はないと笑っていた。リニューアルも拝殿や社務所が優先で、私的なスペースは老朽化している。

宮司のトレードマークはどじょう髭で、そんな年でもないのに仙人みたいと、キリコにいわれたことがある。ずいぶん貧乏たらしい弱気な仙人だ……。

防水の準備をすませて厚手のカーテンをひくと、いくらか雨音は低まったが、風の勢いは衰える様子がない。テレビの気象予報が聞こえなくなるほど、天空から舞い降りる唸り声が、牧家の屋台骨を震わせた。

ギギギという低く鋭い音にまじって、ガタンと異質な人工音が二階から聞こえ、美祢を不安がらせた。

「見てきましょうか」

「大丈夫」

キリコは驚くほど自信たっぷりだ。

「いいからここにいらっしゃい」

「はい……」

素直に腰を下ろそうとして、薄暗くなった居間のスタンドの明かりを入れる。

「寒くありません？　石油ストーブ運んできますけど」

「ありがとう。父子家庭で育つと気がきくんだ」

美祢はビクリとした。父ひとり娘ひとりの暮らしなのに、なぜ住みこみのメイドを志望したのか。当然起きそうな疑問を投げつけられるかと、体を硬くしたのだ。だがキリコはそれ以上なにもいわずに、シロクマ運動を再開していた。

それにしても、本当に仲江おばさんはどうしたんだろう。臨月が近づき週二回だった妊婦健診を隔日にしたばかりなのだ。予定通りなら今日は午前十時に顔を見せるはずだった。壁にかかったデジタル時計の表示は9時55分だけれど、几帳面で用心深い彼女は、ハンで押したみたいに決まりの時刻の十五分前に到着していた。

いくらしっかりして見えても、八十三歳の老女である。冷酷な目で観察すれば、このところ彼女はいくつかの失敗を演じている。ひょっとして今日も……？

美祢はかぶりをふった。

まさか。あのプロ意識に燃えたおばあさんが——あ、ごめんなさい、おばさんが致命的なミスを犯すはずはない。決してない。そう信じているからこそ、キリコさんも平然と構えているんだわ。

でも、と無表情の仮面をかぶったまま、少女は心の中でべつな不安をかきたてていた。

行方不明になってしまったミステリの原稿。

いったい誰が、どんな理由で、キリコの許へ届けたのか。

今日この家で事件が起きれば、まさに「嵐の山荘」ものといえるが、あの原稿に記されたミステリでは、「密室」が主題となっていた。

3

鷹取市は関東平野が尽きる西北部にある。新幹線からも在来線からも離れていて、首都圏の活気に無縁な静かな町だ。かつてはJRの上越線《じょうえつ》から分岐して、みじかい盲腸線が走っていたが、八〇年代の地方交通線廃止の嵐であっさり消滅してしまった。それ以前からこの町は、ゆっくりと斜陽の道をたどっている。平成の大合併で市域が県下第二位に広がった代わり、今では在来線の鷹取口駅周辺に多少の活気があるばかりで、人口密度の希薄さはダントツの一位となった。

十二畳の居間は玄関から少々遠いが、廊下に面したドアを開ければすぐ寝室だ。食堂とキッチンを介して勝手口に直結しており、キリコにいわせると「ここがわが家の本町交差点」だそうだ。

本町は鷹取市の中心で、鷹取銀座《ぎんざ》と呼ばれる商店街がつづいている。その東側の歓楽街が「ほーくしてぃ」だ。盛り場の核であった鷹取シネマはとうに潰れ、一帯は地方都市定番のシャッター通りと化していた。

牧家の居間は畳に絨毯を敷いて洋風に使っている。ゆったりしたテーブルと椅子数脚の他はフロアスタンドとロッキングチェアくらいで、歩行を邪魔するものはない。テレビやパソコンのたぐいは、すべてダイニングルームの壁面に配置してあるので、居間はむしろガランとしていた。

鷹取有数の名門だった鵜飼家の屋敷だけに、間数は多い。住みこんで二カ月になる美祢が、まだ一度も足を踏み入れたことのない部屋だってある。

二十年近く前、独居していた鵜飼伸江からキリコの両親が買い取った屋敷だ。家業のスーパーマーケットを売り払い、東京のド真ん中からこんな田舎へ越してきたのだから、娘に似てユニークな夫婦であったらしい。

中学以来のキリコのあだ名がスーパーなのは、そんな家業のせいという説と、彼女が文武両道に秀《ひい》でて学習能力抜群のスーパーガールだからという説がある。熱心に後者を支持するのはキリコ当人に限られているようだが。

亭主の薩次がポテトと呼ばれる理由は、一目瞭然であった。さすがに中学のころのニキビ面ではなくなったが、熟年に至った今もデコボコした顔つきで、畑から掘り出したばかりのイモという印象に変わりはない。

可能家の両親はふたりとも、戦時中鷹取に学童疎開していた。荒物屋からスーパーへ、代々商売をつづけた南青山《みなみあおやま》界隈のあまりな変化に疲れ果て、ついの住処《すみか》を求めて再度この町へ〝疎開〟したのである。

牧薩次の父親で浄知《じょうち》大学などの教授を歴任した秀策《しゅうさく》が体調を崩し、転地療養のため鷹取に転居したのも、長い近所づきあいだった可能夫妻の転居が理由のひとつだ。かねて牧夫人は鷹取市のローカル医療の取り組みを評価していたので、市営病院と緊密な協力態勢をとる老人ホーム「やすらぎの巣」を夫の療養先に選んだ。

皮肉だったのは鷹取へ転居して間もなく、夫人の肺ガンがみつかったことだ。消化器のガンと違って自覚症状に乏しいため発見が遅れた。息子そっくりの丸顔だった彼女は見る影もなく痩せ衰えた。闘病生活は半年で終わりを告げ、ホスピスにも実績のある市営病院で、牧夫人は静かに息を引き取った。

これが薩次やキリコを育てた世代の最初の退場となり、その後五年の間に、老人たちはつぎつぎと世を去った。

両家の親の見舞いと看病で、薩次もキリコもすっかり鷹取に馴染《なじ》み、東京のマンションより、鷹取の可能家で過ごす時間が多くなった。

敷地八百坪、建築面積二百八十坪。東京の常識からすれば堂々たる豪邸だが、実態はボロ家である。風格と裏腹におそろしく使い勝手がわるく、その不便さまで喜んでいた人のいい可能家の両親は、もういない。キリコの兄にあたる可能克郎《かつろう》が相続したものの、勤め先が東銀座の「夕刊サン」社なので、はっきりいって始末に困った。

「別荘代わりに使うったって、全部の雨戸を開けるだけで二十分かかるんだぜ。掃除を終えたらもう東京に帰る時間だ」

ぼやく兄貴に、妹が助け船を出した。

「タダみたいに安ければ借りてあげる。住む人がいないと家はすぐに荒れるからね。兄貴の大切な財産でしょ。しっかり使うからまかせなさい」

スーパー・ポテトとも東京脱出をもくろんでいたので、渡りに船だ。兄貴相手に脅迫じみた詭弁を弄《ろう》して、豪邸に〝牧薩次・キリコ〟の表札をかかげてしまった。

もともとポテトは風貌からして田舎が似合っていた。パソコンとネット環境があれば、原稿はデータとして瞬時に編集部に届く。宮仕えの義兄と違って、東京と鷹取の物理的距離は薩次の仕事にまったく問題がなかった。

老親の間でいちばん長命だったのが、意外なことに牧秀策であった。「やすらぎの巣」でも長老と奉られ、温厚な人柄で居住者の敬意を集めながら、昨年の晩秋に老衰で静かな最期を迎えた。

牧夫婦の屋敷から車で五分の距離だったから、薩次は思い残すことなく介護に精だすことができた。お気に入りの嫁のキリコも、義父が好んだ酒の肴をせっせと運んだ。深酒はしないが、適度の酔いを愛していた老人は、キリコが顔を見せる都度上機嫌になった——そんな秀策であったが、なにかのはずみに、スーパーとポテトにしみじみ漏らしたひと言がある。

「見たかったたな……孫の顔を」

薩次もキリコも、父の言葉に胸を衝かれた。

大正・昭和・平成と充実した時を過ごし、戦時中を除けば、見事にオールドリベラリストの生涯をまっとうした秀策である。曲がりなりに息子も志した道を歩むことができた。まずまず親に孝養を尽くしたつもりでいただけに、本音を耳にしたスーパーとポテトはショックを覚えた。

年明けてすぐ、冬のよく晴れた日。

牧家の墓は御剣《みつるぎ》の集落にある。往年の鷹取線の終着駅はもはや跡形もなく、小学校も廃校になっていたが、秀策は意識してそんな場所に菩提寺を選んだのだ。手が届くほどの近さに鷹取山がうずくまっていて、山の眺めを好んだ母さんが喜ぶとつぶやいた父の笑顔。その皺の一本一本まで薩次は記憶していた。

今は父も眠りについたばかりだ。二人の名を並べた鑿《のみ》の跡はまだ白々としている。飾り気のない自然石の墓碑に手を合わせたとき、スーパーがぼそっと口にした。

「私、ポテトの赤ちゃんがほしい」

薩次はしばらく黙って、白いものを戴いた鷹取山を見つめていた。

「いいにくいだろうから、代わりに私がいったげるね」

亭主の横顔に話しかけると、ふたりの間を白い息が舞った。

「そのトシで？　でしょ」

代弁されたポテトは黙って苦笑した。

「すると私はこう答えるんだ。……体力なら自信があるよ。すかさずポテトは突っこむね。子供が成人するころぼくたちはもう年寄りになってるぞ。私ゃたちまち切り返すな。老人大国をなめるんじゃない。その時代になれば、日本人の半分はじいさんばあさんで、国だってヨボヨボだ。暮らしはジジババが自分で守るほかないんだよ。よたよたしてる暇があるもんか。ポテトも私もフルに老人パワーを発揮してるって！」

苦笑を頰に張りつけたまま、亭主は質問した。

「その後、ぼくはどう答えるのさ」

「もちろんこういうわ。スーパーありがとう、きっとすてきな子供が生まれるよ……でしょ？」

笑いかけられた薩次は、改めて墓碑に手を合わせた。

「……だってさ。親父、いつかきっと三人で墓参にくるからね。楽しみに待っててくれ」

4

高年齢出産については、克郎も智佐子もなにもいわなかった。反対したところで素直に聞く妹ではないと熟知しているし、体力的な不安は皆無とも承知していた。それに手回しのいいスーパーは、義父の介護を通じて顔馴染みになった市営病院の院長から、母体の健康について太鼓判をもらっていた。

多少もめたのは、スーパーが強硬に自宅出産を主張したときである。智佐子の場合はなんの迷いもなく、近隣の大病院の産科で出産した。現在は大学生を筆頭に一男二女の子持ちで、すべておなじ病院で産んでいる。「なにかあったとき不安だからな。俺は臆病者なんだ」それが克郎の考えだった。

マスコミ最前線で責任ある役についていたので、妻の出産に立ち会えない場合がある。智佐子の実家では精力的であった祖母が先年亡くなり、家業に手一杯の親の助力は望み薄であったため、智佐子も積極的に病院で産むことを選んだのだ。

だがその体験はプラスばかりではなかったらしい。キリコほど強い個性に乏しい智佐子は不満を漏らさなかったが、機械的な対応に終始した病院に少なからぬストレスを覚えたようだ。

だからスーパーが、

「お産は病気じゃないわ。病院でなく自分ちで産む」

といった言葉を、肉親の克郎より重く受け止めていた。

さいわい自宅出産の環境は整っていた。「やすらぎの巣」に通い詰めた縁で、牧夫妻と共に秀策の臨終の床に立ち会った老婦人鵜飼伸江と懇意になったからだ。屋敷の売買を手伝った克郎や智佐子とは二十年来の馴染みであり、秀策にいわせれば「わしの最後のガールフレンド」でもあった。

彼女はベテランの上に〝超〟の文字がつく助産師だ。最初に取り上げた赤ん坊が今の村上市《むらかみ》長なのだから、まさにカリスマ級である。自分のことを産婆ですと胸を張り、あえて助産師の肩書を敬遠した彼女は、「やすらぎの巣」に入居してからも本町で産院を開いていたが、傘寿《さんじゅ》を迎えて看板をおろすことにした。後は悠々自適の予定だったが、スーパーの自宅出産の覚悟を聞いて翻意した。

「秀策先生のお孫さんなら、私がこの手で取り上げる」

市営病院の院長にそう宣言したという。産科も併設されているのだが、実は院長の息子は彼女の力で産声をあげたのだ。産み月に間があると思いこんでいた院長夫人が本町で買い物中に産気づき、転がりこんだ鵜飼産院で安産できた実績があるので、院長も彼女には頭があがらなかった。

仲江が週二度健診にきてくれることになると、智佐子も義妹《ぎまい》の自宅出産を手伝うと申し出た。経産婦の彼女だから心強い助っ人だが、東京に家庭をもつ主婦を常に鷹取にいさせるわけにゆかない。ナーニ子供は大きいからと克郎は笑い飛ばしたが、それではポテトの気がすまない。常時待機してもらうのは臨月を控えてから——ということになった。

薩次自身にも若干の問題がのこっていた。仕事の大半は鷹取で用が足りるが、細かな打ち合わせや急な企画の見直しで、不定期ながら上京の必要があったからだ。留守の不安を見越してヘルパーを頼もうとすると、当のスーパーが異議を申し立てた。

「家事なら私がいつも通りやる。その方が体のためになるし」

確かにそうだが、困ったことにこの屋敷の家事労働は、きわめて非効率的なのだ。献立作りはともかく、買い物にせよ清掃やゴミ出しにせよ、おなかを大きくした女性が右から左へこなせる作業量ではなかった。

車がなくては行動の自由がきかない地方都市なので、ごく実用的なワンボックスカーが、玄関脇の車庫にはいっている。ぶきっちょなポテトは四苦八苦して、スーパーは鼻唄まじりにスイスイ。と、免許をとるまでの違いはあったが運転歴の長い夫婦である。薩次が上京するとき鷹取口駅まで乗るくらいで、亭主のハンドル捌《さば》きを信用していないスーパーが、いつも送迎役を務めていた。はやぶさ号（それが牧家の愛車の名前であった）はスーパーのショッピングにも機動力を発揮しており、しばらくはなんの不便も感じなかったけれど、そうこうしているうちに、キリコのおなかが少しずつ迫《せ》り出してきた。

五カ月にはいってさすがに真剣に人手の問題に悩みはじめたころ、好都合な話が持ちこまれた。

好都合といってのけるには、少々うなずけない節もあったが、そのときの薩次はつい気軽く乗ってしまった。話を持ちこんできたのは、「やすらぎの巣」で旧知だった小袋《こぶくろ》という熟年のヘルパーだ。

その口ききで現れたのが醍醐美祢であった。

来年には彼女は高校へ進学する。旧鷹取の町並みは日々の人口減に脅かされ、中心部にある高校は一校きりになってしまった。設備や教師陣が充実した高校は、鷹取口駅付近の新市域にしかない。美祢が進学を希望する高校もそのひとつであった。

「まるで離島だな」

父の影行がぼやくのも当然で、おなじ市内だというのに自宅から通学するのは時間的に無理とわかった。高校通学のためには鷹取口駅周辺でアパート住まいするほかかない。

その資金を貯めるため、あわせて独立のトレーニングとして、少女は住みこみのヘルパーを希望したのだ。無資格だから正式のヘルパーとはいえない。昔ながらのお手伝いさん、あるいは行儀見習い。今ならメイドということになるが、もちろんフリフリの衣装に身を包むわけではない。

バイトをはじめてしばらくは夏休みだったけれど、二学期になれば彼女は登校する。昼間はキリコひとりだが、夕方から朝にかけては廊下を隔てた部屋で、美祢は起居した。たとえ薩次が不在のときでも、ソッコーで駆けつけてくれる。

中学生の女の子に大した期待はできなかったし、バイトはじめに挨拶にきた影行にいわせれば「猫よりマシでしょう」のはずであったが、これが当たった。

平均値の女性より遙かにうるさ型のスーパーが、「実働時間は短くても集中力があるから役に立つ」と認め、彼女に輪をかけた完全主義の伸江まで、「今の子にしては上出来ですよ」と褒めた。日曜日となれば自転車を駆ってショッピングに奮戦する。おなかの大きくなったキリコがハンドルをとる機会はめっきり減った。

「お休みの日くらい、お父さんのところへお帰りよ」

すすめられても、美祢は表情を消したままかぶりをふる。父子家庭だというのに、なぜ帰りたがらないのか。

「娘はいないと覚悟してくれなきゃ、安心して下宿住まいできません」

それはそうかもしれないが、キリコは少々腑に落ちなかった。

現に伸江も首をかしげていた。

「そんなにあの子は、帰りたくないのかしらねえ」

なにか事情があるのだろうか。いつか機会を見て小袋さんに尋ねてみよう。そう思いながらも、美祢の働きに不満があるわけではなく、つい時間が経過してしまった。

ともあれこうして、スーパー・ポテト夫妻の二世誕生のお膳立ては、万全の構えで整ったまま、今日はじめての陣痛を迎えたのである。

第二章　出産四カ月前　1

1

「爪先が見えなくなったの」

　キリコに告げられたとき、薩次はすぐにはその意味がつかめなかった。三秒後に、自分の鈍さを悔やんだ。そこまでおなかが迫《せ》り出した、という愛妻の報告なのだ。

「あと四カ月の辛抱だよ。ぼくのメタボは全治不能でも、きみならすぐもとのサイズにもどるさ。楽勝だ」

「わかってない！」

　時間差ナノ一秒もたたず言い返された。

「辛抱だなんて思ってないもん。いまの私は赤ちゃんと一心同体よ。スキンシップどころか、これ以上ないほど固い絆で結ばれてるの。男には絶対に理解不能の境地でしょうね。それがあと四カ月足らずで終わるなんて、勿体ないよ」

　おなかをさすりさすり言い切った彼女がニッと笑ってみせると、目尻にわずかだが皺が寄った。今年の春から気にしている皺だ。

こんなお婆ちゃんになっちゃって。ホントに赤ちゃんを産めるのかしら。

愛妻のつぶやきを耳にとめたことがある。体力に自信のあるきみじゃないか。そういってやりたかったが、亭主は眠ったものと思い本音を吐いたキリコに、そんな慰めを聞かせるわけにゆかない。

寝室も畳に絨毯敷きでベッドを置いていた。ハリウッドツインなので容易に愛妻のテリトリーに潜りこむことができる。といってもやがて夏にはいれば、廊下を隔てて若い娘が住みこむ予定だ。そうなればおのずと気を遣わざるを得ないが、今のところは夫婦ふたりの水入らずだ。

薩次はずりずりと体を横移動させて、愛妻のふくよかなおなかに肉薄した。間近に見れば見るほどその膨満ぶりは、雄大と形容するにふさわしい。もともとキリコは豊胸の持ち主だったから、ポテトの目には里山が三座隆起していると映った。

「ごめんよ」

親しき仲にも礼儀あり。薩次はまともに挨拶した。キリコにではなく、胎児にだ。

おなかの曲線に耳をつけようとする亭主の頭を、キリコが抱き寄せた。

「聞こえるでしょ」

「聞こえる。こないだより力強いぜ」

ポテトは相好《そうごう》をくずして、マタニティ越しに彼女の腹部に耳を埋める。

「あ……いま蹴飛ばされた。お転婆め」

顔をしかめたキリコに、ポテトが笑ってみせた。

「スーパーみたいに威勢のいい子が生まれるかな」

「私みたいに美人の、ね」

はっきりいってイモ娘に誕生されたくはないのだが、

「――ポテトみたいに頭のいい優しい子に会えるかも」

五体満足ならどっちでもいいというのが、本音ではあった。いずれにせよ母性愛の対象はまだおなかにいる。胎児の代わりにとりあえず亭主を抱きしめた彼女は、脂っ気の乏しい彼の頭髪をつくづくと見下ろした。

「白髪ができたね、ポテト」

「それだけ時間がたったのさ」

ぼくたちの歴史に。とつけくわえたいが、照れくさくて口にできなかった。

遠慮深く奏でられていた虫の歌が、いっせいに音量を増した。東京に比べれば虫が鳴きはじめるのはひと月早い。目を瞑《つむ》って、居間越しに届く庭の楽団の演奏に身をまかせていると、自分とスーパーを乗せた小舟が草むらの海に漂っているようだ。

以前住んでいた都会のマンションでは、ついぞ味わったことのない優しい夜であった。

2

謹啓

丁重なご書簡を頂戴して感謝いたしております。

わざわざ遠いお国から、私の受賞に過分なお褒めの言葉をいただいたばかりか、サイン会（中国語ではどう書くのでしょうか）開催のご意向と聞き、汗顔《かんがん》至極でございます。

御地を会場とする推理探偵文学会十周年のイベントとあれば、ぜひとも参加させていただきたく存じましたが、あいにくその期間に家を離れられない事情がございまして……。

「あっ」

便箋が目の前から、手品みたいに消失した。人影に気づいてはいたが、文章作成に集中していた牧薩次は、手紙と背後の気配とに神経を二分できるほど器用な男ではなかったのだ。

ベストセラー作家でも量産型作家でもないが、四半世紀にわたってミステリを書いて糊口《ここう》を凌《しの》いできた彼だから、キーだけはそこそこのスピードでタッチタイピングができた。ワープロのごく初期、富士通開発の日本語に特化したキーボード〝親指シフト〟を使い慣れていたからだ。だがキーから離れて肉筆になると、とたんに別人のような遅筆家になった。

褒めていうならおっとり、悪くいうならトロい亭主に比べれば、妻はサイボーグ009なみの加速性能を装備している。

「おい、返せよ」

転がしておけばすぐ芽を吹きそうなデコボコ顔で睨んだが、それを無視して文面を一瞥《いちべつ》したキリコは、ニベもない。

「却下」

「えっ。あっ。待てって」

狼狽するポテトをものともせず、白い手が便箋をまっぷたつに裂いた。

「せっかくのご招待をお断りするなんて、きみは日中国交を断絶させるつもりなの」

「そんなオーバーな」

椅子を回した薩次を、キリコは睥睨《へいげい》した。

「心配しなくてもいいの。あちらから申し入れてきた日取りは、予定の二週間も前じゃない。大丈夫だって」

「しかし早産というケースもあるぜ。もし北京滞在中に陣痛がはじまったら」

「あのね。産むのは私ですよ。ポテトが中国で産むんじゃないの。用意万端整ってる。大ベテランの産婆さんに、三人も産んだお義姉さんがついてくれて。家事一切はできのいい美祢ちゃんにまかせられるし。だいたいポテトの子供だもん、ゆっくりのんびりオギャオギャと生まれてきますって」

「しかし、短気なきみの子供でもある」

ポテトも頑固だったが、スーパーには敵わない。右手をのばした彼女は、亭主の唇を押さえた。

「しっ。黙って」

「え？」

「本人がなにかいってるの……うんうん、あらそう。わかったわ、パパにいっとく。……えっとね。親のスケジュールを妨害するのは本意ではない……さっさとサイン会に出かけなさいって」

そこでキリコはにこりとした。自分が子供になったみたいな無邪気な笑顔だ。

「こういうことは本人の意見を尊重しなくてはね」


母娘ふたりがかりでは、薩次もひっこむほかはない。

だが気が小さくて用心深い彼は、亡父に聞いた話を思い出していた。

「ホームで親しくしていた鷺沢《さぎさわ》という方は、知的な紳士だったのに認知症になった。われわれの年代になると、どんなはずみで発症するかわからないのだよ」

さいわい秀策はそうなる以前に、母のもとへ去ったが――妙に実感のある言葉だっただけに、矍鑠《かくしゃく》と認知症は紙一重という事実が、薩次の下意識に刷りこまれている。

（万一にも、鵜飼さんが）

馬鹿げた想像であり、超ベテランに失敬と思うのだが、それでも心配を反芻《はんすう》しないわけにゆかなかった。

彼の不安をよそに、いそいそと亭主の海外旅行の準備にとりかかるキリコから、事情を聞いた美祢は目を輝かせた。

「いいな。先生にどんなお土産を注文しようかな」

「かさばらなくて安いものを頼む」

薩次の声が本の山かげからあがったので、美祢がきゃっと声をあげた。

「先生、いらしたんですか」

ここは玄関に隣接した書斎――というより仕事部屋兼応接室だ。床だけコルクに敷き直しても、壁は漆喰《しっくい》のままだったが、窓をのぞく三方が書棚だから壁の色なんかわからない。読み終えた本や当分利用する予定のない資料類は、玄関の式台からのびた階段で即座に書庫へ移動できるが、部屋のあるじの不精が原因で客用のテーブルの上まで、本が積み上がってスカイツリー状態を呈していた。

「まだいたの」

スーパーも呆れ顔になった。

「とっくに二階だと思った」

「そのつもりだったけど、このマンガ凄いよ」

小説は亭主の守備範囲だが、コミックは愛妻が彼以上の目利きだ。本の山に隠れて耽読《たんどく》していた薩次を、キリコが覗きこんだ。

「加藤元浩《かとうもとひろ》さんでしょ。ポテトまだ新刊を読んでなかった？」

「いや、『Q.E.D.』と『C.M.B.』ふたつのシリーズを再読して改めて感心してるとこ」

「それはいいけど、文英社さんのエッセイ締め切りは今日じゃないの」

「『ざ・みすてり』なら昨日」

のほほんと答えた。作家として脂がのっている年代ではあるが、売れっ子とは言い難いから、秘書だのマネージャーはいない。スケジュールの調整はすべてセルフサービスだった。

「新谷《しんたに》さんに叱られるわよ。……って、彼はもう編集局長で常務さんか。あのとっちゃん坊やみたいなオジサンがねえ。『ざ・みすてり』の編集長はまだ青野庄伍《あおのしょうご》さん？　意外と出世が遅いんだ」

ひと言多い癖は学生のころそのままである。

「ざ・みすてり」は旅行誌「鉄路」やコミックの「少年ウィークリー」に比べると、おなじ文英社の刊行でもずっと後発だが、名の通りミステリを看板にかけた小説誌なので、薩次とは縁が深い。

総合出版社として社格をあげたい文英社が、同誌の発刊を記念して設立した「ざ・みすてり」大賞の第一回受賞者がポテトだから、彼の推理作家としての経歴の半ば以上が、文英社と共にある。

残念なことに「ざ・みすてり」大賞は選考裏の複雑な事情があって、第二回以降の開催は中止されたが、後に発想を新たにして「ざ・みすてり」新人賞がスタート、更に企画を練り直して枚数一〇〇枚クラスの中編を、毎年公募することとなった。こちらは現在も無事につづいており、薩次も六年前まで選考に加わっていた。

この賞の特色は、三年を期限として作家ひとりだけに選考をまかせることだ。選んだ作家の個性が否応なしに出るから、選ぶ側も本腰をいれる。マンガ畑には「アフタヌーン」四季賞の例があって、かわぐちかいじ・谷口《たにぐち》ジロー・萩尾望都《はぎおもと》たちが代わる代わる選者を務めており、ミステリの世界でも島田荘司《しまだそうじ》のかかわるばらの町福山《ふくやま》のコンクールは有名だが、他の多くは複数の委員が選出にあたっていた。

「ざ・みすてり」新人賞のもうひとつの特徴は、受賞後の版元のアフターケアがていねいなことで、これまでに出た八人の受賞者の第二作はそれなりの話題を集めていて、高打率の新人賞として識者に定評があった。

その代わり入賞までのハードルは高い。直近の十年間に三度受賞作ゼロの年があった。そのうちの二度は薩次が選考にあたった年なのだ。人のいいポテトだから、入賞には及ばずとも見どころのある小説を、作者と相談づくで修正を試みるのだが、これがそうは簡単にはゆかない。

三年目の応募作では、あと一歩というところまで手直しできたのに、最後になって作者と連絡がつかなくなり、やむなくポテトも改稿を諦めたという経緯がある。

かりに完成したとしても、改めて賞に応募することはできない。せいぜい「ざ・みすてり」誌に掲載してもらって、わずかな原稿料を頂戴するのが関の山である。

彼が選考にあたった一年目には、作者の方から手直しを断ってきたくらいだ。青野編集長が確かめたところ、最終候補になった一〇〇枚を長編にひきのばして、他社のコンクールに応募したらしい。結果として第二次予選を勝ち抜くことができず、それっきり本人はやる気を失ったと聞く。

「人ごとと思えないんだよ」

薩次が愚痴ったことを、キリコは覚えている。

「ぼくはどうにか推理作家扱いを受けているけど、いろんな人の世話になったおかげで、運よく書きつづけていられるだけだ。新しい人の面倒を見るのは、その恩返しみたいなものさ」

「あははは」

キリコは笑い飛ばした。

「自分の商売仇《がたき》養成に、なんだってそんな熱心になれるのかね。こいつが凄い才能の持ち主だと思ったら、改稿の手伝いをするよか青酸カリを飲ませなさい。ベストセラーを一ダースくらい書いたあとにしてね、恩返しなんて烏滸《おこ》がましいこと考えるのは」

新人賞発表の席で選考の辞をしゃべる亭主をひやかしに行ったら、舞台のポテトが受賞者の名を言い間違えたので、げっそりして帰ってきたこともある。裏に回ったときの熱意はすばらしいが、派手な席ではどうにもサマにならない男なのだ。もっともキリコが惚れたのはそんな薩次のイモっぽさなのだからよくわからない。

3

「二階に運ぶ本、どれですか」

美祢が元気よく声をかけてきた。

「お手伝いさせてください」

「ああ……ありがとう」

未練がましくコミックから顔をあげて、ポテトが丸い顎をしゃくった。

「そこに積んであるだろ。『ざ・みすてり』『ジャーロ』『ミステリーズ!』『ミステリマガジン』……並べる場所、わかる?」

「はい。専門誌の旧号の書棚ですね」

しっかりした作りの大判の紙袋二つにぎっしりと詰めこみ、一気に運んでいく。華奢《きやしや》といっていい小柄な後ろ姿だが、危なげなかった。

見送ったスーパーがため息をついた。

「産んだあと、あんな体形にもどれるかな」

ふいにポテトが声を落とした。

「聞いたのかい？　小袋さんから」

「うん」

と、スーパーも小声になった。「聞いたよ」

美祢のことだ。昨日キリコは暑中見舞いにかこつけて、「やすらぎの巣」に出かけている。

ベテランヘルパーの小袋は、毒のない世話好きな熟女だけれど、ときとして台風の目玉になる。

「やすらぎの巣」を運営する市の若者たちは彼女に〝歩くツイッター〟の名を奉っているが、当人も居住者の大半もネットに不案内だから、意味をくみ取っていないようだ。日本語に訳せば金棒引きというところか。

そんな彼女であったが、醍醐家についてはけっこう口が重かった。

「鷹取神社は今では寂れているけど、小袋さんが子供のころは賑やかな氏神だったの。名物が冬祭に上演される少女歌舞伎で、高崎《たかさき》から見物にくる客までいたそうよ」

「へえ……少女歌舞伎か」

薩次が丸っこい首をかしげた。

「そんなグレードの高い神社の氏子だったのね、小袋さんは」

「ああ、だからめったな話はできないんだ」

氏神も産土神《うぶすながみ》も影が薄くなった大都会と違い、神社や寺院がかつての栄光をとどめる地方は数多く残されている。まして年配者となれば鷹取神社の名は格別のはずだ。

「でも内心では話したくて仕方なかったみたい。水をむけたら嬉しそうにしゃべりだしたの」

薩次は苦笑した。無責任な噂を聞きたいわけではなかったが、中学生の女の子を預かる立場として、彼女の家庭環境に無関心ではいられない。期待を上回る仕事ぶりの美祢に、夫婦とも情が移っていたからなおさらである。

「あのね」

キリコの声がさらに低まったのは、書庫の気配を窺っているせいだ。

「美祢ちゃんはね。あの宮司《ぐうじ》さんの本当の娘じゃないって」

「というと、養女かい」

「ええ。遠縁の女の子で御剣の集落に住んでいたの。三年前に鉄砲水で家ごと流されて、ご両親におばあさん、一家全員が亡くなったのね」

「そうか……鷲頭《わしず》川の上流は水害の多発地帯だからな」

薩次は沈痛な面持ちだ。

現に彼は、宿が二軒きりの無量《むりょう》温泉というささやかな観光スポットが、二十年近く前に土石流の直撃をうけ、一夜で跡形もなくなった大災害を取材したことがある。

「可哀相に。それで醍醐家に引き取られたのか」

「ええ。奥さんが美祢ちゃんを気に入ったの。器量よしだから、巫女《みこ》さんにぴったりだって」

前髪を眉のあたりで切り揃えた美祢の長い黒髪は、いかにもイメージに合う。相槌《あいづち》を打ってから、薩次がつけくわえた。

「もう少し愛想がよければ、看板娘だけど」

「神社に看板娘はおかしいよ。ニヤニヤ笑ってる巫女さんなんて気色わるいし。もともと奥さんは病弱だったから、家も宮司さんの世話も美祢ちゃんがまるごと引き受けたんだって。働き者になるわけね」

その醍醐夫人が亡くなったのは今年の二月、鷹取にも珍しいほど大雪が降った夜のことであった。

「つづけざまにお母さんをふたり亡くしたのね。……そしたら小袋さんがいうのよ。こうなると、顔だちがいいのも善し悪しだなんて」

「どういうこと」

「鈍いねキミは。それでよく作家が務まるよ。男やもめと血のつながらない美少女が、ひとつ屋根の下で寝泊まりしてるのに」

薩次がはっきり顔をしかめた。ヘルパーとしても女としてもベテランの小袋は、彼とうまがあわない存在であった。

「それは彼女の想像だろ。あの人らしいな」

「そういう小袋さんは人の殺される小説が嫌い。性善説の癖にポテトは人を殺す話ばかり書いてる。……でも美祢ちゃんが家に帰りたがらないのは事実だからね。親子の間になにかあると小袋さんが睨んだのも無理ないわ」

「だからって、彼女は絶対に帰らないと決めたわけじゃないぜ」

それはその通りだ。現に彼女は二泊三日で帰宅して、清掃と洗濯物を片づけてから昨夜もどったところである。

むろん歴史のある神社だから、宮司がなかなかの二枚目であることも手伝ってか、世話を焼く氏子は大勢いる。平均年齢がじりじり上昇しているのは否めないが、神殿や拝殿のたたずまいにこまめに目を配ってくれるし、美祢が養女にはいるまで病身の醍醐夫人に代わって、影行の身の回りの世話をした女性もなん人かいた。だが美祢は自分が養女にはいると、そんな町内の小姑《こじゅうと》（スーパーの呼称によれば、だが）たちに、家の面倒まで見てもらおうとしなかったし、実際の家事能力も高かったから周囲に文句をいわせなかった。

「ほんと優秀だよ。でもね……小袋さんに味方するつもりはないけど、なにかあるような気がする。女のカンというよか、スーパーのカン」

「そうか」

そこまでいわれると、薩次も真面目に聞かざるを得ない。彼自身は、美祢を伴って挨拶にきた影行と一度会ったに過ぎないが、キリコはお守りを戴くため神社へ出かけて、彼から安産の祈禱を受けている。夫人を亡くして淋しくなった醍醐家の内情も、聞くとはなく聞かされたはずであった。

「しっ」

キリコが唇に指をあてた。階段がリズミカルに鳴ったのだ。ポテトはパソコンにむかい、スーパーはそのあたりの小説を読みはじめた。

「先生」

キーを打つポテトの背中に、美祢が声をかけた。

「このミステリ、面白そう。今夜お借りしていいですか」

ふりむいた牧先生は破顔した。

「初野さんの『千年ジュリエット』かい。きみむきの学園ミステリだけど、どうせハルチカシリーズを読むなら第一作の『退出ゲーム』からがいい」

「あ、書棚で隣り合っていました。じゃあそっちから読みます」

軽い足どりで駆け上がってゆく。

ホッとしたような薩次に、

「『私の男』でなくて良かったわね」

キリコがからかい顔だ。桜庭一樹が直木賞を受賞した名作だが、少女と養父が男女の仲になる話だったからだ。

4

「あのう」

突然美祢が顔を出したので、夫婦は少しばかりあわてた。二度目に下りてきたときはひどくおとなしい足音だったので、気づくのが遅れたのだ。なにか考えながら足を運んでいたとみえる。

「……父にいわれていました。今からお願いしておけって」

「お父さんに？　なにかしら」

キリコは本を閉じ、薩次はキーの手を休めて少女をふりむいた。

「うちの御社で、むかし歌舞伎を上演していました。お聞きになったことがありますか」

美袮は意外なことをいいだした。

「鷹取少女歌舞伎？　ええ、耳にしているわ」

「鷹取市の主催で、この冬——というか来年早々に、復活公演が決まったんです」

「へえ。凄いじゃないか」

はっきりいって薩次は歌舞伎に詳しくない。舞台芸術すべてを含めるなら、大劇魔団《だいげきまだん》という劇団に多少のかかわりを持ったことがあるが、これまで歌舞伎とは縁もゆかりもなかった。まして少女と肩書がつけば、なおさらだ。

さすがにキリコは若干の知識を備えていた。

「市川《いちかわ》少女歌舞伎なら知っているけど。愛知県だったわね、発祥の地は。お稲荷さまで名が通ってる豊川《とよかわ》でしょう」

「はい」

にこりともしない。あいかわらず無愛想な少女だ。

「敗戦後すぐ、豊川近在に住んでいた十代の女の子たちが、市川升十郎《ますじゅうろう》師匠について歌舞伎の稽古に励みました。その舞台が十代目市川團十郎《だんじゅうろう》丈の目にとまったんです」

一九五〇年のことである。戦争の重圧に呻吟《しんぎん》していた大衆芸能の炎が、敗戦によって重石が外され一気に燃え盛ったあの時代。三河《みかわ》地方というローカルの弱みも、男の舞台に女が上がる違和感も、伝統がないと際物扱いする人々の目も、すべてを無視して突進できたのは、まさしくそんな時代であったからに違いない。

市川宗家お墨付きのもと、正式に市川少女歌舞伎を名乗って、三越《みつこし》劇場に明治座《めいじざ》に御園座《みそのざ》に堂々と公演を重ねたのだ。年間二百五十日を舞台で過ごすという、少女たちの猛烈な歌舞伎漬けの日々。

だが残念なことに時間は待ってくれない。十歳の少女も十年たてば二十歳になる。テレビ放映が開始されたこともあって話題が色褪せるにつれ、やがて少女歌舞伎の看板はひっそりと下ろされた。

だが今も各地にのこる数多い農村歌舞伎、たとえば酒田《さかた》の黒森《くろもり》歌舞伎、秩父《ちちぶ》の小鹿野《おがの》歌舞伎などは、二百数十年におよぶ歴史を誇っているし、当の少女歌舞伎も宗家から市川の名を許された女性の指導で、名古屋むすめ歌舞伎と名を変え命脈を保っている。

「神社は古いけど、鷹取歌舞伎はやはり戦後生まれです。有名だった市川少女歌舞伎を真似て、十代の女の子中心の舞台が組まれました。近くに疎開していた俳優さんが指導したと聞きますが、詳しいことはあまり……」

美祢は言葉を濁したが、もとタレントとしてキリコは感心した。

「大したものね。その少女歌舞伎を鷹取神社で復活上演するのか。私も出たい」

薩次があわてた。

「よしてくれ」

「あら、だって公演は来年の一月でしょう？　おなかはちゃんと萎《しぼ》んでるよ」

「だけど……少女歌舞伎なんだぜ」

「うは」

めったに後へ引かないスーパーだが、降参のほかはなかった。

「熟女歌舞伎じゃないんだ、女のコが出るんだ……」

「はい」

いつにもまして大真面目な「ハイ」の語感に、スーパーもポテトも顔を見合わせてしまった。

「ひょっとすると、美祢ちゃん」

「きみも出るのか、その舞台に！」

「はい」

最初は恥ずかしそうに見えたが、すぐ性根を据えたとみえる。

「出ます」

「どんな役で？」

尋ねようとすると、少女ははっきりと顔をあげた。

「主役です」

質問した薩次の方が驚いてオウム返ししてしまった。

「主役か！」

「はい」

力みのない返答だ。

「お父さんにすすめられて？」

キリコが念を押したのは、父娘の間のトラブルについて、なおも一抹の不安をのこしていたからだ。

美祢は否定した。「いいえ」

長い髪が左右に揺れた。

「父はむしろ厭な顔をしていました。でも私が出たいといったんです。死んだ母——私を産んだ母親は芸好きで、五つのころから私に舞踊を教えていました」

「そうか」

薩次は納得したが、キリコはもう一押しした。

「お父さんが厭というのは、あなたを箱入り娘として育てたいからかしら」

「違います、きっと」

美祢は淡々としていた。

「私がいなくなることを心配したのだと思います。……馬鹿みたい」

腹をたてているらしい最後のひと言だが、ふたりには意味がわからない。

「あなたがいなくなるって、なんの話」

「鷹取歌舞伎が中止になった原因は、主役候補が行方不明になったからです」

「まあ」

「えっと、なん年前のことだい」

「四十六年前です」

半端な数字だが、薩次の問いに美祢の答えは間髪をいれなかった。

「その女の子が行方知れずになるような、そんな事情でもあったわけ？」

「あったそうです……うちはずっと御剣に住んでいたので、よくわかりませんが」

半世紀近い昔のこと、それも隣町の神社の事件では、たとえ美祢の祖母が存命であっても詳しくは知らないだろう。だが鷹取の旧市域の住人にとっては、大きなスキャンダルであったはずだ。

「だからこの話は、みんな父の受け売りです……」

話をつづけようとした美祢は、ポシェットから携帯電話を出した。ポシェットは秋の七草を刺繍した和風の意匠でも、ローズレッドのケータイの上で猫耳のアニメキャラが笑っていて、美祢も中学生だなと意識させられる。少女は曜日を読み取った。

「今日は鵜飼のおばさん、おいでにならない日ですね」

「ええ、そうだけど……それがどうかしたの」

「はい。四十六年前失踪した十三歳の女の子は、香住《かすみ》さんといっておばさんの娘さんでした」

それを耳にした瞬間、四十六年という遠いむかしの出来事が、驚くほど身近な話題となって迫り、牧夫妻を圧倒した。

5

「……そんなことがあったの」

さすがのスーパーも、それだけ漏らすのがやっとだった。

「ですから父は、鷹取歌舞伎が復活するという話を、まだ鵜飼のおばさんにしていません。それもあって、私が歌舞伎に出ることに賛成しなかったのでしょう」

いえば寝た子を起こすことになる、そう考えたのか。

「だからって、ずっと内緒にしておける話でもないわね」

「そのころの鵜飼家は、鷹取神社の氏子総代を務めていました。ですから今でもおばさんに頭が上がらないみたい。父は気が小さいから、おばさんが顔をしかめるようなことは、一日でも遅くしたいんです。子供みたい」

手きびしい中学生の女の子にいわれては、影行も立つ瀬があるまいが、敵を作らない彼の性格が氏子の離散を最小限にとどめているともいえ、薩次は納得した。

「すると、歌舞伎の話は当分遠慮した方がよさそうだね」

「お願いします。おばさんには、折りをみて私からお話しします」

コクンと頭を下げると、黒い髪がふっさりと垂れる。愛想のない主人に代わって、トレードマークの長い髪は雄弁だった。

「四十六年前のことでも、母親にしてみれば昔話で片づけられては堪《たま》らないいさ」

亭主の言葉にキリコが賛同した。

「子供ができたおかげで、身につまされてしまったな。あたた」

「どうした」

「おなかの中で暴れた。そうだそうだといってるみたい」

キリコのジョークに、美祢の反応は真剣だった。

「聞こえてるのかしら」

「耳をすましてるよ、きっと。小さな命でももう人の形になってるわ」

「そうなんだ……」

まともにうなずく美祢の顔は、おとなびた女の表情に装われていた。

その様子を読みながら、キリコがいった。

「……だけど美祢ちゃんも、伸江さんのお嬢さんの事件については、よく知らないんでしょう?」

「はい。父は話したがりません。始まりは主役争いだった……それきりで口をつぐんでしまいました」

「主役をとりあうって女の子同士が？」

少女はかすかに唇をゆがめた。

「バックに大人たちの勢力争いがあったみたいです。氏子の派閥争い」

「まあ」

「中学のクラスメートに聞きました。このあたりの古い地名をご存じですか」

薩次がおでこに指をあてた。

「いつかタクシーで帰ったとき、五郎丸《ごろうまる》ですねといわれた。そんな名前の集落があったんだってね」

「はい。下級武士の集団です。ふだんは畑を耕したり布を染めたり。でもなにか事が起きれば御剣へ駆けつけたって。豪族の砦があったから」

「御剣城ということ？」

キリコは目を丸くしたが、美祢はニベもなかった。

「そんな大層なものじゃありません。山のむこうに武田菱《たけだびし》の幟《のぼり》が見えただけで、白旗を掲げた〝豪族〟だもの。……五郎丸から離れて、鷲頭川沿いにもうひとつの村落がありました。馬銜《はみ》っていいます」

薩次はキョトンとしたが、博学のキリコは打てば響いた。

「馬の口に嚙ませる馬銜のこと？」

「はい。お姉さん、よく知ってる」

「ま、そこはスーパーだからね」

本人より先に亭主が自慢するところが、この夫婦らしい。

「名前からいうと、武器や馬具を作る職人の集まりでしょう」

「だから五郎丸の住人から見れば格下で、でも馬銜の人は俺たちのおかげで戦えるんだ、そう考えていて仲がわるかったんです。武士がなくなった明治以後も、ずっと」

「ふうん」また胎児が駄々をこねたのか、おなかをさすりさすりキリコがいった。

「その対立が、少女歌舞伎の主役争いまでつづいたってわけ」

「はい。馬鹿ばっかし」

痛烈な言葉を少女は淡々と吐いた。

「伸江さんのお嬢さん……鵜飼香住って子は、五郎丸の代表で」

「馬銜の集落が推した蔀《しとみ》って女の子と、主役の座を争いました。中学生の女の子が、大人たちの代理戦争を務めさせられて」

やがて事態は香住の失踪に発展し――

「蔀って子が、香住さんをどうかしたんじゃないか。そう疑われました」

「証拠なんてないんでしょう」

「そう思います。でも風評被害というのはありますから」

言葉ができたのは新しくても、ひとり歩きした噂が凶刃となって関係者をズタズタにする。その事例のひとつが四十六年前に存在していたのだ。

「疑われた蔀乃々瀬《ののせ》って女の子は、追い詰められて崖から落ちました」

おなかを撫でていたキリコの手がぴたりと止まる。

「死んだの、その子」

「助かりました。左足を除いては」

「……」

「私がクラスメートから聞いた話はそれだけです。香住ってお嬢さんが、どんな風に行方しれずになったのか、警察はどう動いたのか、誰も知りません。話したくない父に無理に尋ねたくありませんし」

その話はおしまいという代わりに、借りた本を胸に抱いた美祢は立ち上がった。

「明日は、可能さんのおばさんがお泊まりでしたよね。いつもの十二畳、お掃除しておきます」

6

「あ、待って」キリコが制した。

「掃除は四畳半の方にして。控えの間ね」

「お客さまは、十二畳にお通しするんじゃありませんでした?」

聞き返されてキリコは苦笑した。

「お義姉さん、広すぎて落ち着かないそうなの」

子離れが徐々にすすんだ可能家だが、長女の大学生を除いてまだ一男一女がひとつ屋根の下で暮らしており、居住環境はさして向上していない。その状況に順応した結果、亭主の克郎も奥さんの智佐子も、八畳以上のスペースではかえって安眠できない体質になったそうだ。

説明されてもまだ首をかしげながら、美祢は小走りに出ていった。幼いころから、古いが広さに不自由のない環境で育った少女に、都会のチマチマした生活は実感が湧かないとみえる。

薩次が尋ねた。

「智佐子さんはいつまで？」

「三日いるって。その間に」

再びおなかを撫ではじめたキリコは、もう母親の目になっている。

「産着《うぶぎ》の仕立て方、教えてもらうんだ。あら、でも明日は本町の書店に行く予定だったかな」

「きみはいいよ。ぼくがはやぶさ号を転がしていく」

「まだほかに買い物があるんだけど」

「じゃあリスト作っといてくれ」

「ウーン。生理用品とか下着とかポテトの手にあまるから、美祢ちゃんを連れていって。彼女、出産用品まで目ききするようになったわ」

キーにむかおうとした薩次が、愛妻をチラと見やった。

「きみにしてはリアクションが鈍かったね」

「おばさんの娘さんのこと?」

おなかをさする手は休めない。

「さっきうちの子にド突かれたの。気を散らさずに、安産のことだけ考えてくれ、事件を推理したいのなら、私を産んだあとでゆっくりミステリづきなさいって。……あら風が出てきた」

ダイニングの窓に吊るしておいた風鈴が遠慮がちに鳴っていた。八月も後半になると、鷹取では涼風がそよぎはじめる。キリコは目を細めた。

「夏も一段落ね……明日から気温が下がるといってたわ、テレビ」

「ありがたい。ぼくは汗かきだからな」

残念ながら予報は当てにならなかった。

はやぶさ号のエアコンが瀕死のせいもあるが、暑がりのポテトは本町まで七、八分のドライブでもう汗をかいていた。助手席の主がいつもの騒々しいスーパーでなく、ひっそりと前方を見つめるだけの美祢なので、勝手が違ったせいもあるだろう。

取り寄せたミステリとSFを買いこむだけで書店の用はすぐに足りたが、キリコに頼まれた買い物はかなりの種類と量があったので、美祢がドラッグストアを巡回する間、駐車に困らない大型のカフェレストラン『ホーク』で待つことにした。

窓際の四人掛けに腰を下ろして、よく晴れた空を仰ぐ。

残暑が厳しいとはいえ、陽光に透明感が増し、雲も繊細なフォルムに変化したことが実感できた。

年内にはぼくも父親になるのか。そう思いながらも、こちらはまだ実感が湧かない。いずれこの店にも三人できて、「ポテト、おむつ替えて」――ということになるんだろうな。

ぼんやりしていた目の端に、誰やら手をふる女の姿がひっかかった。

「あ」

つい声が漏れてしまった。歓迎のニュアンスに遠い声だ。歩道を歩いてきた女性はふたり連れで、そのひとりが満面の笑みで手をふってみせたのだ。「やすらぎの巣」に根を張る小袋という女性であった。同年配の連れがいるから大丈夫と思っていたら、あっさり彼女は友人らしい女性と別れた。

迂闊《うかつ》な話だがそれではじめて薩次は、女性が松葉杖を突いていることに気付いた。長いつきあいとみえ肉体の一部のように使いこなしていたので、見逃していたのだ。その女性は、紛れもなく左足が不自由であった。

蔀乃々瀬さんか？　四十六年前に十三歳であったとすれば、六十歳くらいに見えたから年齢は合う。確かめようと目を凝らしたが、そのときはもう小袋が『ホーク』にはいってきた。

彼女は名を宗子《むねこ》といった。胸子の間違いではないかと、薩次にしては失敬な感想を抱いたほど肉体に重量感がある。

「牧先生、しばらくですぅ」

カン高く鼻に抜ける語尾が、いっそう暑さを盛り上げてくれる。

「どうも」

「ああ、涼しいィ」

「よかったですね」

「もうずっとここにいらしたの」

「ええ、まあ」

会話の歯車はかみ合いそうになかったが、小袋はさっさとお尻を薩次の正面に据えている。

「奥さまはショッピング中かしら」

「キリコは留守番です。買い物は美祢くんが……」

終わりまで聞きもせず小袋が体を乗り出したので、薩次はあわててコーヒーカップを避難させた。

「ご存じ、先生」

「えーと。鷹取少女歌舞伎に彼女が出ることですか」

ポテトとしては最大限に機先を制したつもりでいたが、相手は屁でもなかった。

「あら、そんなのもう三日も前に決まりましたのよ。社務所に氏子一統が顔を揃えましてね。伸江さんがホームに引っこんだおかげで、私が今は氏子総代……そんな立場ですから、お役目で美祢ちゃんを口説き落としたの。すんなり受けてくれてホント助かった。いい子でショ、美祢ちゃんは」

そうだった……うちに少女を推薦してくれたのもこの女性だったと、薩次は思い出す。彼女なら、マネージャーでもプロモーターでも務まるだろう。

「ところが先生、聞いて聞いて。肝心な神主の影行さんが乗り気になってくれないの。美祢にそんな晴れがましい舞台を務められるわけがないとか、鷹取の歌舞伎にはわるい噂がつきまとってるとか。あの人の性分ではね、ぐじぐじいうのがわかっていたから、はなっから歌舞伎復活のプランは市の観光課へ持ちこんだんですよ」

なにもかもこの人がお膳立てしたのか。一度会っただけだが、どじょう髭の内気な神主を思い出した。あの宮司さんでは押しまくられるわけだ。……そんなことを考えている彼自身、押されているのが現状だが。

「鷹取発展という大義名分があっては、影行さんも反対しにくいでショ。まあ、そうなるように私が持っていったんだけど。……入り婿だからいっそう弱気で、自分の代に御社をつぶしたら大変と、そればっか考えてるみたいなんですよ」

初耳だった。「婿養子ですか」

「そうなんですよ。実家は近在の饗庭《あいば》呉服店さんで、家はひとつ年上のお兄さんが継いだから、影行さんはいづらかったんですよ。その兄さんは道楽者で、女遊びとギャンブルで店を潰してますけどね。だから婿にはいったのは正解だったけど、鷹取歌舞伎復活にいい顔しなくてねエ」

「五十年近い昔話が絡んでるんですね」

水をむけてやると、たちまち乗ってきた。

「あら、牧先生ご存じだったんですか！」

「小耳にはさんだ程度ですが……あ、帰ってきた」

信号を渡ってこちらの歩道にくる美祢が見えたのだ。素朴なフォルムのベージュのワンピで両手に紙袋を提げている。その姿が小袋の目にも映ったらしい。早口でいった。

「さっきのこと、美祢ちゃんには内緒」

「え、さっきのというと」

「影行さんの実家の話。自分ちの恥を隠すタチなんですよ、神主さんは……美祢ちゃん、ここよ！　お邪魔してるの、先生のお席に」

小袋が大仰に手をふってみせる。

少女が両手の紙袋をゆすり上げた。形のいい小鼻の両脇を汗が流れ落ちる。小袋に黙礼した美祢は、わずかに迷ってから薩次の隣に腰を下ろした。牧家に紹介してくれた人にせよ、少女が素直になつけるおばさんではないだろう。だが美祢の無表情はこんなとき都合がいい。薩次に最小限の報告をした。

「メモの品、全部揃いました」

「ご苦労さま」

「すぐ帰ります？」

腰を浮かそうとする。薩次は小袋が苦手と承知しているのだ。だがいくら苦手でも、貴重な情報源ではあったから、薩次は微笑した。

「いや、もうしばらく涼むといいよ」

「はい」

ウェイトレスにオーダーをすませると、背もたれに深く少女は自分の体を預けた。小袋から少しでも距離をとろうとしたらしいが、話のつづきがはじまると否応なく体を起こした。美祢にとってても知りたい鷹取歌舞伎の情報なのだ。

「……鵜飼香住さんが行方しれずになった。そこまでは牧先生もご存じなんですね。でもそれがどんなふしぎな状況だったかまでは、お聞きになっていないんでショ。母親の伸江さんだって、じかにその目で見たわけじゃない。でも私はちゃんと知ってるんだから」

なんでも見ておこう聞いておこう、そしておしゃべりして回ろう……歩くツイッターの本領である。ふたりに増えた聴衆を前に、小袋は満足げであった。

第三章　昭和を聴いて

1

この町限定で、住人は、冬の烈風を鷹取おろしと呼ぶ。

おなじ関東の筑波《つくば》おろし、赤城《あかぎ》おろしに比べれば、地元にしか通用しない名前だが、遠く白熊のようにうずくまる雪山を越えて吹きつけるだけに、頬がヒリつく寒風が、ひと冬の間息つく暇もない。

明日はいよいよ主役を選ぶ日と決していた。

東京から高名な演劇記者と評論家が合わせて三人、上越線経由で鷹取駅に降り立つ。一日五本しかない貧弱なダイヤだが、幹線との連絡がいちばんスムーズな14時05分着の客車列車を利用すると案内が届いている。それを聞いた五郎丸側も馬銜《はみ》側も、互いに手ぐすねひいていた。それぞれ有志が集まり、駅頭でデモンストレーションを展開する計画であった。

出演する少女たちの頭越しに事態は拡大しつづけていた。本来なら仲裁役を買って出るべき行政は、なんの動きもみせていない。鷹取が町から市へ格上げになったのはつい去年のことで手が回らないのかといえば、そうではなかった。

公演直後に、昇格後はじめての市長選が予定されていたのだ。現市長は鷹取駅を中核とする商業地に、対抗する候補者は上越線沿線に勤め先をもつ団地族に支持者が多かった。老齢の現市長は町長時代を含めてすでに三期、人気は漸減《ぜんげん》していた。はっきりいえば飽きられていたから、若手の対立候補に大きく食われるだろうというのが、地元紙の観測である。

しかも現市長の支持基盤は一枚岩といえず、五郎丸と馬銜の二つの勢力が拮抗していた。良くても対立候補と鍔《つば》迫《ぜ》り合いの情勢から見て、双方の票を最大限に取りこまないかぎり、落選は免れなかった。

だから市長は動けないのだ。

鷹取歌舞伎の主役はひとりしかいない。どちらに軍配をあげても、もう一方を敵に回すことになり、それは市長の椅子を擲《なげう》つことを意味する。

行政は、主役の争奪戦を見て見ぬふりをするほかなかった。

中学生の少女たちとは、まったく関係のない理由によって、二者の対立は放置され——不幸な結果をもたらしたのである。

演目は『三人吉三巴白浪《さんにんきちさともえのしらなみ》』。幕末から明治にかけて活躍した狂言作者河竹黙阿弥《かわたけもくあみ》の代表作で、坪内逍遙《つぼうちしょうよう》によれば「江戸芝居の大問屋」であり、当人にいわせると「白浪作者」であった。本来のタイトルは『三人吉三 廓 初買《くるわのはつがい》』だが、少女歌舞伎に廓は不釣り合いなこともあって、一般的な『三人吉三』の呼び名を使っていた。初演は安政《あんせい》七年というから西暦一八六〇年になる。

おりからの大震災で江戸の世相は騒然としていた。そんな時代背景もあり、はじめは浮世のしがらみから逃れた恰好よい若者の物語と思わせながら、次第に三人三様にそのしがらみに手取り足取り絡められ、底知れぬ因果ものとなってゆく悲劇だが、少女歌舞伎で結末まで舞台に乗せることはなく、知られた場面知られた台詞《せりふ》で観客を酔わせればいい。

ストーリーは知らなくても、主役を務める女装の盗人お嬢吉三の台詞は、誰もが一度は耳にしたことがあるはずだ。芝居に縁遠い鷹取市民でも、橋幸夫《はしゆきお》が歌った『お嬢吉三』くらいは承知していただろう。

独特の七五調が満たす舞台空間。

月も朧に白魚の、篝《かがり》も霞む春の空、つめてえ風もほろ酔いに、心持ち良くうかうかと、浮かれ烏のただ一羽、塒《ねぐら》に帰《けえ》る川端で……こいつは春から縁喜がいいわえ。

三人吉三というからには、お坊吉三、和尚吉三も主役に違いないが、際立つ役柄はお嬢吉三だ。みんながお嬢吉三の役を願うのは、鷹取歌舞伎の役者が少女ばかりである以上、当然といってよかった。

だが願いは願いとして、現実にお嬢吉三を演じきるには、器量も度胸も演技力もなみの女の子の手に余る。

キャスティングは揉めたが、最終的には五郎丸の集落が推す鵜飼香住と、馬衔の人々が推す蔀乃々瀬のふたりに絞られた。

それからであった、選考が本格的に紛糾したのは。

不幸なことに両地区から出ている市会議員の頭数がおなじで、市長選と同時に市議選も行われることになっていた。お嬢吉三を香住が演じるか、乃々瀬が務めるか、大げさでなく鷹取市長と市議たちの運命を決する騒ぎにまで拡大した。

可哀相なのは、当の香住と乃々瀬である。

鷹取第二中学のおなじクラスだったふたりは、この騒動が持ち上がるまでいたって親密な仲であったという。無遠慮な同級の男子生徒によれば、

「香住はキツネ顔、乃々瀬はタヌキ顔」

もっとも女の子たちにいわせると、その少年というのが、

「ノンノにコクってふられたんだよ」

「ヤだー。カレ香住にも色目使ってさ、バカカス扱いされたってブー垂れてた」

「あ、だから両方の悪態ついてるんだ」

「かすみンは男の子なんて気持ちわるいって、はっきりいってるもん」

「知ってる？　ほら、かすみンの弟が一年にはいったじゃん。彼もさあ、ノンノに憧れてたんだ」

「へー、やるもんだねー。彼、ノコっていうんだっけ。年上の女好みであったか」

「そいでノンノに叱られたのよ。私はあなたのお姉さんの彼女だからダメって」

「あははは。お気の毒」

そんな印象がクラス共通であったのに、主役争いが表沙汰になると、ふたりの間には徐々に溝が生じた。

自分でそのつもりはなかったろうが、男勝りタイプの香住には、彼女を女王扱いする取り巻きがいた。以前は乃々瀬もなんの蟠《わだかま》りもなくグループにまじっており、みんなも彼女を談笑の輪に加えていたのだが、市議のひとりの娘が取り巻きに参加してから、しだいに乃々瀬を敬遠する空気が醸されてきた。

ピンと張った絃《げん》のような勁《つよ》さの香住に比べ、乃々瀬はときに翳をみせる美貌の少女であった。香住のグループからシカトされると、翳はいっそう濃くなって、自分から彼女との仲を修復しようとはしなかった。

主役争奪の動きがはげしさを増すにつれ、ふたりの仲は冷えこむばかりだ。少なくとも教師や生徒たちには、そのように見えた。

そんな鬱陶《うっとう》しい気配の中で、事件は起きたのである。

2

寒気がナイフの切っ先のように肌を切り裂く日が、日没までつづいた。いっそ雪が降ればまだ過ごしやすいのに、その年の冬は気温が低下するばかりで、いっこうに雪は降ってくれない。日が落ちれば、凍てつく星が夜空を飾った。

明日は東京の評論家たちが主役選考に鷹取へ来る。予定では来週とされていたが、識者三人のスケジュールが食い違ったので、急遽《きゅうきょ》明日に繰り上がった。

あわてた双方の集落では、翌日の示威運動のため老若男女をかき集めた。

そのさなかに、鵜飼香住が姿を消したのだ。

万事に目が届くと定評ある仲江も、今夜ばかりは油断した。鷹取神社の氏子とおぼしい女性から、明日の出迎えについて打ち合わせしたいので、香住に顔を出してくれと電話があったのだ。

いつもなら送り迎えする仲江であったが、その夜は近所の妊産婦を対象に自宅出産のレクチャーをする約束になっていた。仕方なく彼女は、弟の範彦《のりひこ》をついてゆかせた。暗い田舎道といっても、姉弟にとっては行き慣れた道だ。範彦はさぶいさぶいと文句をこぼしたが、おとなしい彼は母はもちろん姉にだって頭が上がらない。白い息をのこして姉弟は自転車を連ねて出かけていった。

玄関まで見送りに出た仲江にとって、それが香住の見納めとなった。

一時間もたったころ、鷹取神社から鵜飼家に電話がかかってきた。仲江が出ると、相手は範彦だった。

神社の直前で姉の自転車のチェーンが切れたので、気をきかせた範彦が自分のチャリを貸してやった。したがってそこからは、香住ひとりが神社にむかったことになる。正面の参道は五十段にある石段なので、自転車は迂回《うかい》して神楽《かぐら》殿の横へ出る必要があった。

修理に手を焼いた範彦は、けっきょく石段の下に自転車をのこし、五十段あまりを駆け上がった。だがとうに着いているはずの姉は見当たらず、社務所ではそんな集まりの予定はないというので、あわてて家に連絡してきたのだ。

驚愕した伸江は主役選考のこともあるから、まず五郎丸の顔役たちに注進した。つづいて届け出を受けた駐在では、巡査が即座に行動を開始した。鵜飼家が土地の有力者であるだけでなく、香住をめぐる主役争いの話は承知していたから、警察も万一を心配したのだろう。

だが最初に異変を目にしたのは、警察でも五郎丸の大人たちでもなく、範彦であった。彼は母に連絡した直後から、独力で神社の周辺を捜していたのだ。

姉は自転車を走らせて神楽殿への道を選んだはずだ。用意していた懐中電灯で照らしながら、範彦はその道を歩いた。急傾斜急カーブの一車線の舗装の左右を確かめながら登ると、鳥居の直前で左の茂みが大きく乱れていた。

自転車のタイヤ痕らしいものも目にとまり、「姉ちゃん!」

大声で呼ばわったが、答えはない。構わず茂みに踏みこむと、やがて横転した範彦の自転車が光の輪の中に浮かんだ。ハンドルにガメラの人形が吊るしてあり、少年の愛車に間違いなかった。

舗装された道から五十メートルほどはいりこんだ場所だ。幼いころ遊び場にしていたので、星明かりだけでも周囲の見当はつく。そこからさらに百メートルとゆかないうちに、繁みは唐突にぶった切られ、崖となっていた。

戦後すぐ小学生がふたり転落、ひとりが死にひとりが大怪我を負った事故が起きた。以来崖の上には木柵が巡らされていたのだが、それも二十年の昔だから、柵の大半は朽ちたり倒れたりしている。

危険を十分に承知した香住が、夜にはいって崖際まで行くはずはない。

――そう思った範彦の目に、雑木の陰の白いものが映った。

範彦は引っこみ思案の少年だが、臆病者ではない。それにそのときは、姉の身が心配で恐怖を覚えるゆとりもなく、すぐさま思い当たった。

「姉ちゃん！」

家を出るとき香住が羽織ったレザーコートに似ていたからだ。

懐中電灯を持ち直して、範彦は草を踏み分けた。

間違いなかった。やはり香住のものだ。近寄って手に取るとわずかな時間の間に、コートは氷をなめしたように冷えていた。

この寒空に防寒具を脱ぎ捨てて、姉はどこへ行ったというのか。

範彦が明かりをふると、茂みに隠れてシグナルレッドの色彩を発見した。

ひょっとしたら、姉が着こんでいたカーディガンではあるまいか。母の手編みの品だ、きっとそうだ！

枯れ草を割って進むと、次に少年の目にはいったのは、海老茶色に染められたジーンズであった。双頭の蛇の脱け殻のように、草むらの間をうねっていた。

「むかしの女学生はね、この色の袴《はかま》を穿いていたんだって」

母の解説を聞いた姉は笑っていた。

「袴なんか穿いては、木登りもできないよ」

まったく香住ときたら小学生時代から名うてのお転婆で、範彦はいつも姉の庇護をうけていた気がする。

それにしても姉がジーパンまで脱ぎ捨てるなんて。事情は想像もつかなかった。が、範彦を茫然とさせたものは、まだその先にあった。

半ば倒れた木柵にひっかかっているのは、夜目にも白いシャツと、どう呼ぶのかも知らない女の子の下着だ。

(姉ちゃん……)

息が詰まりそうな少年の頭上から、無数の針に似た尖った風が舞い降りてきた。いったい、なにが起きたというのだろう? 姉は半裸になってこの崖から飛び下りたとしか解釈ができなかった。

危険を忘れて、範彦は柵に飛びついた。

断崖の途中に姉がひっかかっている……そんな姿を幻視したのだ。

だが崖は険しく高かった。いくら懐中電灯を振り回しても下まで光は届かない。蟠る闇の底から、鷲頭川の水音がかそけく這い上がってくるばかりであった。

少年は体をもどした。いや、もどそうとして、もどせなかった。

あれは……なんだ？

少年の面前――といっても、実測すれば三十メートルの距離はあるだろう。夜の色より濃い闇を三角に集めた杉の梢。

断崖の裾近くから立ち上がり、神域に迫る高度を稼いだ一本杉で、地元の住民は五郎丸さまと呼ぶ古木であった。

その梢から分かれて空に突き出た枝に、なにやら白いものがブラ下がっていた。

天空に風が唸り声をあげると、それは頼りなく宙に揺れた。

範彦が絶叫した。

「姉ちゃん！」

反射的に手をのばそうとした少年を抱き留めた者がいる。当代の神主で醍醐弘尚《ひろなお》だった。鷹取神社の偽電話に香住が誘い出されたと聞いて、探索を買って出ていたのだ。彼がとめなかったら、範彦は柵を越えて崖に転落していただろう。

「どうした、範彦くん。お姉さんはみつかったのか……」

問いかける声がしぼんだ。神官も範彦が指さすものを見たのだ。少年には口にしにくくても、弘尚には容易に発することができた単語。

「あの子のブラジャーなのか！」

範彦はただガクガクとうなずいていた。

翌日。

警察に住民も加わって崖の下から鷲頭川一帯——馬銜の集落を含め——の大捜索が行われた。収穫は少女が穿いていたパンティ一枚であった。伸江の証言によって、紛れもなく香住の品とわかった。

3

状況から推測すれば、鵜飼香住は全裸で行方知れずになったとしか思えない。

それも神域近くまでたどり着いたあと、コート・カーディガン・ジーンズ……と順次脱ぎ捨ててゆき、最後は空に舞い上がってブラジャーを外しパンティを脱いだ。たまたまそのブラは五郎丸杉の枝に、パンティは鷲頭川に落ちた——ことになる。

十代前半の少女になんの必要があって、そんな馬鹿げた失踪を演ずるだろう。仮に彼女がだしぬけの精神錯乱を起こしたとしても、現実にどうすればブラジャーを、夜空に高い一本杉のてっぺんにかけられたのか。

その後の少女を目撃した者が皆無だったことも、警察を困惑させた。季節が季節である。いくら若く生命力に溢れていようと、厳寒の山中で一夜を明かすのは自殺に等しい。調べれば調べるほど、香住はひとり星空へ駆け上ったとしか思えなかった。

おかしな噂が鷹取市内に流れはじめたのは、その直後である。

鷹取が市制を敷くようになり、改めて市史を編む動きがはじまっていた。そのリーダー格であったもと鷹取第二中学の大山《おおやま》校長が、古書の中からこんな話を紹介したのだ。

五郎丸杉には神隠しの伝説がある。

室町末期といわれるが、時代は定かではない。土地が痩せている上に、一帯を領していた地頭《じとう》が苛斂誅求《かれんちゆうきゆう》をこととしたため、鷹取の住民はほとほと困窮していた。生まれた赤子を育てることもできず、山に捨てたり川に流したり、それを止めようとした老人たちは孫を見殺しにするくらいならと、自分から姿を隠す例があとを絶たなかったという。

その家の場合もおなじであった。母の決意を知った孝行息子の苦悩をまのあたりにして、嫁は心を鬼にした。夜な夜な山の獣が現れると聞く五郎丸杉の根元に、生後三カ月のわが子を置き去りにしたのである。

その夜、若い母親は一晩中まんじりともせず、杉のあたりの様子を窺っていた。深夜、凄まじい獣の咆哮にまじって巨鳥の羽ばたきが起こり、川沿いの林を揺るがさんばかりであったとか。

あくる朝、泣き顔を隠して様子を探りにいった彼女は、散乱する鳥の羽と狼たちの死骸を目にしたが、赤子の姿は影も形もなくなっていた。涙ながらに自分が縫い上げ着せてやった夜着も、糸一本布の切れ端さえ見当たらない。夜着ぐるみ赤子をさらって、巨鳥は天に翔けたのである。

それから長い年月が流れ、若かった彼女の額に深い皺が刻まれたころ、身分ある武士が五郎丸の集落を訪ねてやってきた。先ごろ亡くなった地頭の跡継ぎだった。事情を聞けば、三十年前に地頭の屋敷へ大鷲が飛来して、夜着にくるまれた赤子を庭にのこしていったとやら。たまたま幼子と死別したばかりであった地頭は、天から授かったと信じて、赤子を大切に育てた。地頭が存命の間は妻も赤子の素性を調べさせなかったが、立派に家を継ぐようになった若者に、はじめて事情を打ち明けた。彼と実の母をつなぐ唯一の証拠は、夜着である。古びた夜着であっても生地に特色があり、鷹取の一部、五郎丸の集落に伝わる染色ではないかという老女がいた。その言葉を頼りに新しい地頭は母を捜して、五郎丸へやってきたのだ。

ボロ切れとしか思えない色褪せた夜着を見せられた老いた女は、張り裂けるほどに両の目を見開き、次の瞬間ものもいわずに夜着をかき抱いた。

長い間があってから、やっと彼女は若い地頭を見上げ——おいおいと声をあげて泣きだした。老女の前に、若者は腰をかがめた。

「あなたなのですね。私の母上は」

差し出された手をとるどころか、女は夜着を抱いたまま飛びすさった。

「お許しくださりませ……赤子であったあなたさまを、五郎丸杉の根元へ打ち捨てた、鬼のような女でございます。こんな畜生が地頭さまに、母と呼ばれてよいものか！　どうかこのまま……このまま私めのことなぞ、お忘れくださいますように」

ひしと夜着を抱えたまま、哀れな母は平蜘蛛のように額を地べたに擦りつけた。

しかしそれっきり、相手のいらえはない。不審に思った女がおそるおそる目を開けると、なんということか、雲の上の人であるはずの地頭もまた、彼女の前にひれ伏していたのだった。

「まつりごとを司る者として、父の代にまで遡《さかのぼ》ってお詫び申しあげる……子を捨てる鬼を作った責めは地頭にこそある。二度とかような悲しみを味わう者を出さぬと、改めて母者にお誓いいたします」

……。

伝説だから、これにつづいて「めでたしめでたし」とか「市んさかえ」とか常套句《じょうとうく》で結ばれて終わったわけだが、おなじ杉が舞台となった神隠しは現実の事件である。新聞に取り上げられたのがきっかけで、東京のテレビ局まで取材に押しかけ、いっとき鷹取神社は好奇の的となった。周辺の住民の中には正義派ぶって、五郎丸と馬衡の対立を新聞社にチクった者もいた。

行政側も神社もマスコミの攻撃に晒されて、今年にかぎり鷹取少女歌舞伎を中止すると宣言したが、そんなことで騒ぎが終息するはずはなかった。

五郎丸集落に属する生徒たちが、夜陰の神社裏――五郎丸杉の梢を望む崖の上――に蔀乃々瀬を呼び出して、難詰するという一幕が起きた。子供だけでなく、頭に血を上らせたなん人かの大人が立ち会ったのも、問題を大きくした。

主役をかちとるのは香住と信じていた連中である。はじめは女生徒が口々に乃々瀬を罵倒するだけであったが、そのうちのひとりが、

「あの晩はどこにいたのよ、あんた」

といいだしてから、情勢はさらに険悪となった。

香住が失踪した選考前夜のことである。

乃々瀬には一学年上の病身の兄がいたが、ついふた月前に亡くなっている。気落ちした母は看病疲れも加わって入院中であった。肺結核の病歴を持つ彼女は予想外の重体に陥り、その晩の父親は病室に詰めきりで介抱していた。

つまり乃々瀬は一夜をひとりで過ごしたことになる。

少女が追及した。

「かすみンが行方知れずになったとき、あんたんとこにも連絡が行ったはずよ」

だが電話には誰も出なかったという。

「どこへ行ってたの?」

少女の詰問を無視するには、乃々瀬は内気すぎた。仕方なく彼女の漏らした答えというのが、

「母の病院へ行ってたわ」

これがいけなかった。女生徒たちを遠巻きにしていた大人の中に、当夜その病院を訪ねた者がいたのだ。

「嘘つけ」と、彼は怒鳴った。

「俺は病院でお前の父親に会ってるぞ。今夜は娘はこない、そういっていた」

少女たちを含めて五郎丸のめんめんはいきり立ったが、乃々瀬は蒼白になったきりなにもい

わなくなっていた。赤いコートの両袖で自身の体を包みこんだが、口は結んだままだ。その有り様が強情な沈黙とみんなの目に映った。

「ノンノ、あんた、まさか」

女生徒のひとりがヒステリックな声をあげた。「まさか」の後につづくのは、その場の全員がいいたかった言葉であろう。

まさか香住を、どうかしたんじゃないでしょうね！

あれほど親しく見えたふたりの仲も、主役争いが表沙汰になってから、極端に悪化していた。クラスメートに囲まれながら、勝気な香住が乃々瀬を面罵したと思うと、数少ない馬銜の仲間にむかって、「あんな女、首をしめてやりたい」陰気な目つきで乃々瀬が吐き捨てたこともあった。

ふたりの不仲を見知っていた女生徒たちは、香住失踪の理由づけに乃々瀬の存在を想起したに違いない。しかも彼女は、当夜の行動を虚言で繕おうとしたのである。

酒がはいっていたらしく、はっきり声を荒らげた大人もいた。

「あんた、香住がどうなったか知ってるんじゃないか」

答える声もなく、乃々瀬が必死になって首をふると、彼女のポニーテールは男たちを嘲弄《ちょうろう》するようにはねた。

「なんとかいえよ、おいっ」

女生徒たちを押しのけて、酒臭いなん人かが歩み出た。

乃々瀬は反射的に体をひく。かさにかかった大人が肩を怒らせて前に出る。

月のない夜であった。

森の繁みに舞台が移動したあとは、神域のわずかな明かりから外れ、逃げようとする乃々瀬のコートの赤は夜に紛れた。木々の根元を斑《まだら》に染めた雪だけが、道しるべであった。人々に追われて、いつの間にか乃々瀬は、崖上の木柵に背中をぶつけていた。足元で雪が乱れた。

「あぶない！」

女の子の誰かが悲鳴に近い声をあげたとき、腐った柵が鈍い音をたててへし折れた。さすがに大人たちは、左右から手をのばして乃々瀬を助けようとした。その動きさえ少女には自分に襲いかかる腕と見えたのか、死に物狂いに双方の手を振り払った乃々瀬の体は、闇に沈んだ。

いくらか夜目のきく者には、裾を翻《ひるがえ》した赤いコートが、崖のむこうへもんどりうつのが見えた。

怒号と悲鳴がいりまじったが、乃々瀬は声さえあげなかった。ただパキパキと枝が折れ、雪まじりの土の崩れる音だけが届いた。

見下ろした一同の目に、コートもポニーテールものこらず闇に溶けきっていた。

第四章　出産四カ月前　2

1

「……さいわい蔀乃々瀬さんは、命を取り留めた。だが」

薩次の話を、キリコが痛ましげにしめくくった。

「左足が使えなくなったのね」

「そうだ。前橋《まえばし》の大病院でリハビリさせるという口実で、蔀家は鷹取を出た。つづけざまの災難で、乃々瀬さんの父親としては二度と鷹取へもどらない覚悟だったんだ。馬銜《はみ》にあった広い地所も処分して、それっきり四十年近く音沙汰がなかった。……小袋さんはそういってたよ」

「さすが歩くツイッターだね」

おなかをさすりながら、キリコが感心した。

「よくまあ知ってる……あらっ」

パチパチとまばたきして、

「ひょっとすると彼女もその場にいたんじゃなくて」

「さすが」

ぼそっとつぶやいたのは、キッチンで食事の下ごしらえに励んでいた美祢である。その声を耳にはさんでキリコがうなずいた。

「やっぱりね。年恰好も近いし詳しすぎたから。当時の鷹取第二中学に在学していたのね」

「きみの想像通りだ。蔀乃々瀬さんや鵜飼香住さんのクラスメートだった。……乃々瀬さんと押し問答のとき、『あんた、まさか』そう叫んだのが小袋さんだった」

「でも本町で、彼女と歩いていたのは、その乃々瀬さんなんでしょう」

「そうだよ。ふたりはずっと親友でいたのかと、あわやそう思うところさ」

薩次は苦笑した。

「蔀家は、二度と鷹取に帰らないはずだったのに?」

「うん。小袋さんはそういったが、なにか事情があったのか、つい先月本町のマンションに転居してきたそうだ。ひとりきりで老いるのは淋しいから、昔の友達のいる故郷に帰りたくなったのね……それが小袋さんの解釈なんだが」

「よくわからない」

キリコは首をかしげた。

「松葉杖を突く度に思い出すんじゃなくて? 崖から落ちた——というより落とされた夜のことを。小袋さん自身はそれ、気にしてないの」

「クラスメートの帰郷大歓迎、そういってた」

「……人の痛みに鈍感なのか」

「いじめられた子は忘れないけど、いじめた子はいじめたことさえ忘れてます」

トントンとリズミカルに包丁を使いながらの、美祢の合いの手だ。

キリコがつけくわえた。

「ポテトのお父上がいってたよ。韓国を植民地にして名前まで日本風に変えさせたことを、日本人は忘れてる。でも韓国の人は忘れない。原爆で非戦闘員を大勢虐殺したことを、アメリカ人は忘れてる。でも日本人は忘れない……あはっ」

肩をすくめた。

「でもないか。とっくに日本人は忘れてるよ。ヒロシマとナガサキと、それにフクシマの住民以外はね」

「乃々瀬さんはどっちだろうな」

『ホーク』の窓越しに見た蔀乃々瀬の横顔を、薩次は思い出そうとした。一瞬ではあったが、小袋と別れたときの女性の表情を、確実に視野にとらえたはずだが、まったくなんの印象ものこっていない。それはまるで蒸留水であった。

熟年とはいえ小袋はそれなりに生気があり、目鼻だちもくっきりと女のフェロモンを発散しているが、乃々瀬の容姿となると——極端にいえばノッペラボーだ。鷹取に帰った彼女は、〝旧友〟と会ってなにを見、聞き、話したというのだろう。

小袋によれば中学のころのたわいもない話題を、ころころと笑いながらやりとりしたそうだが——

（嘘だ）

そうとしか思えなかった。白紙のように表情を消した乃々瀬の横顔をまのあたりにした薩次としては。

（さもなければ、なにか大事なことを隠してるんだ）

キリコが遠慮がちに質問してきた。

「乃々瀬さんは結婚しなかったの……というよりできなかったのかな」

「母親と父親の看病がつづいたそうだから」

「あ、だからひとり者同士、喜んで小袋さんが仲間扱いするんだ」

好伴侶《はんりよ》のいるキリコの言葉は、塩加減がきつい。

「……で、彼女はどう解釈しているの、香住さんの事件を」

クラスメートの奇妙な失踪について、情報魔人らしい一家言を期待したのだが、あいにく小袋の推理脳はきわめて貧弱であった。

「五郎丸杉の伝説を鵜呑みにしている」

「ふえー」

スーパーは落胆した。

「歩くツイッターにしては頼りないね。じゃあ警察の捜査結果は？」

「迷宮入りだよ。目撃者皆無で手のつけようがなかったとさ」

キリコはやりきれない、という顔つきだ。

「あーあ。てことは死体もみつからなかったんだ。つまり鵜飼香住ちゃんは、すっ裸のまま誰の目に触れることもなく姿を消した」

「そういうことになる」

「崖の裾を鷲頭川が洗ってるよね。川の下流をのこらず捜したわけ？　彼女は泳ぎができたんでしょう」

「水泳部にいたそうだ。だが、すぐ川下では馬銜の集落にひく農業用水の工事がつづいていた。崖崩れを用心して監視中だった青年団員も、工事の遅れを取り戻そうと躍起の作業員たちも、誰ひとり香住さんを見ていない」

「川沿いのどこかの家が、彼女を匿《かくま》ったとか」

「馬銜の集落だよ、もうそこは」

「ああ、さよか。馬銜の人たちにとっては、香住さんは敵軍のお姫さまなんだ。匿うなんてナンセンスか」

「それにその疑問は、彼女が無事に崖を下りたと仮定した場合だぜ。そんなルートで逃げるのに、なぜ下着をばらまいてゆく必要がある？　どうやってブラを五郎丸杉に飾ったんだ……そんな暇があるなら、逃げる時間に使うべきだろう。むろん彼女が自分の意志で失踪を計画した場合だけど」

「うーん」

キリコは両手を絨毯に突いて、天井を仰いだ。丸々としたおなか越しに、胎児も天井を見ているかもしれない。

「天に翔けたか地に潜ったか、ウーン！」

2

「だから小袋さんは、伝説の再来を信じて疑わないのさ」

亭主の言葉に呆れたように、スーパーは両手のつっかい棒を外した。そのままゴロンと仰むけになりそうな体勢だったが、マタニティ・ヨガで骨盤底筋を鍛えた成果か、腹筋と連動してすんなり基本のあぐらの姿勢にもどった。

「あのね、今は室町時代じゃないよ、平成だよ。事件が起きたときはまだ昭和だったけどさ」

「でもそう思いこんでいる。大山もと校長の薫陶よろしきを得たんだな。テレビのＣＭでも折りこみ広告でも頭から信じるタイプなんだ、小袋さんは」

人のいいポテトにしては、点が辛い。

「彼女だけじゃない、町の人たちの大半がそう信じているようだ」

「オレオレ詐欺の被害者候補ばっかしか。……で、もと校長先生は、郷土史の権威に祭り上げられたの？」

「五郎丸杉の事件で一躍有名になったからね……市立の郷土館ができると、名誉館長に推された。地元の新聞にコラムも連載した」

「ふうん。売れっ子になったんだ」

「大山先生の講演を聞いています。亡くなるひと月前くらいに」

手を休めもせず美祢が話に参加したが、シニカルな口調だ。

「先生と呼ばれるのが大好きな先生でした」

「ま、たいていの先生はそうだけどね」

キリコが笑う。「牧先生くらいか。先生呼ばわりされてもじもじするのは」

「五郎丸杉の昔話が一枚看板でした。一時間の講演で三回聞かされました」

「古文書をみつけたのが、その人だったんでしょ」

「ここの二階にありました」

使っていた包丁で天井を指したから、出刃が蛍光灯の明かりを反射した。穏やかだが物騒なアクションをやってのける女の子だ。

「二階って……鵜飼家の?」

「はい」

今はポテトの書庫に姿を変えたが、そのころの納戸は古文書の山だったらしい。すると五郎丸杉伝説の発祥の地は、この鵜飼家であったのか。

薩次とキリコは申し合わせたように、互いの顔を見た。

「もしかしたらソレ、香住って子がみつけたんじゃない？」

「さあ。そこまでは」

俎《まないた》に視線をもどそうとして、美祢はふっと牧先生とキリコお姉さんに目をとめた。なんだろう。そこに妙な間合いを感じたのだ。

だがすぐに夫妻はいつもの呼吸にもどっていた。

「明日、行ってくる。ポテトは仕事してらっしゃい」

どこへ行くともいわなかったが、相手にはちゃんと通じていた。

「郷土館なら市役所の中にあるはずだよ」

ザク切りした野菜を鍋にあけながら、美祢はちょっと感心した。

夫婦ってショートカットしても会話が成立するんだわ。

「小袋さんの意見はわかったけど、乃々瀬って子――おっと、私より年上の彼女は、どう考えてるのかしら」

「いっさい沈黙だとさ。小袋さんにいわせると、思い出したくもないでしょうね、私だったら耳も口も塞いでます、だなんてね」

「ウソ。パラボラ三六〇度回転中なのに」

キリコは笑いながらため息をつくという、器用な真似をしてみせた。

「ひとりは鷹取に帰ったけど、伸江さんの娘さんはそれっきりか」

「そうなるな」

薩次の口も重くなった。

屹立する四十六年という時間の壁。もはや香住が母の前に姿を現すことは考えられない。現実にも七年を経過した時点で、鵜飼香住は失踪として死者に同定されていた。

「おばさん……可哀相に。女手ひとつで育てあげたのにねえ」

キリコに似合わぬしんみりした声が、カウンターを越えて美祢の耳にまで届いた。

鵜飼家に婿入りした仲江の夫は、子供を彼女に託して出奔、風の便りでは渡米してその地で客死したと、薩次もキリコも聞かされている。

3

すぐにまた、キリコの声に張りがもどった。

「でも弟さんは健在でしょう。ポテトはなんか聞いてる？　仲江さんに」

「ああ……」

珍しく薩次が生返事だったので、

（ん？）

とばかり亭主を見た。彼に代わって、美祢が答えた。

「範彦さんでしたら、父の親友でした。子どものころからとても仲がよかったそうです」

へええ。小さな町だけあって、人間関係は竹細工のザルそっくり、濃密に絡まっているんだな。キリコは笑った。

「結婚してるって伸江さんに聞いたけど。鷹取にはいらっしゃらないの」

「はい」

「東京？」

「はい。……東京のどこかは知りません」

美祢の答えが簡潔極まりないので、キリコはつい追いかけてしまった。

「お勤めなのね」

薩次もそうだが、キリコは他人の個人情報に必要以上の関心を示すタイプではない。都会育ちという以上に性格的なものだ。田舎の親戚と濃いつきあいをつづけている義姉《ぎし》の智佐子に比べて、いかにも薄味だわと自覚症状がある。人間関係まで含めて、情報として脳内に格納するだけの自分を、冷たい女かしらと反省することもあった。

だからこのときは、珍しく自分の好奇心を裸のままにした。小袋宗子なら質問攻めにするケースだが、キリコはそこまでゆかない。でも出産の世話一切をお願いした伸江さんの身の上だもの、こんな機会に聞けるだけ聞きたい、そう思ったからだ。

八十歳を超えた老嫗《ろうおう》ながら、旧家出身の伸江の清潔な立ち居振る舞いは、助産師というより高名な女子教育者の風貌を備えている。その息子なら名が通った企業のエリートだろう。

どうもキリコは、そんな風に思いこんでいたらしい。手垢のついた発想しかできなくなったのか、私も。――と後悔したのは後の祭りだ。

美祢にあっさり否定された。

「無職です」

「あら」

「奥さんに食べさせてもらっているそうです」

「まあ」

「父の話だと、学生のころから作家志望だったって」

「……」

思わず亭主をふり返ってしまった。薩次は黙って、エアコンが吹き下ろす風に抵抗しながら新聞を広げていた。

「結婚当初は共働きだったけど、勤め先が潰れたあとはずっと……」

髪結いの亭主か。美祢はそんな言い回しを知らないだろうが。

「作家といってもいろいろだけど……ひょっとしてミステリ作家になりたいとか」

「さあ、父の知識にミステリはありませんから。芥川賞や直木賞をとった人が作家と呼ばれる、そう思っています」

美祢は苦笑いしていた。ミステリ偏愛の娘としては、父子で作家を話題にした会話など、成立しないのだろう。

するとと鵜飼範彦氏は、純文学を目指しているのか。キリコは勝手にそう思った。それならそれで、仲江の二世にふさわしい気がする。

「もう息子さんはとうに五十過ぎなんでしょう……」

「はい」

「それでまだ作家を目指してるわけ」

「はい」

「年老いた母親はホームへ預けて、奥さんに稼がせて。それでも自分は望みを捨てていないんだ」

「そうみたいです」

無表情に少女は付け足した。

「親不孝者だ。父は申しました」

親子ともども容赦がない。しかし彼女は頬をゆるめた。

「あいつらしいのも確かだ。父はそうもいっていました」

「美祢ちゃんの意見としては？」

「奥さんがOKなら、それもアリかと」

「高校のころから、作家志望だったのね。奥さんがそれをわかって結婚したのなら、他人がとやかくいうことではないわね」

「ノコには過ぎた女房だって。父は羨ましいんですよ」

「そうなの」

「そうなんです。美人で丈夫でよく働く。醍醐の母も美人でしたけど、病気がちでしたから」

「その代わり、美人で丈夫でよく働く娘がいるじゃないの」

「ありがとうございます」

ようやくニコリとした。美祢の笑顔は貴重な以上に愛くるしい。つきまとうひと刷毛《はけ》の儚《はかな》さもろともに、抱きしめたいという衝動に駆られる。

そう思って亭主を見ると、彼も少女に視線を投げていた。こらロリコン。キリコが睨むとあわて気味に新聞に目を落とした。聞いていないようで、ふたりの会話を耳にいれていたのだ。

スーパーがなにかいおうとしたとき、壁の時計を見た美祢が告げた。

「もうすぐ時間です」

仲江の定期健診は今日だ。まだ予定の十五分前だが、几帳面な仲江はきまってこの時刻に到着する。当然の気遣いだが、彼女の前で子供たちの話題は棚上げだ。

そう思ってポテトに目配せしたのだが、彼はもうこちらを見ていない。新聞に興味をひく記事があるのかと思ったが、そうでもなかった。亭主はぼんやりと庭を眺めていた。

またなにか人殺しのトリックでも考えついたのか。それとも作家を夢見たままで終わりそうな、仲江の息子に思いを馳せているのだろうか。

4

今日の伸江の到着は約束の五分前だった。遅れたわけではないから急ぐ必要はなくても、定時の十五分前を自分に課している伸江だから、さだめし焦ったことだろう。それでも玄関を開ける音はつつましく、

「お邪魔いたします」

「どうぞ」

間髪をいれず、冷えたタオルを竹皿に載せた美祢が迎えに出た。

式台の一隅を飾った竹籠に朝摘みの野草の花が投げこまれ、流れこんだ外気にみじかい間揺れていた。竹製品は鷹取に江戸期から伝わる特産品だった。

涼しげな和服に割烹着姿が、お産婆さん鵜飼伸江の戦闘服である。リビングの床に膝を突いた姿勢は、武芸者さながら隙がなかった。額にうっすら汗をかいているから気がせいたに違いないが、それでいて「遅くなりました」の言葉は吐かない。約束の五分前に到着している以上、たとえ形だけでも詫びを入れてはおかしい。彼女ならきっとそう考えているはずであった。

「玄関脇の百日紅《さるすべり》がすっかり赤くなりましたね」

「夏本番ですもの。体力をつけなくちゃ。教えていただいたヨガ、頑張ってますよ」

「そう、それはよかった。ではそろそろ次の段階に行きましょうね……出産が近づけば、メニューも変わってゆくんですよ」

にこやかに会話を交わしながら、ふたりは寝室へ去った。ひと呼吸おいて、美祢が冷たい麦茶を運んでゆく。キンキンに冷やしすぎないよう見計らっているのだ。

しばらく「キリコと伸江の傍にいた美祢が、やがて静かにもどってきた。

キリコさんも赤ちゃんの様子も順調ですって」

薩次に報告してくれる。すぐキッチンに行くかと思ったら、踏み台代わりに使っている丸椅子にちょこなんと腰を下ろした。

気配を察して、薩次は心持ち声を落とした。

「なにか?」

「文英社は、先生がよくお書きになる出版社ですね」

「そうだよ」

薩次はやや緊張した。

「父が漏らしたんです。なん年か前、範彦さんが、ブンなんとか社の新人賞に応募するといってたって」

「ブン……なんとか?」

ポテトが苦笑した。

「なるほど、文英社のことらしいね。ぶんか社に小説の新人賞はないし、文化出版局や文藝春秋は最後にシャがつかない」

「文英社には新人賞がありましたね」

「あるよ。『ざ・みすてり』という月刊誌に。四百字詰め原稿用紙で、一〇〇枚から一五〇枚まで。募集条件としては珍しい部類だね。五〇枚クラスでは作者の力が読み取れない。かといってミステリの長編募集は他社も大々的にやっていて、それなりの歴史がある。というわけで文英社はその間隙を縫う形の募集を開始した。当初の短編募集から、はっきり舵を切り直したんだ」

「わかりました」

美祢はひとりでうなずいていた。

「やはり範彦さんは、ミステリ作家志望だった……」

「そうなのか」

薩次もうなずこうとして眉を寄せた。美祢は今、過去形で語っていた。

「志望だった？　あきらめたというの」

「いいえ」

少女は一段と声を落とした。

「事故の大火傷で、ほとんど書けなくなったって」

「大火傷を……」薩次はかすかに呻いた。

「なん年前のことだろう」

「五年前……ああ、六年前だわ。父がいっていました」

美祢は薩次を覗きこんだ。

「先生」

「うん」

「六年前の『ざ・みすてり』は書庫にありました」

「……」

「先生、その年まで新人賞の選考委員でしたね」

「そうだよ。……残念ながら入賞者はいなかった」

「鵜飼範彦の応募原稿をごらんになった?」

薩次がかすかに笑った。

「美祢ちゃん、いまぼくの顔を読んだね」

「え、私ですか」

「そう。五年前でなく六年前と聞いて、ぼくはハッとした。なぜ表情が揺れたのか。心当たりがあるんじゃないか。そう聞きたいんだろ、新人賞がらみで」

美祢はニコリともしない。

「はい」

「お父さんとしては、気がかりだろうね。親友が自分の志す道をどこまで歩いてゆけたのか」

「だと思います。ご承知だったら、教えてください」

「わかった……書庫まできてくれないか」

目顔で寝室を指した。いくら声をひそめても、旧式の日本家屋だから遮音には限度がある。

「はい。すぐ参りますから」

ひと足遅れて二階にあがってきた少女は、アイスティーとクッキーをトレーに載せていた。

書庫にはエアコンがないので、冷たいものがなによりのご馳走だ。

「クッキーは、『マリエ』というカフェのマスターが手作りしてます」

「おいしい」

一口齧って、薩次は微笑した。

「『ほーくしてぃ』にあるお店だね。親父に聞いて、キリコといっしょに出かけたことがある」

「干物みたいなお爺さんがやってます。『ほーくしてぃ』まるごと干物ですけど」

「ひどいな」

鷹取の中心街であった町を肴に、あきらめ顔のふたりで笑い合ってから、本題にはいることにした。左右は書棚の絶壁で、天井は屋根に沿って傾斜しているので、昼間でも明かりがほしいくらいだ。だが薩次はこの沈澱したセピア色が好みだった。テーブルをはさみ、折り畳みの椅子で美祢とむかい合う。

「六年前の選考……」美祢がいい、

「六年前の事故……」薩次がいった。おなじタイミングが絶妙だ。

「ごめん。ぼくが先に応募原稿の話をしようか」

「はい。ありがとうございます」

コクンとお辞儀したから、三つ編みが垂れた。トレードマークの長い髪だが、活動的とはいえないので、ときどきこんな昭和の女学生みたいな頭にする。

「実はあの原稿――『ざ・みすてり』新人賞最終候補の作者が、たしかに鵜飼範彦氏であったかどうか、知らないんだ」

「え。そうなんですか」

美祢は目を丸くした。

「うん。最終選考にのこった小説は五編あった。その中で筆力があり題材もユニークだった作品に、ぼくは魅力を感じた。ただし選考の席に提出された応募原稿には、作者の本名がなく性別年齢一切わからない。選考はあくまで作品本位であるべきだろ？　だから選考委員のぼくの耳に雑音がはいらないよう、個人情報はすべて蓋がされるのさ」

「ああ……だから」

美祢も納得したようだ。

「もちろん文英社側からは、『ざ・みすてり』の編集長と編集局長が顔を出すけど、最後に決めるのはひとりきりの選考委員だ。責任編集という言葉はあるが、これは責任選考だからね、荷が重いよ。三年たってやっと後任にバトンタッチできた」

「そのせいですか。文英社の賞に入選作なしが多いのは」

「関係はあるね。いい加減な作品を世に出しては、自分の沽券にかかわるし、批評眼が濁っていると指摘されるし」

「入賞者がベストセラー作家になったら、自分のマーケットがせばまる危険もありますし」

ポテトは反射的に少女を見つめた。

「美祢ちゃん」

「はい」

「厳しいね」苦笑いする他はない。

「でも先生は、レベルの低い小説を送り出してはミステリ全体が危なくなる。そうお考えなんでしょう」

「そういうことにしておいてくれ。一年目は不作で全部バツ。二年目は候補に恵まれて入賞作があった。最後の一年も、なんとか入賞作をみつけたかったが」

「その年です。範彦さんが応募したのは」

「けっきょく落としたものの、確かに未練がのこる作品があった。根幹の部分に誤認があり、密室トリックもつまらない。致命傷に目を瞑《つぶ》ったままの入選は反対だが、手直しによって化ける可能性がある。編集長に進言して、ぼくなりの改良案を添えておいた……文英社から作者に連絡してもらったよ」

「親切ですね」

「あのままでは惜しいと思ったからさ。ちょっと心配だったのは、作者が素直に受け入れてくれるかどうか、だった」

アイスティーを無造作にあおり、クッキーを口に放りこんだ。

「書いた本人としてはよけいなお世話だ、そう思ったかもしれない」

「ああ……クリエーターにはプライドがあるから」

「うん。さいわい青ちゃん――『ざ・みすてり』の編集長によると、作者は大喜びしたらしい。その証拠に、半月とたたずに改訂稿が送られてきた」

「よかったですね」

「ぼくのヒントを織りこんだので若干長めになったけど、青ちゃんは問題ないという。だが改訂稿を読んだぼくは、そうはゆかなかった」

「もっとよくなるとお考えになったんですか」

「その通り。だが今度はぼく自身、作者に提示できる改良案がみつからないんだ。悔しかったよ」

グラスを口元に運んだが、空だったのでコースターに戻した。その様子に美祢が腰を浮かせた。

「お代わり、持ってきます」

「いや、いいよ。ここにいて。で、対案をぼくも考えるからと原稿の一部を手元にのこして、ずっと頭をひねっていた……その部分がキモなんだ。睨めっこしてるうちに、なにか閃く。そう思ったんだが」

「それで？」

「それっきりになった」

「えっ」

「原稿を送り返したあと、しばらくして青ちゃんが作者に手紙を出した。もう一踏ん張りしてほしいという趣旨だったが、なんのリアクションもない。第二稿で力尽きたのか。青ちゃんもがっかりしたそうだよ。作者にしてみれば第三稿まで書いたところで、再応募できるわけじゃない。雑誌に載せるのが関の山だけど、はっきりいって新人賞入選の肩書もなしで話題になるとは思えない。本人にその気がなければ仕方がない……そういうわけなんだが」

ふいに薩次は、畏《かしこ》まった子供のように両膝の上に拳を置いた。

「ぼくも青ちゃんも大変な邪推をした可能性がある。……そこで事故の話なんだが、いつ、どこで……」

美祢は即答した。

「六年前の四月十八日でした」

5

「四月十八日……」

オウム返しした薩次は、喉の奥で「ぐ」という声を漏らした。

「選考会は三月十日だった……ぼくが改良案を青ちゃんに送ったのが十五日だ。そして第二稿が届いたのが、四月十日ごろのはずだ。文英社の意向にかかわらず、ぼくは作者にさらに練るよう注文した……十三日だったと思う」

「ぎりぎりですね」

美祢が嘆声をあげた。

「でも、その前の直しのときは、大喜びで連絡してきたんですね？　だったら今度も事故にあう前に、『ざ・みすてり』へ電話できたんじゃないかしら」

「いや」薩次は首をふった。

「ぼくは作者宛てによけいなことを書いてるんだ。作品の欠点を指摘した上で、実は最適な答えがみつからない。ぜひあなた自身も改訂のアイデアを練って、ぼくを圧倒してくれ。その目安がつきしだい、一対一でディスカッションしようじゃないか……」

「連絡より先に、まず決定的なアイデアをみつけよう。作者がそう意気ごんだ？」

回転の速い少女が相手だと話も捗《はかど》る。暖気が二階にのぼるせいで、滲んできた額の汗を薩次は拭った。

「その前に、肝心なことを確認しよう」

携帯を開くと、ぶきっちょな指捌《さば》きで文英社につないだ。

「『ざ・みすてり』ですか。牧ですが……ああ、青ちゃん。ちょうどよかった、調べてほしいことがあるんだけど。六年前の新人賞……最終候補の作者の名前を教えてくれない？　いや、ちょっと、その……」

弁解しなくてもいいのに説明に手こずったが、整理整頓の行き届いた編集部らしく、早急に青野の返答があった。

「ありがとう……必要なときは、またこの件で連絡するから」

手早く切った薩次は、しばらく斜めになった天井を睨んでいた。

「やはり、そうだったんですね」

念を押されて、美祢に視線をもどした。

「作者の本名は鵜飼範彦、間違いない。それでいったい、彼はどんな事故に出くわしたんだ?」

「火災に巻きこまれたんです」

美祢は感情をいれず、事実を薩次に告げた。

「仕事場へ迎えに行ったそうです。大劇魔団の稽古場兼オフィスが、奥さんの勤め先でした」

薩次が聞きとがめた。

「大劇魔団だって?」

「はい。先生ご存じなんですか」

「ぼくは名前くらいだが、キリコの兄や、瓜生《うりゅう》というぼくの友人はつきあいが深かった。といってもリーダーや劇団員はすべて入れ代わっているから、今ではみんなも知らないと思うけど」

「本部は下北沢《しもきたざわ》にあって、奥さんの佐夜歌《さやか》さんは女優でした」

「美人なんだろう」

「はい。父に範彦さんとツーショットの写真を見せてもらいました」

「だが今きみは、勤め先といったね？」

「範彦さんの失職をきっかけに、地方回りが多い役者をやめ、東京の本部で連絡事務を引き受けていたんです」

「なるほど。みんな旦那のためなんだ」

「その日は佐夜歌さんと夕食を約束したので、大劇魔団にきた範彦さんが、最初に火事に気がついたそうです」

「それで本部に飛びこんだのか」

「はい。本部といっても稽古場と小さなオフィス程度ですけど。古いビルで燃えた内装から一酸化炭素が発生しました。失神しているうちに火が回って」

「気の毒に……奥さんはどうした」

「近くのコンビニへ買い物に出ていたんです」

「じゃあ被災したのは範彦さんだけ？」

「留守番をしていた役者がひとり、焼け死にました」

火災の原因はその男のタバコらしい。コンクリートの箱のような建築だったので、内部の状況がわかりにくく、発見が遅れたら繁華街だけに大惨事となったに違いない。焼死した役者は中年の使い走りで、ホームレスに近い身の上であったという。劇団に保管されていた書類から身元を追ったが、戸籍も実家もでたらめであったため、ついに特定することができなかった。

失火といい人事管理といい、杜撰《ずさん》な体制を暴露された大劇魔団は、その年のうちに解散の憂き目を見た――という。

「そう……大劇魔団はなくなっていたんだ」

それなりに感慨はあるものの、薩次としては範彦のその後を知りたかった。階段まで出て耳をそばだてたが、寝室の健診はまだ終わりそうにない。

「……範彦さんの予後はどうだったの」

「顔も髪も火に炙《あぶ》られて。ふた目と見られない。父はそういっていました」

「お会いになったのか、お父さんは」

「はい。佐夜歌さんの介添えで、鷹取にいらっしゃったから」

「伸江さんにはショックだったろうね……」

「お産婆さん……伸江さんは、まだ範彦さんに会っていません」

「なんだって?」

意外なことを聞かされて、薩次は汗を拭くのを忘れた。

「範彦さんは勘当《かんどう》されていましたから」

カンドウ?　どんな字を書くんだっけ。

そんな馬鹿げたことを考えるほど、薩次の常識からハミ出た二字熟語であった。

「風が出たわ。窓、開けますね」

ついと立った美祢がまた座るまでに、薩次はやっとカンドウが勘当であることを思い出した。

「それはなぜ……どういうわけで」

「理由はあります。……いってしまっていいですか?」

首をかしげられた。かしげたいのはポテトの方だ。

「もちろんだよ」

「おばさんが知ったからです。範彦さんが書いているのが、探偵小説だってことを」

6

「えっ。探偵小説ってミステリのことかい」

「はい。先生がお書きになっているような小説です」

「それが勘当の原因……」

「はい」

美祢は無表情のままつづけた。

「次から次へ人を殺す話を書いて、人間として恥ずかしいと思わないのか。自分の子供に読んで聞かせられるのか。以前おばさんがそういってました。怖い顔でした」

「……」

「父も似たような意見なんです」

「……」

「でも先生は特別だって、おばさんも父もいっています」

「ははあ」

「人殺しの話を考える男にしては、まともな暮らしをなすってる。ふたりともおなじ褒め方をしていました」

「……どうも」

恐れいるほかなかった。

フィクションの世界だから楽しい、いっときでも現実を忘れられる、明日への活力を再生産できる、それがエンターテインメントの効用だ。そんな程度に考えていた。理論武装することもない、自分が面白いものならきっと誰かが面白がってくれる。そう思いこんでいた。

確かに薩次と共通する嗜好の読者は存在する。だから長年にわたって作家面できたのだが、数多い読者の中には、正反対のベクトルを持つ人がいることを失念していた。大衆に提供するなら、清く正しい品性を保つ内容を。高潔なヒューマニズムを。そこまでゆかずとも、美しい恋のドラマを、心地よい人情話を書いてこそ、読者の情操に資することができる。そう確信する識者にとっては、トリックだのアリバイだのに血道をあげて、みすみす人が謀殺される物語など、醜悪としか解釈できまい。

そして鵜飼伸江さんは、そのひとりだったらしい。

「でもおばさんは、それだけで範彦さんを怒ったんじゃありません」

シュンとする牧先生を見かねてか、美祢はいい足した。

「母親の気性を知る範彦さんは、自分が書いている小説の正体を長い間伏せていた。それがおばさんの立腹の理由だろう……父の感触だけど」

「伸江さんとしては、息子は高級な文学を目指している、ずっとそう信じていたんだね。そいつを裏切られたから、カッとなって」

「勘当したのだと思います」

たった今、コーキューなブンガクと発音するのに、ポテトは舌を噛みそうになった。するとぼくは、人生の大半を費やして低級な文学を書き連ねたのか？

バカな。

文学に高級も低級もありはしない。相撲と野球、サッカーとマラソン、どれが高級でどれが低級だというのか。むろんひと口に文学といっても、対象となる読者層は一部がカブり一部が異なる。官能小説と児童文学をひと括《くく》りにしていいわけはない。だがそこに高い低いのランクづけを導入するのは間違ってる……。

「先生」

美祢の声にハッと我に返った。

「あ、わるい。自分の穴にもぐってた。とにかく伸江さんが、息子さんを勘当した経緯はわかった。……だけどなあ」改めて薩次は嘆いた。

「少なくともぼくが読んだ彼のミステリは、怒られるような小説ではなかったのにな。残念だよ」

美袮が問いただした。

「その候補作、題名はなんというんですか」

「タイトルかい。『戯作の殺人』」

「戯作って、なんだか歌舞伎みたい」

「そりゃあそうだ。歌舞伎の話だったから」

美袮がちょっと目を大きくした。

「いつの時代ですか」

「江戸時代だよ」

「そんな題材でもミステリはできるんですね」

「もちろん。亡くなった戸《と》板康二《いたやすじ》先生は、歌舞伎の評論家だったけど、歌舞伎俳優を探偵役にしたミステリで、直木賞をとっている」

「父でも作家と認めるんだ」

ホッとした口調なのでポテトは笑ったが、考えてみると笑いごとではない。神主さんからみれば、ぼくは作家の範疇《はんちゅう》にはいらないのか……それにしても、伸江と範彦の確執がそこまで根深いものとは思わなかった。

「勘当が解ける気配はないの」

「はい。はじめは父も中に立とうとしたけど、すぐ諦めました。肉親同士の争いを仲裁できるタイプじゃないわ、あの人」

養父をあのヒト扱いして、

「おばあさん……いけない、仲江おばさんの断絶ぶりは徹底してるんです。範彦さんが東京からお歳暮を送ってきても、突っ返したそうです」

挙措のすべてが折り目正しい老女は、息子にむかっても厳然と鋼鉄の扉を閉ざすのか。薩次がため息をついた。

「おばさんは、息子さんが書いたものを読んだことがなかったのか」

「高校のころに習作を見せたら、最初のページでもう死体が転がっていると、厭な顔をされた。範彦さん、そういったらしいです」

「じゃあその後はずっと、まともな小説修行をしていると見せかけて……いや、語弊《ごへい》があるな」

美祢が小声で抗議した。

「ミステリはまともです」

「きみのいう通りだ。……範彦さんは、一般的な文学修行に打ちこんでいると、仲江さんには思わせて自分の道を歩きつづけた。これならいいかい」

大まじめに中学生の確認をとって、

「その一方で勤めていたんだね」

「はい。大学が埼玉だったので、大宮《おおみや》の商業施設に入社なさったそうです。中堅クラスのスーパーマーケットで宣伝の仕事を」

「文章が達者なら、いいコピーが書けただろう」

「そこのキャンペーンガールをしていたんです、佐夜歌さんは」

　薩次が笑顔でうなずいた。

「それからのコースはおおよそ見当がつく。ミステリ作家を目指す範彦さんと、女優志望の佐夜歌さんが結ばれた。しばらくして会社が潰れた。流通業界は激変がつづいたから……ふたりは思い切って東京に出た」

「はい。父はそういいました」

「彼は背水の陣でペン一本に人生を賭けた。奥さんの佐夜歌さんも、女優への足がかりを摑んだ」

「いろいろあったけど、大劇魔団の舞台に立てましたから。高崎公演のときにはおばさんがわざわざ舞台を見舞ったんですよ」

「大劇魔団を？　伸江さんむきの芝居をするようになったのかい」

　薩次はふしぎそうだ。八〇年代に秘法零番館・転位21・夢の遊眠社といった前衛劇団が続出したころからの古強者である。初代のリーダー湊《みなと》ようスケにつづいて、次代の青江《あおえ》七郎《しちろう》あたりまでは知っていたが、以降の大劇魔団については不案内なものの、鵜飼伸江が喝采を送る芝居なぞやりそうになかった。

「おばさんはただ楽屋に花を持っていっただけです」

それならわかると、薩次はうなずいた。

「嫁の陣中見舞いをするくらいだから、仲は良かったんだね」

「息子より気に入ってたみたい。行儀作法がしっかりしてるって」

薩次の勝手な想像によれば、仲江は佐夜歌の上に香住の面影を重ねていたのかもしれない。

「熱心に範彦さんの面倒を見る佐夜歌さんに、ありがたいことだ、出来すぎの嫁だ、父や小袋さんにそう仰っています。あら」

時計を見て、立ち上がった。

「健診が終わる時間だわ」

玄関に下りるとすぐ、キリコと仲江が交わす話し声が近づいてきた。薩次が満面の笑みで労をねぎらう。

「お疲れさまでした」

「どうぞ奥さまをいたわってくださいましね」

「はい、もちろんです」

仲江の前だと薩次はつい、直立不動の姿勢をとってしまう。そのせいで、「こちらの旦那さまは、いつも背筋がピンとしていらっしゃる」と褒められたことがある。

「奥さまに申し上げたんですけど、意識してよい音楽をお聞きになるとよろしいのですよ……

赤ちゃんだってきっと喜びます」

「はあ、そうします」

商売道具だから本だけはあるが、CDのたぐいは多くなかった。売り出し直後のMP3を買ったことがあるくらいで、オーディオ機器の備えはいたって貧しい。通販で新製品に目を光らせようとしても、薩次はもともと音痴であった。

「ではまたね。キリコさんお大事に」

「ありがとうございました」

玄関の戸を開閉した一瞬、庭の蟬時雨《しぐれ》が高まる。

丁重に送り出した薩次たちが居間へ引き返そうとしたとき、玄関のガラス戸を突き抜けるような伸江の叱声があがった。

「そこはよそさまのお庭ですよ！」

子供でも叱っているのだろうか。

短い間があってから、産婆さんの声はいっそう甲高くなった。

「言い訳はおよしなさい！　あなた、どこの家の子？」

男の子の泣き声が聞こえると、薩次たちも知らぬ顔はできなくなった。いそいで玄関を開けると、百日紅の前で、一年生くらいの少年——というより幼児が、虫取り網と籠を手にべそをかいている。その泣き顔を睨めつけて、伸江が厳めしく立っていた。

「どうしまして、伸江さん」

声をかけたキリコをふり返った。

「この子が勝手に庭へはいって、網を振り回していたのです」

「だって……」

男の子がしゃくりあげた。

「蟬がここんちの庭へ逃げたんだもん」

状況はすぐ判明した。蟬を捕るのに夢中で飛びこんできたらしい。

薩次が笑って収めようとした。

「門の扉が壊れたままでした。修理を先のばししていたので……」

「牧先生」

ピシャリと伸江がいった。

「甘やかしてはいけませんよ。この年頃に他人と自分の区別をわきまえさせないから、世間の常識が乱れてきたんですもの」

「はあ」

ぐうの音も出なかったが、その薩次の言葉が、男の子にいらぬ智恵をつけたようだ。

「門が開いてたからいけないんだ。閉まっていれば、はいらなかったよ！」

「お黙り」

低いが鋭い伸江の声に、幼児は口をつぐんだ。

「そういう理屈をすぐこねるから、今の子は怖い。あんた、名前は」

「……」

「黙って、頭を下げて、それで逃げていくつもりかい」

実際、男の子はそのつもりでいたらしい。網と虫籠を持ち直して逃走の姿勢をとろうとしていたが、先を読まれて動けなくなった。

割ってはいったのは、キリコの世にも陽気な声だ。

「なんだ、きみだったの！」

仲江はやや虚を衝かれていた。

「ご承知でしたか、この子を」

「はい。ケンちゃんだっけ、きみ」

男の子は口をとがらせた。

「ゆーぞーだよ。竹富勇三《たけとみゆうぞう》」

「そうそう、ユーちゃんだ。こないだ教えたじゃない、蟬捕りならうちの庭へおいでって……なんだ、もう忘れてたのか」

親しげに顔を突き出されて、幼児は目をパチパチした。田舎の子といっても、昔の洟垂れ小僧のイメージはまったくない。利発げに整った顔立ちだが、目だけきょろきょろと落ち着きがなかった。汚れの目立つTシャツを着替えさせれば、キリコが住んでいた南青山界隈に現れても違和感は皆無だろう。テレビがはじまり団地が増えマイカーが普及してこのかた、日本人は大人も子供も中流階級の顔の持ち主ばかりになった。

「ほら、蟬が逃げるよ」

キリコに注意されて、ユーちゃんはあわてて虫籠を閉め直した。

「覚えておきなさい。この家の庭ならはいっていいの。その代わりよその家はダメ。赤ちゃんがお昼寝してるかもしれない、お年寄りの丹精した盆栽が並んでるかもしれない」

「うん。わかった」

てきめんにホッとしたユーちゃんは、長居は無用とばかりとっとと走りだしたと思うと、壊れた門のあたりでペコリとお辞儀だけのこした。

「敬語を使うこともできないのね……今の子供は」

さすがにそれ以上追及する気はないらしい。蘇った蟬時雨の下で、伸江は玄関前に並んだ牧夫妻にむかって、頰をゆるめた。

「キリコさん。今のお話……嘘じゃありませんか」

「はあ?」

とぼけようとしたが、そうはさせない。

「あなた、あの子の名前を知らなかった。私に叱られるのを見かねて、仰ったのね」

「あはっ、そうなんです」

スーパーは軽く開き直り、その後ろでポテトと美祢が小さくため息をついた。

「すみません。よけいな口出しして」

「まあいいでしょ」と、伸江も大人だ。

「私のお説教は長引くって、子供たちにもいわれたことがあるの」

子供〝たち〟という言葉に、キリコがかすかに表情を硬くした。その様子が伸江にも見て取れたのか、視線を移した老女は美祢にむかってゆっくり息を吐き出した。

「……そう、そう。美祢ちゃんに、お話があったんだわ」

遠慮がちに薩次にいった。

「申し訳ありませんね。もう一度お邪魔してよろしいかしら」

「あ、はい、どうぞ」

7

リビングルームで美祢の前に座った伸江は、牧夫妻に同席してくれるよう声をかけた。ユーちゃんを叱りつけたときの狷介《けんかい》な物腰はとうに消えている。ゆったりと椅子に体を預けた有り様は、この邸の女主人そのものだ。——もっともキリコの両親に売却するまで、彼女がオーナーだったのは事実である。

「今日伺うのが少々遅くなったのは、醍醐さんにお会いしたからなんですよ」

そう切り出されて、美祢はまばたきした。

「お父さんからお聞きしました。来春から鷹取少女歌舞伎が復活する。その舞台にあなたが立つことをね」

「父が話したんですか」

ホッとするより、意外そうな顔つきだ。伸江はうなずいた。

「醍醐さんが話したのではなく、私がむりやりしゃべらせたの。『やすらぎの巣』にも、噂は流れてきますすよ。鷹取神社といえば、この町いちばんの氏神さまですからね。あそこにはいっている年寄りのほとんどは、代々の氏子なんだもの」

歩くツイッター小袋宗子が、毎日のように出入りする老人ホームでもあった。

「美祢ちゃんが私に遠慮して、歌舞伎の話がしづらいようでは可哀相でしょ。それで早くあなたにひと言いっておきたかったの。――おおっぴらに話してくれて結構ですよ。いいこと?」

にこやかな口調の老女を、美祢は黙って見返している。笑顔なのに伸江の目は笑っていない、そう観察したに違いない。薩次もキリコもおなじことを考えているようだ。黙って耳を傾けるばかりであった。

決して考えすぎではないだろう。伸江の笑わぬふたつの目は、そこにいない誰かに注がれていた。午後の日が中庭に射しこみ、建具の十字枠の影がフローリングまでのびている。

「醍醐さんが私に気を遣うのは当然だけど、あれから四十六年という時間が過ぎたのも間違いないのよ。忘れましょう、忘れなくては、忘れてしまった……なんべんそう思ったことかしらね。……ああ、なにもいわなくて結構よ、美祢ちゃん。私のせいで思い出させてしまった。そういいたいんでしょう、あなたなら」

唇の端がかすかにつり上がる。

「そんなことで、いちいち古傷が痛むようでは、本当に忘れたといえないわ。だから構わず、私の前で鷹取歌舞伎の話をしてね。先生たちも」

　伸江は夫妻をふり返った。ポテトはともかくスーパーに稀な畏まった顔つきを見て、仲江は笑いだした。

「ものは考えようじゃありませんか。あのとき香住が願っても叶わなかった芝居の主役を、美祢ちゃんが務めるのですからね。娘が再来したと思えばいい。どうぞ立派な舞台を見せてください」

「はい」

老女の視線をまともに受け止めても、美祢はたじろがなかった。

「香住さんに負けません」

「ええ、美祢ちゃんならきっと」

言葉を切った仲江は、子細に少女の全身を見回した——見定めた、というべきだろう。

ああ、私は今このおばあさんに値踏みされてるんだわ。美祢はかすかに身震いした様子だ。決して相手におじけづいたのではない、武者震いとでもいいたい興奮が、少女の胸の奥を走り抜けたに違いない。

すっと仲江の表情がほぐれた。

「……きっとできるわ。香住以上に女の性根が据わっているもの、あなたは」

「でも香住さんて、美人だったんでしょう?」

タブーを破った美祢は、あえて失われた娘の話題に踏みこんだ。それはかえって仲江の心を弾ませたようだ。カリスマ助産師は母親らしくやさしい笑みを浮かべていた。

「ありがとうよ、美祢ちゃん。親馬鹿といわれても仕方ないけど、器量よしだったわね、あの子は。SKDの男役みたいだって、青年団が騒いでいたもの」

「S……なんでしょう」

美祢の年では知る由もないから、こんなときはスーパーの出番だ。

「松竹《しょうちく》歌劇団の略称よ。東宝《とうほう》の宝塚《たからづか》に対抗して、松竹がつくったの。浅草《あさくさ》の国際劇場を根城に水《みず》の江《え》滝子《たきこ》のような大スターを生んでるわ」

「お若いのに奥さんよくご存じだこと」

「えへ」

しばらくぶりに「若い」と形容されて、照れたキリコはしきりとおなかを撫で回した。赤ちゃんもびっくりしているだろう。

「関西が本拠地の宝塚より、このあたりの若い人には浅草の方がずっと近くて親しみ易かったから。……香住は男役どころか、まるっきり男の子でしたね。木登りはする、コマは回す、凧あげなんて町内でいちばんだった」

仲江は西日のぎらつく空を仰いでいた。浮かんだ雲のどれかから、娘の面影を探すようなまなざしだ。

「そんな子だったから、お嬢吉三の役は私の目にもぴったりでしたよ。女として育てられていた吉三が、杭に片足乗せた形で伝法な七五調をたてつづけに歌いあげる。あの子の稽古につきあう度に、舞台姿が目に浮かんで……とうとう本物を見ることはできなかったけど」

僅《わず》かに伸江の口調が濡れたとき、美祢はごく自然に立ち上がっていた。

「喉が渇いたでしょう、おばさん」

身軽くキッチンへ足を運ぶ。その間にそっと目尻を拭った伸江は、カウンターのむこうにしゃがんだ美祢に声高に尋ねた。

「……それで初春の少女歌舞伎の演目は？」

「『白浪五人男《しらなみごにんおとこ》』です」

「うお」

思わずポテトが唸り声を発した。

歌舞伎の知識に乏しい彼さえ知っている、黙阿弥の大作だ。主役だけでも五人が揃い、それぞれ名台詞《ぜりふ》の聞かせ場がある。たかがといっては失礼だが、神社の境内で打つ村芝居にしてはスケールがでかすぎる。大冒険大賛成が持論のキリコまで驚いて、おなかをさする手を止めてしまった。

「凄すぎない、その舞台は」

「凄いですね」

あっさり本人が同意した。

「するとあなたの役どころは」

「弁天小僧菊之助《べんてんこぞうきくのすけ》です」

納得できる配役だが、まだ四人もの大役がのこっている。日本駄右衛門《にっぽんだえもん》、忠信利平《ただのぶりへい》、赤星十三郎《あかぼしじゅうざぶろう》、南郷力丸《なんごうりきまる》。

復活第一号の鷹取歌舞伎だというのに、そんな役柄をこなせる少女役者を揃えられるものだろうか。往年の舞台を知る仲江も唖然としていた。

「度胸があるんだねえ……」

「はい。くそ度胸です」

美祢は大真面目に応じた。冗談でもなんでもなく、本気で正面突破するつもりらしい。仲江が椅子から半身を乗り出した。

「お父さんは芝居のことなら、すべて観光課にまかせてある、私は知らない。そう仰っていましたよ」

「父に芝居の知識はありませんから。舞台として神楽《かぐら》殿、客席代わりに境内をお貸しするだけなんです」

「えっと。では演目を決めたのも、市の観光課なのかい」

薩次も真剣になった。観光の目玉にしようと意気ごむのはわかるけれど、身の丈に合った企画を立てなくては、失敗したとき鷹取歌舞伎はもはや復活不能になる。それよりなにより、美祢がぶざまな姿を晒す舞台なぞ、絶対に見たくなかった。

キリコもまったくおなじ意見だ。

答えようとして少女は躊躇《ためら》った。

「観光課では、まだ内緒にしてくれといってますけど……」

「構わないわよ。誰なの、そんな無茶な企画を持ち出したのは。まさか市長の村上さんじゃないでしょうね」

東西大学史学部卒業で文学博士の学位を持つ現市長は、すでに三期目にはいっている。地方のボス然としていた前市長に比べ、評判はわるくない。一貫して民生に注力しており、「やすらぎの巣」を建てたのも彼だし、市営病院も村上市長の代になってから充実してきた。その一方で産業振興についてはほとんど実績をあげていない。自然エネルギー開発を旗印に大手企業の工場誘致を図ったが、不況が災いして頓挫《とんざ》したきりだ。

そんな経緯があって、市は観光政策に力をこめるようになった。鷹取少女歌舞伎にそのアドバルーン役を務めさせるのも、戦略の一部だろうが――。

仮にもスーパーはもとタレントである。芝居については素人ではない。役人がエエ恰好しィのつもりで風呂敷を広げれば、大火傷のもとだ。面識はないが、いざとなれば市長に談判してでも止めてみせる。それくらいの心構えであった。

無愛想でなにかしら事情を秘めているにせよ、醍醐美祢は今となっては家族同然だ。そんな彼女に恥をかかせてなるものか！

するとと少女はいった。

「演出家の先生なんです、立案したのは」

8

「はい。市長さんがこの春アメリカへ出張したとき、スカウトした先生です」

これには虚を衝かれた。

「演出家？」

往年の鷹取歌舞伎は型通りの歌舞伎を型通りに——いってはわるいが縮小再生産して——神社の舞殿へハメこんだに過ぎない。職業俳優が指導した経過はあっても、単にお手本を模写するにとどまっていた。なまじ少女たちに自由な裁量を許せば、ごっこ遊びかお子さまランチに堕してしまう。演技術の基本に欠けているのが致命的なのだ。

鷹取少女歌舞伎も演劇だから、演出が必要なのは当然である。だがキリコの感覚からすれば、クリエーターとしての演出家ではなく、芝居をスムーズに進行させるための舞台監督、はっきりいえば裏方コミの交通整理係ではなかったか。

そんなパートにあたる人材を、市長がアメリカで発見した？

「よくわからない。その演出家はアメリカ人なの」

「いいえ。日本人です。ハネダ先生と仰います」

「ハネダ……」

スーパーが眉間をもんだ。

「聞いたことがあるよ。オフ・ブロードウェイでオビー賞をとった演出家ね……そうだ、羽根《はね》田嘉明《だよしあき》！」

「はい」

話が通じて美祢は笑顔になった。オフ・ブロードウェイは大劇場が櫛比《しっぴ》するブロードウェイと違い中小劇場を核としており、感覚的に優れた斬新な舞台を多く提供している。オビー賞はアメリカの演劇界でトニー賞につぐ格の高さを誇っていた。

「その羽根田先生です」

ニューヨークで高名な演出家が、わざわざ帰国して小都市鷹取の少女歌舞伎を演出する？

薩次もいっそうわからなくなった。

「すまないけど、はじめから説明してくれないかな」

「はい。去年の春、鷹取市はアメリカのフェリア市と姉妹都市になりました。ご存じですか、お姉さん。ニューヨークから百キロほど西に離れた、人口十万規模の小さな町です」

「そのニュースなら知ってる。そこへ出かけたのね、市長さん」

表敬訪問というわけだ。

「フェリア市では地元の名士を集めて、歓迎のパーティを開催したんです。市内に住んでいた羽根田先生も出席されて、鷹取少女歌舞伎が話題になりました」

少女歌舞伎の再興はもとから市長のプランにあったようだ。フェリア市と姉妹都市になったのも、その予定があったからに違いない。

フェリア市は演劇にかかわる人口が多いことで有名だ。半世紀前、ブロードウェイを引退した名優が俳優養成スクールを開いた。はじめは私塾ともいえない小さな教室であったが、そこから次々とスターダムにのし上がるタレントを輩出したことで、マスコミが目をつけたという。キャストの養成だけではなく、美術や演出など一流スタッフまで馳せ参じ、今では総合的な演劇学校として認知されている。

そんな人脈があるからだろう、フェリア市にはメジャーな劇団がいくつか大道具小道具の倉庫を設け、衣装やメイクの専門的な研究所もできたという。大都市と違って地価が安いので、スケールメリットを生かした巨大施設を設けられるのだ。日本の場合でも劇団四季《しき》は、北信《ほくしん》の大町《おおまち》市に瀟洒《しょうしゃ》な資料館を構え、公演に使った装置や衣装を保管している。

「羽根田先生はそこの演劇教室の第一期生で、最初に名をあげたひとりなんです。二年前に招かれて講師の契約を受けていらしたけど、それが少女歌舞伎の話で、市長さんとすっかり盛り上がって」

「鷹取市が演出家として招聘《しょうへい》した？」

「はい」

伸江はキツネにつままれたような顔だ。

「ニューヨークの監督さんが、日本の田舎の村芝居を演出するなんて、そんな」

馬鹿げた、といいたかったろうが口をつぐんだ。もっともキリコだって似た意見だ。

「ものは歌舞伎よ、『白浪五人男』よ。『コーラスライン』のつもりで演出なんか、できるわけないでしょ」

「美祢ちゃん、きみ、その演出家に会ってるのか」

薩次の質問に「いいえ」と美祢は首をふった。

「先生がフェリア市のスクールと結んだ契約は二年間で、この九月までなんです。秋になれば鷹取へいらっしゃいます」

「舞台の主役はそれから決めるってことかい」

「そんなんじゃ間に合いっこないわ」

「いえ。主演は私に決まっています」

美祢は堂々といってのけた。

「ですから羽根田先生は、私のイメージで、テキストのアダプテーションをはじめておいでです」

歌舞伎の台本をどう改訂するというのだろう。河竹新七《しんしち》こと黙阿弥が聞いたら、化けて出るんじゃないかしら。キリコは頭が痛くなってきた。

「『白浪五人男』をアダプトするって……」

「あ、わかりやすいので『白浪五人男』と呼んでますが、もとの台本は『弁天娘女男白浪《べんてんむすめめおのしらなみ》』です」

「さよか。それならまだわかる」

キリコは得心したが、舞台に暗い薩次はまだ混乱中だ。

「どうわかったのさ」

今度は仲江が解説を買って出た。

「弁天小僧の出がある場だけ抜いて上演するときは、外題《げだい》を『弁天娘女男白浪』と呼び替えるんですよ」

薩次はやっとうなずいた。

「なるほど。『白浪五人男』の抜粋をやろうというのか」

「つまり来春の少女歌舞伎は、美祢ちゃんを中心に構成して……」

「五人男が勢ぞろいする場面をラストに、賑やかに締める。先生はそんなおつもりなんですって……改訂台本は、八月中に市長さんが受け取る約束です」

「待った、待ってよ美祢ちゃん」

大きなおなかをものともせず、椅子ごとキリコはにじり寄った。

「羽根田先生は、まだ会ってもいない美祢ちゃんを主演に、それも五人揃った舞台じゃない、完全にきみひとりにおんぶに抱っこで芝居を作ろうっての？　私はきみと毎日会ってる、だから演技力までは知らないけど、見目形《みめかたち》が舞台映えすると百も承知ですよ。なのにその羽根田先生は、会ってもいない女の子に下駄もハイヒールも預けっ放しで、さあやってごらんというの？　あんまり無責任じゃないかしらん」

夢中でしゃべりたてたら、息が切れてた。心配そうに自分を見ている伸江に気付いて、首をすくめて椅子の背にもたれた。

キリコの剣幕と対照的に、美祢の返答は冷静なものだ。

「先生には動画ファイルを送りました」

「動画？」

「市長さんの撮影です。大学時代は演劇部のほか映研にもいらしたって。私は羽根田先生からいただいたプランに沿って、台詞の朗誦《ろうしょう》から柔軟体操、日舞、ギターの演奏、トンボまで」

「ト」

キリコが舌をもつれさせた。

「美祢ちゃん、トンボを切れるの！」

「はい。私はスク水を用意していました。着物では無理だったかも」

「はあ……」

ため息をつく愛妻を、薩次が可笑しそうに見た。さすがのスーパーも、もう自分の時代ではないと身に染みたことだろう。

呆れ顔の伸江が感想を述べた。

「それ、みんな……御剣のお母さんのお仕込み？」

「ギターとトンボは父です。ひとりッ子だったので、母は私を女の子らしく、でも父は私を息子扱いして……体育大学出身なんです。大きくなったらいっしょに酒を飲もう。そういっては母によく怒られていました」

揺れかかる表情を抑えた美祢から、仲江はそっと視線を剝がす気配だった。

「動画の送信を三度くり返したあと、先生のＯＫを貰いました。あなたのイメージでテキストレジーする。そういってくださいました」

「了解」

キリコがぼそっといった。

「とっくに羽根田先生の演出ははじまっていたんだね……」

一点豪華主義とでもいうべきか。オフ・ブロードウェイの俊英は、美祢という金の卵を集中的に研ぎすまして、少女歌舞伎のニューモデルを創り出すつもりなのだ。

だが薩次の不安はまだ消えない。

「他の役者の出番は減らしても、ゼロになったわけじゃないだろう。衣装ひとつ取り上げたって、べらぼうな費用がかかるはずだぜ」

「五人男の衣装なら、観光課が保管していました」

美祢の答えを仲江がフォローしてくれた。

「鷹取少女歌舞伎がいちばん盛んだったころの、演目でしたからね。役者を揃えられなくて、たった一度上演したきりだけど……」

「それ以来、とても大事にしていたみたいです。大道具や小道具についてはお考えがあるそうで、羽根田先生が来日してからで、準備期間は十分と仰ってました……これ」

ポーチから取り出した一枚の写真を、三人の聞き手に見せた。

「へえぇ」まずキリコが感心した。

「これも市長のテクなのか……よくやるなあ」

ポテトは降参のつもりで両手をあげたが、伸江は目の回りをしわしわさせて、ふしぎそうだ。

「いやだ、美祢ちゃん。もう先生に会ってるんじゃないの」

黒のレオタード姿がいつもより大人びた印象を与える美祢と、ラフなスーツに袖を通した紳士のツーショットだ。日本人としても中肉中背の部類なのに、なぜか大きく見えるのは先端的クリエーターが発するオーラのせいなのか。鼻下に蓄えた髭にいささか好色な雰囲気もあって、ふたりが親子ではないことがよくわかる。

「合成写真です」

美祢が楽屋裏をばらした。

「先生のデータを受信して、市長さんが作成したんです。文系でもこれくらいできるって威張ってました」

「まあ……そんなことができる世の中になったのねえ」

嘆声を漏らしながら、伸江はしばらくの間写真を凝視していた。キリコが「羽根田先生、イケメンですね」というと、老女はやっと目を離した。

「なんだかねえ……丈吉《じょうきち》に顔の形が似ていたから」

言い訳がましくつぶやいて、居住まいを正した。

丈吉？　誰のことだろう……聞いた記憶はあるのだが。薩次はキリコを見た。彼女は素知らぬ顔でまたおなかを撫で回しはじめた。

9

長話で牧家を辞去するのが遅れたが、仲江は「やすらぎの巣」で催される句会に出席するといい、忙しげに帰っていった。

それを見澄ましたように、薩次が尋ねた。

「丈吉さんて、どこの人だったろう」

推理力はともかく記憶力ではポテトはスーパーの敵ではない。こんなときは素直に白旗を掲げることにしていた。彼女はこともなげだ。

「仲江さんの別れた旦那さんよ」

「ああ……そうだったか」

亡くなったキリコの親のどちらかが、その名を口にした覚えがある。

敗戦後ようやく日本の未来に曙光が見えはじめたころ、開設されたばかりの鷹取市営病院に勤務したのが、日向《ひゅうが》丈吉である。保守的だった医療の方針にメスを入れ、最新の医療器具の導入をはかって、患者たちにも看護婦にも評判がよかった。産婦人科の看護婦であった若き日の伸江と恋仲になり、結ばれた。結婚生活は順調で一女一男を儲けたのだが、丈吉が院長とトラブルを起こしてクビ同然に病院を退職してから、家庭に亀裂が生じた。

ベテラン看護婦の伸江が生活を支えたので家計は維持できたが、結婚前に予想できなかった丈吉の性格破綻があらわになった。いや、性格破綻ときめつけては、彼に気の毒かもしれない。一時的に酒乱気味となり、マージャン賭博の常連となった。それまでが順風満帆だったせいで目立ったが、単に打たれ弱さを露呈しただけといえる。

少なくともキリコの両親は、そう考えていた。

「伸江さんが出来すぎなんですよ」

母がいい、父も賛成した。

「あの人は完全主義だからなあ」

「お友達にするにはとってもありがたい、面倒見のいい人だけど……」

「亭主や子供にしてみれば、四六時中緊張を強いられる。検事に仕切られているようで、旦那さんも肩が凝っただろう」

実際には可能夫妻は、日向丈吉に会ったことがない。ふたりが鷹取へ〝疎開先〟を探しにきたころは、すでに伸江は離婚していたからだ。当の丈吉は、伸江の言葉によると「身を持ち崩して」鷹取を後にしたという。平成の今から数えれば、ざっと半世紀以前のことであり、その三年後に香住の蒸発事件が起こっている。

そんな昔のことではあるが、可能夫妻が鷹取に生活の基盤を置くようになって、顔見知りも話し相手も増えてきた。霞んでゆく記憶を辿《たど》って、丈吉と伸江の家庭を話題にできる者も少数ながら、存在した。

その人たちの声を聞けば、丈吉は天才肌の医師でルーズという欠点はあったが、家庭生活に不適なほど性格に歪みがあったとは思えない。

「世の中の夫婦の半分は仕方なく、惰性でいっしょに住んでるだけですよ。それに比べれば日向先生なんてマシな部類だわ。伸江さんは贅沢なんだから」

そう囁《ささや》いたのは、鷹取神社の氏子のひとりだった。

「なまじ子供の面倒を見られるだけの稼ぎがあったから、さっさと亭主と縁を切ってしまったのさ」

長らく丈吉に診療してもらっていた町の長老は、そうも話した。

「先生ときたら、有り金のこらず伸江さんに渡したんだよ。潔いというか執着心がなさすぎるというか。それにしてもいくら女房が重荷になったからって、子供をふたりとも置いてゆくなんて、わしには考えられないね」

誰も丈吉のその後を知る者はなかった。

わずかに市営病院の昔の仲間だけ、数年後の彼の消息を知っていた。医師としての手腕を高く評価したボストンの某病院から招致されたというのだ。

「この国の湿った風土では、日向先生のタイプの医師には座る椅子がなかった。今ごろは新天地でのびのびとメスをふるっているさ」

――しょせんそんな噂は一過性である。キリコの両親にしても、その目で見たわけではない日向夫妻の実態を、あれこれ詮索するつもりなぞなかった。

ただしふたりは、伸江が息子に接する姿をまのあたりにしている。

よくできた嫁をもらって、一人前に家庭を営んでいる範彦を、伸江は幼い子供なみに扱っていた。

「男ならシャンとしておいでよ。ほら背筋をのばして！」

「会社からどんな仕事をまかされてるの？　大きな声も出せないノコちゃんでは、実力以下に見られてやしないかい？」

佐夜歌の前でノコちゃん呼ばわりした。ひとり息子との絆を強調したいにせよ、嫁としては少々居心地がよくなかったろう。

それでも範彦は孝行息子で、佐夜歌はできた嫁であった。可能夫妻が見聞するかぎり、月に一度は東京からやってきて、「やすらぎの巣」のゲストルームに泊まり、こまめに母の世話を焼いていた。共稼ぎのふたりには負担が大きかったろうが、勤めていた企業が潰れ貯金を取り崩す暮らしになっても、夫妻の鷹取詣では変わらなかった。気を遣った伸江が、勤め先がはっきりするまでこなくていいからと、婉曲《えんきょく》に断ったほどである。

範彦夫妻の生活は貯金と失業保険頼みでも、伸江自身は指折りの資産家ということができた。可能家に屋敷を売却した金は手つかずであり、本町で経営していた鵜飼産院は土地も建物も彼女の名義になっていた。

いよいよ息子の生計が手詰まりになれば、援助するのはわけもないことであったが、仲江は我慢した。佐夜歌という賢妻がいるのに、姑《しゅうとめ》が小賢しげに乗り出すのは越権行為だ。そう考えていたようだ。

このあたりの機微を可能夫妻に漏らしたのは、小袋宗子らしいが、物事をスクエアに割り切る仲江としては、当然であったろう。

「その代わり私がどうかなれば、遺産はまるまるお前たちのものだからね。楽しみは後にとっておきなさい」

彼女はそう公言していたようだし、意地も手伝ったのか頑張り抜いた佐夜歌はやがて、大劇魔団に女優として登用された。かつてはマスコミにもてはやされた劇団である、バブルの余光を駆って、旅回りの公演にもしばしば地元企業が力を貸してくれた。

佐夜歌ひとりの稼ぎで、楽にふたりの生活を維持できるようになった。その代わり月に十日は、東京のアパートを留守にする羽目となる。空いた時間を使って、範彦が就活に専念したかといえば、そうではなかった。

文筆で自分の名をあげたいという夢が、範彦の原動力であった。曲がりなりにも妻は舞台女優の夢を達成している。今度は俺の番だ。心にそう誓ったに違いない。

はじめはそれを仲江も知らなかった。

就職活動に精だしているものと思いこんでいた。

それがあるとき、佐夜歌から聞かされたのだ。「範彦さんが小説を書いているんですよ」

その語気に夫を非難する風はまるでなく、それどころか（やっとあの人らしい修行をはじめました）……むしろ嬉しげにさえ聞こえたので、仲江もしばらくは黙っていた。それほど熱をこめているのなら、近い将来きっと実をむすぶことだろう。自他に厳しい仲江だが、親馬鹿の一点に変わりはない。

期待をこめて待ちつづけた。

やがて痺れを切らした母親は他用にかこつけて上京、範彦の居室を訪問した。ほんの陣中見舞いのつもりであった。だがそこで彼女は発見した。範彦が書いているのは、仲江が期待するような芸術の香り高い文学ではなく、血みどろな殺人小説であったことを。彼が高校生のころ学校の文芸誌に寄稿したのが、死体の転がるお化け屋敷じみた物語だったことを思い出し、憤然となった。

「佐夜歌さんに食べさせてもらいながら、こんな破廉恥なものを書いてるなんて！」

母親と息子ははじめて正面衝突した。

ふだんならよくできた嫁が間にはいってくれたろうが、あいにく彼女は関西公演の最中であった。

たいていの場合は、小心な範彦が母に詫びをいれるのだが、このときばかりは彼は後に引かなかった。ここで後ずさりしたら、自分で自分を否定することになる。そう腹をくくったに違いない。

亡くなる前の母がキリコに語っている。

「彼女は息子さんに怒鳴ったそうよ。あんたなんかと縁を切っても、鷹取には私が取り上げた子が大勢いますからね。市長さんでさえ、私のことをお母さんといってくださるんだ。娘も息子もいなくたって、私はちっとも淋しくない！……そんなのウソですよ」

そう漏らしたときのキリコの母は、胸に手をいれていた。しなびた自分の乳をまさぐっているらしく、キリコは吹き出しそうになったが、それにつづいた母の言葉にシュンとなった。

「自分のおなかを痛めた子。あのときの痛さを誰が忘れるもんですか。ああ、いやだ、二度とこんな苦しみ、ごめんだよ！　克郎を産んだとき、本気でそう思ったのにねえ。いつの間にやらあんたがいる。わるいけどこの気持ち、男の人には決してわからないよ」

そのときの母を思い出しながら、今スーパーは自分のおなかを撫でさすっていた。

母さんのいう通りだわ。仲江さんが息子を思い出したくもないなんて、嘘。ただの強がり。なんとか仲江さんと範彦さんの間を取り持ってあげられないかしら。

「あ痛っ」

子宮の中で娘が飛び蹴りを一発噛ましたようだ。

ロッキングチェアで心地よく眼を閉ざしていた薩次が、驚いて跳ね起きた。

「どうした！」

「大人の事情ばかり聞かされて、姫のご機嫌が斜めなの。そうそう。ちょっと待っててね」

立ち上がった。

カウンターのむこうでは、美祢の黒い髪が揺れ、水音がしきりだ。今夜の献立はキリコに習ったばかりのタンシチューの予定である。

メニューを思い出したせいで、ポテトのおなかがぐーといった。

「まだですよ、牧先生！」

美祢は耳がいい。

「シチューは煮こむほど味が出ますからね」

「あ……ああ。期待してるよ」

10

いったん自分の部屋にもどったキリコが、手に提げてきたのはギターだ。体を動かしやすい丸椅子に座った。

「よいしょ」

声をあげたのが照れくさそうだが、おなかが迫《せ》り出しているのだからやむを得ない。音叉《おんさ》をサイドテーブルの角に打ちつける。ウワンワン……とラの音がリビングの空間にうねりだす。

「チューニングですか」

カウンターに美祢の首が生えた。そういえば彼女も、ギターの心得があったのだ。ペグを回して弦の張りを調整したキリコが、亭主に尋ねた。

「リクエストは?」

「えっと」

もじもじする。万事この調子なので、薩次はカラオケに連れていってもらえない。

「『六月の子守歌』……なんて、ポテトは知らないか。ではまあ、小手調べに」

弾きだしたのを聞いてポテトが微笑する。

「これなら知ってる」

『揺籃のうた』であった。

「北原白秋作詩、草川信作曲、一九二一年発表でーす」

スーパーらしい注釈つきだ。

ギターだけではなく彼女の歌もくわわった。

「揺籃のうたを　カナリヤが歌うよ
ねんねこ　ねんねこ　ねんねこよ……ふうう」

おかしな合いの手がはいったと思ったら、キリコの地声だ。丸々したおなかでギターを抱え、おまけにボーカルまでというのはしんどいらしい。

「お姉さん、私が」

美祢がするすると近寄った。シチューを深鍋に預けて、ギターの音に釣られて出てきたとみえる。

「よろしく」

楽器を美祢に渡すと、ホッとしたようにおなかを撫で回した。

「揺籃のうえに　枇杷の実が揺れるよ
ねんねこ　ねんねこ　ねんねこよ」

音楽に無知な薩次でも、これだけ繰り返しが多い歌ならついてゆける。反射的に、

「ねんねこ　ねんねこ」

とやったら、キリコに睨まれた。

「姫にオンチがうつるんじゃない？」

「そんなことありません」

ゆったりと爪弾きながら、美祢がいった。

「お父さんとお母さんの重唱、喜んで聞いてます」

エールに力を得て、薩次も懸命に曲についてゆこうとした。

「ありがとう……おなかの中でも拍手してるみたい」

手を叩きながらキリコがねぎらった。

「……まだシチューは時間がかかりそうね。美祢ちゃん、なんでも好きな曲を弾いて」

「教育的見地から問題がありますけど」

一応遠慮したが、キリコや薩次としても少女がどんな曲を好むのか、少なからぬ関心があった。

「うちの子に耐性をつけるためにも、どうぞ」

「はい」

こくんとうなずいた。

「私が好きなのは『人間まがい』です」

「えーっと」

薩次が視線を宙にさまよわせた。脳内をいくらググっても該当項目はないようだ。

「山崎《やまさき》ハコだったわね」

キリコはよく知っている。一節を口ずさんでみた。

「よっていきなよ　逃げないでおくれ
死神じゃないよ　私は人間　人間まがい」

フォークといえば吉田《よしだ》拓郎《たくろう》くらいしか知らないポテトは、びっくりした。

「なんか凄いな。死神じゃないけど人間でもないって？」

ポーカーフェイスの美祢も、自分の演奏に合わせて歌いはじめた。少女にしては低音がよくのびる。薩次には、弁天小僧のせりふ回しに合いそうとしかわからないけれど。

ただ——気のせいといえばそれまでだが、キリコと違って美祢はまるで自分のことを歌っている、そんな風に聞こえたのだ。悲しみと諦めと怒りがないまぜになった少女の歌声は、自分自身に叩きつけるような荒々しさに満ちている。

「……空の上のとびらはかたく　私なんぞにゃ　開けてはくれぬ
こんな馬鹿な　ひき返せないよ

他の奴だけ　入れといて
そういうわけで　ここにいるの……」

歌い終えたあと、声の余韻に耳をすませるように間をあけてから、ギターを置いた。

「シチューおいしくできてます、きっと」

キッチンに引き返してゆく少女の後ろ姿を見送って、薩次とキリコは小さな吐息を漏らした。

『人間まがい』を愛唱する彼女に、なにか得体の知れぬ怖さを覚えたのだ。静まり返った水面からでは、決して見通せない水の底。永遠の闇に閉ざされたまま、誰の目に触れることもなく沈澱している氷塊。美祢の心の最底辺で凍てついているそいつの名が、人間まがいなのか。

持ち前の推理脳では及ばぬもどかしさを薩次は知り、不可触の少女の狂気をキリコは感じていた。

「ねえ、キミ。本当にあなたはまだ中学生なの？」

今にもそう口に出したくなったキリコは、思いなおしておなかを撫でた。

第五章　出産一カ月前　1

1

百日紅《さるすべり》の枝から最後の花影が消えたのは、いつごろであったろう。

秋雨《あきさめ》前線の通過とともに、鷹取の気温は格段に低下した。立つ秋風に追われるように、慌ただしく薩次は北京に出かけていった。

ぎりぎりまで仲江の意見を求めたものの、母子ともに異状なし、としかカリスマ助産師も答えようがなく、それでも二の足を踏みそうだった薩次は、断固としてキリコに背中を押されてしまった。

義弟の中国行きを知った可能智佐子が、三日前から駆けつけている。妊婦がこのままスムーズに産み月を迎えるまで、週のうち五日を鷹取暮らしにあててくれていた。

「克郎さんの食生活は万全なの。二日間をコンビニ弁当、あとの三日は子供たちと交替で台所に立つといってたから」

智佐子の亭主統制ぶりに、キリコは感服した。

「兄貴にしては潔いわね。お義姉さんの躾《しつけ》が行き届いてるんだ」

「でもねえ……克郎さん、その間にお皿を何枚割るかしら」

「それはポテトに払わせます。出産の必要経費だもん」

義理の姉妹と思えない陽気な会話と裏腹に、庭のコスモスは静かな雨に濡れそぼることが多かった。今季まだ台風は関東に無縁だが、雨量はすでに平年を上回っていた。

鷹取山の山裾は紅葉の名所と呼ぶには寝ぼけた色合いだが、ひと雨ごとに秋は確実に深まってゆく。

隔日に——暇さえあれば連日のように顔を出す伸江の指導で、ヨガの新しいメニューがはじまり、キリコは軽々と咀嚼《そしゃく》消化していった。骨盤を持ち上げたり足組みねじりをしたりするのは、運動神経に恵まれたスーパーにとってお手の物であったし、初期から励行していたマッサージのおかげで妊娠線も出ておらず、智佐子を羨ましがらせた。

そんなスーパーにとって意外に難物なのが、瞑想のヨガであった。

「じっとしてるのは苦手でねえ」

「あぐらをかいて、おなかの赤ちゃんをイメージすればいいのよ。楽勝でしょう」

智佐子は笑うのだが、それがキリコには難しい。おまけに今日は高台の鷹取神社から太鼓の音が流れてきて、いっそう彼女を浮足立たせていた。

昨夜来の小雨があがり西日が雲を吹き飛ばすと、とうとうキリコは本音を吐いた。

「瞑想はここまで。お義姉さん、お祭にゆこ」

身軽く立ちあがった。

「あら。祭礼は明日からじゃなかった?」

五穀豊穣を祝う秋祭だ。準備のため美祢は一日鷹取神社に詰めきりである。ふだんなら午後から夕刻にかけて仲江が健診にくるのだが、今日に限ってお昼前に終わっていた。上越沿線に散在する邦楽研究会が、鷹取文化会館に集まって連絡会議を開く。仲江も「やすらぎの巣」を代表して出席する予定だったからだ。

正直なところキリコも、舎監《しゃかん》みたいに堅い仲江に比べれば、万事ゆるめの智佐子の方が話していて肩が凝らない。

「お祭は明日からよ。でもそうなると参拝客でラッシュでしょ。大きなおなかで出かける場所じゃなくなるもん」

「わかった。要するに祭の気分を味わいたいのね。スーパーちゃんはお祭女だからなあ。いいよ、いっしょに行ったげる」

話のわかる義姉《ぎし》だった。

体の重いキリコに代わってテキパキと戸締まりをすませ、勝手口を出た智佐子はちゃんと大きめのトートバッグを提げている。神社の帰りに鷹取銀座でショッピングするつもりらしい。

「東京に比べると格安なのね。掘り出しものをみつけて、うちに送るの。克郎さんに渡した生活費から、あとで差っ引きますけどさ」

主婦の貫禄《かんろく》をまとって屋敷の前のバス通りを颯爽と歩きだす。バス通りといっても二車線だし、一時間に一本程度の淋しいダイヤだ。もともと住宅街の静謐《せいひつ》を乱すほどの交通量はなく、鷹取の東西を貫くメインルートは低地の鷲頭川沿いを走っていた。

　空は晴れたが、風は冷たい。東京ではうやむやになりがちな季節のうつろいも、鷹取に来ればゴチックで印刷されたみたいに明瞭であった。

　冷涼の空気にめげず、智佐子はうきうきしていた。

「あら……雲雀《ひばり》かしら」

　小手をかざして空を仰ぎ、

「ヒガンバナ、きれいねえ」

　路傍の赤に目をとめる。

　克郎と結婚して東京にいついてしまったが、もとは福島の生まれ育ちなのだ。ビル風より、緑をわけて渡る風の方が気持ちいいに決まってる。

「その気持ちいい風が、放射能で安心できないなんてね。本当に収束したというのなら、東電本社も国会議事堂も福島に引っ越してくるべきよ。せめて原発賛成の人たちは、福島へ越してきて、福島の水を飲んで、福島で採れた作物を口にしなさいね。風評被害で実家は農民廃業をマジ考えてるわ。放射能の問題がいつ片づくと思ってるのかしら。セシウム137だけでも半減期は三十年なんだからね」

　およそ政治的な発言をしそうにない彼女の、にこにこしながらの言葉であった。

　牧夫妻の知人に福島県警の名物男だった大関《おおぜき》もと警視がいる。西郷隆盛《さいごうたかもり》に似た福徳円満《ふくとくえんまん》の彼には、定年後もそれなりのポストが用意されていた。肩書だけの椅子であっても彼は、郷里をまきこんだ人災の処理に全力投球した。国と企業の分厚い壁に激突した結果、体重が三割減少したと聞く。

バス通りはゆるやかなカーブと上り勾配がつづいていた。路傍を流れるせせらぎは雨上がりだから清流といいえないけれど、舗装の端に立ち上がったコスモスの花びらが、智佐子の豊かなお尻をそろりと撫でた。

太鼓の音が近くなったころ、義姉は息をやや荒くした。

「まだ上り坂はつづくのかしら」

「坂は参道を抜けて神社の下までなの。そこからは石段がずっと」

「あれま」

情けない顔になったが、キリコのおなかを眺めては弱音も吐けない。

「あなたは二人分だものね」

「でも、石段に手すりがないから、回り道だけど車道をゆきましょう」

手すりの有無で階段を敬遠するスーパーではないが、臨月間近だから大事をとることにしたのだ。バス通りから分かれた道は手入れが行き届かず、舗装も老嬢の化粧みたいにひび割れて、まだ雨の跡をのこしている。

歩くにつれて太鼓の音は高まり、左右の木立が深くなった。日が当たらないせいで、濡れた路面はいっそう広がってきた。その上になん本かタイヤの跡がのこっている。

「この道を行くと、拝殿の横に出るんです。ふだんは車一台通らないんだけど」

キリコが弁解したのも無理はない。大小とりまぜトラックが三台、鳥居の手前で道を塞いでいる。積み荷で目立つのは紅白の布を巻いた柱だ。

「雨で搬入が遅れたのね。こんにちは！」

荷物を下ろそうとしていた男たちに、キリコが陽気な声をかける。

「よっスーパーちゃん、手伝いにきてくれたのか」

ねじり鉢巻きの似合う赤ら顔のおっさんが、祭半纏《ばんてん》を翻《ひるがえ》して笑った。氏子の中でも顔役の蒲生《がもう》という初老の人物だ。振る舞い酒をきこしめしたからか顔が赤い。

キリコが応じた。「娘とふたりで手伝いたいけど……」

柱の一本も担ぎそうな義妹《ぎまい》を、智佐子があわてて止めた。

「妹が本気にしますからね。けしかけないでください」

「残念。私も太鼓ぐらい叩きたかったのに」

そのキリコの声が聞こえたのか、太鼓の音がひときわ盛り上がった。原始的な皮つき丸太の自然木でできた鳥居が、ふたりを迎える。境内に群れていた鳩が、ぱあっと空に飛び立った。

「黒木《くろき》鳥居っていうのよ」

キリコが振り向いた。「シンプルで好き」

鳥居の下からのびた石畳は、やがて直角に折れて神域の中央へつづいていた。

ふたりが敬遠した正面の石段を登れば、参詣者は一回り大きな鳥居に迎えられる。こちらも飾り気のない造りで、ふつう笠木と貫《ぬき》の間にある額束《がくづか》さえ見当たらなかった。

「伊勢《いせ》神明《しんめい》鳥居ですって。伊勢神宮や熱田《あつた》神宮に建てられてるから、鳥居の中でもクラシックなのよね」

その真下からもう一筋の石畳がはじまり、二本が合流して参拝客を拝殿に導く配置であった。境内の広さはざっと千平方メートルもあろうか。ふつう村社の敷地は三百坪クラスというから、鷹取神社はごく標準的なスケールである。

参道の途中に屋根をかけた手水舎《ちょうずや》が設けられ、正面には妻入り形式の拝殿が建つ。真新しいしめ縄が飾られ、左右の狛犬が目を怒らせていた。拝殿の奥に本殿が接しているらしいが、それはキリコたちからは見えない。

目をひくのは拝殿の斜め奥に建つ、木肌も新しい神楽《かぐら》殿であった。回り縁、高欄のある長方形の舞台造りだ。太鼓はそこに据えつけられていた。若者が無心の表情でとうとうと叩きつづけている。

鋸《のこぎり》を使う音、釘を打つ音が聞こえる。拝殿の陰では明日の準備がたけなわなのだ。

智佐子が軽く咳きこんだ。風で舞う藁《わら》の埃に喉をくすぐられたとみえる。紅白の柱を枠にした板額が、寄金した企業や氏子の名をずらりと掲げている。拝殿のむこうでは工事が進行中の様子だったから、ふたりは神明鳥居までもどった。

石段を見下ろすと下界では屋台の組み立てが忙しそうだ。昔の面影はないといっても、さすがに鷹取第一の古社であった。

「わあ、もうお面を売ってるみたい」

陽気なスーパーがいっそう陽気な声をあげた。

「帰りはこの道を下りよう、お義姉さん」

「危ないなあ、スーパーちゃんは」

智佐子がたじろぐと、「あら……」背後で少女の声があがった。

「美祢ちゃん？」

くるりと振り向いたキリコの、最初に目にはいったのは彼女ではなかった。煉瓦色のルパシカを着こんだ五十年配の男だ。ごま塩の蓬髪と、度の強そうなメガネ、鼻下に蓄えた髭。美形と呼ぶには年をとりすぎているが、引き締まった顔立ちがどきりとするほどのオーラを発していた。古色蒼然とした神域に立つには、およそ場違いなバタ臭い人物なのに、なぜか浮いて見えないのはふしぎな気がする。

美祢はその男の隣にいた。白い小袖に緋色の行灯袴《あんどんばかま》。絵に描いたような巫女《みこ》スタイルだ。キリコが幻惑されたほどだから、智佐子ははっきり戸惑っていた。

「あなた、美祢ちゃんなの？」

「はい」

いつもの愛想のない声が返ってきた。

「こちらは？」

ルパシカの男は、美声であった。音吐《おんと》朗々といった感じではない、女性的なやわらかみの奥に鞭のような強靭《きょうじん》さが籠もっている。瞬間、キリコはこの人物の正体を悟った。客席から喧騒の舞台へ的確な指示を飛ばすのに、もっともふさわしい演出者の声。

「あの、羽根田先生でいらっしゃいますね！」

おなかの丸さを気にしながら、スーパーが意気ごんだ。

「牧キリコといいます」

「ああ……あなたが」

メガネの奥の目が細くなった。

「美祢くんがお世話になっているという。――羽根田嘉明です」

高名な演出家は半白の頭を下げた。

2

「彼女の案内で神域をひと回り見せてもらっていました」

社務所からつながる接客スペースの椅子に落ち着くと、羽根田が説明してくれた。鷹取神社は古社といっても、法規上の宗教法人である。運営のための集会があるから、洋間につづいて広い座敷まで用意されていた。豪華ではないが白木の清楚な内装だ。窓越しに境内の様子が見て取れる。半纏の男たちがせっせと立ち働いているが、ここまで物音は伝わってこない。鳴り響く太鼓の音もはるか遠くに聞こえていた。

「あの神楽殿に歌舞伎をかけるんですね？」

羽根田が微笑した。

「テレビで活躍していらしたから、舞台に関心がおありのようだ」

「活躍なんてもんじゃありません」

謙遜する義妹を、智佐子が珍しげな目つきで見た。

いくらスーパーでも、相手がニューヨークでオビー賞を得た演出家とあっては、少々腰が引けるのだ。こんなときポテトなら無念無想で、どんなお偉方とでもおなじペースでつきあうのだが。あーあ、つまり私ゃ俗人なんだ。

心中にため息を漏らしたとき、美祢が盆を捧げてきた。集会に必要だから、隣接して給湯の設備があるらしい。湯飲みからたつ湯気がちょっと嬉しかった。

「美祢ちゃん。巫女の衣装がよく似合うわ」

「はい」

キリコにお世辞のつもりはなく、少女もニコリともしない。

用をすませて引っこもうとして、足を止めた。奥から狩衣《かりぎぬ》姿の醍醐影行が現れたからだ。牧家へ挨拶にきたときはスーツだったが、これが神官としての常装のようだ。前にも気付いたことだが、右と左で体型が違い、歩く姿のバランスがわるい。学生時代に弓道に打ちこんだと聞くから、そのせいかもしれなかった。

「牧さんがいらしたと聞いて、挨拶にまかり出ました」

というのが彼の口上だった。キリコは、仲江とべつな意味でこのどじょう髭の神官が苦手である。

いつかその感想を亭主に漏らしたら、ふしぎそうな顔をされた。

「いい人じゃないか。血のつながらない美祢ちゃんを、よく面倒見ている」

「理屈ではそう思うんだけどねえ……あのつるんとした顔を見ていると、なんか裏表がありそうでさ。男にはピンとこないかな。美祢ちゃんを見る目つきに、なにか良からぬものを感じてしまうんだ」

「良からぬって？　ＤＶとかロリコンとか」

「うん、まあ」

同意してから苦笑いした。

「そんなんだったら、美祢ちゃんが黙ってるわけないか」

「幼稚園児じゃないんだぜ。中学三年にもなって泣き寝入りするもんか」

「うーん。確かにあのキャラだし……」

今も熱い茶をさましさまし、父に並んだ美祢を窺ったが、寡黙な少女はひっそりと座を占めるだけだ。

キリコと智佐子に挨拶をすませて、影行は羽根田に声をかけた。

「長旅のお疲れはとれましたか」

「ありがとう。ゆっくりと休めました」

羽根田はにこやかだった。今朝早く成田《なりた》に着いたところだそうだが、時差ボケの様子は一切ない。

「ホテルといっても鷹取にはあのレベルしかありませんので」

「必要にして十分な設備が揃っていますとも」

「はあ……どうも」

影行には羽根田の言葉が外交辞令にしか聞こえないのか、恐縮しきっている。ホテルというのは、本町交差点から西へ数分、鷲頭川沿いに建てられた「ホーク・イン」だ。一見瀟洒《しょうしゃ》な外装だが、カステラの箱を立てたような建築は決してグレードは高くない。薩次を訪ねた編集者を泊めたことがあるので、キリコも知っているが、ごく平凡なビジネスホテルでしかなかった。

「美祢くんに町を長時間案内してもらいました」

「どのあたりをお目にかけたんだね、美祢」

少女は淡々と答えた。

「鷹取銀座、郷土館、本町から神社までのバス通り、それから五郎丸杉を見ていただいたわ」

「五郎丸杉?」

影行が目を丸くした。地元では有名だが観光スポットに縁遠いからだ。

羽根田が笑みをひろげた。

「神隠しの伝承に関心がありましてね。その伝説を紹介したという、大山先生にお目にかかりたかったが……」

すでに故人なので、彼が名誉館長を務めていた郷土館を訪ねたということらしい。キリコがつい口をはさんだ。

「あれって、よくある良弁《ろうべん》伝説のひとつじゃないでしょうか」

ほう……という顔になって、羽根田が彼女を見つめた。

優しげな、女性的といっていい眼差しだが、ときに鋭い光を放つことをキリコは知った。最先端のアメリカ演劇で、粒選りのスタッフを指揮するにふさわしい目力である。

「良弁伝説ですか」

「ええ。東大寺《とうだいじ》の開祖です」

「……そう。近江《おうみ》の国で鷲にさらわれ、奈良の二月堂《にがつどう》前の杉木立まで連れてこられた赤ん坊の言い伝えですね」

うなずきながら、スーパーはひやりとした。今朝のフライトで到着したばかりなのに、この先生よく知ってる。日本へくる前にちゃんと下調べしてるんだわ……。思わず背中がピンとのびた。

「ご承知と思いますけど、全国を巡った良弁は、三十年たってついに産みの母と再会した――というのが、伝説の結びなんです」

僧侶として育てられた良弁は、のちに東大寺となる金鐘寺《こんしゆじ》に住んで修行を積んだ。聖武《しょうむ》天皇の勅により大和《やまと》国分寺《こくぶんじ》に指定された金鐘寺は、大仏建立によって東大寺となった。良弁は初代別当《べっとう》となり、やがて石山寺《いしやまでら》の建立にもかかわって、宝亀《ほうき》四年（七七三年）には僧正《そうじょう》にまで栄進した人物である。

影行の髭がかすかに揺れた。

「そんな大層なモデルがあったんですな」

「良弁杉の由来は、人形浄瑠璃《じょうるり》になり歌舞伎にもなっております」

羽根田に指摘されてもじもじしている。芸事に暗い彼は、神隠しの伝説は大山が発見した鷹取オリジナルの伝承と思っていたのだろう。

「美祢、お前は知っていたのか」

聞かれた少女は遠慮がなかった。

「ひょっとして大山先生のパクリかと思ってました。『火の鳥』にその話が出ていたし」

「『火の鳥』？」

「手塚治虫のマンガ。鳳凰編です」

影行が苦笑いした。「なんだ、マンガか」

スーパーがとりなすようにいった。

「神隠しの言い伝えはあちこちにありますもの。天狗がさらったとか、鬼に取って食われたとか。実際には食べていけない親の手で、生まれたばかりの赤ん坊が始末されたことも多い……そんな時代なんだもの」

身も蓋もないことをいって、注をくわえた。

「『アシュラ』の世界よ、ジョージ秋山《あきやま》」

「はい。わかります」

美祢は即座に受け止めたが、智佐子たちはキョトンとしている。やや高い声になった羽根田が、影行に念を押した。

「だがそれに近い話が、古文書に書かれていたのでしょう？　大山先生のフィクションといっては失礼だし、まして五郎丸杉が嘘をついたわけじゃない」

からりとした表情で彼が笑うと、影行はホッとしたようだ。

「その通りですな。女の子が消えた事実に変わりないのだから」

たぶんこの二枚目だが小心な神主さんは、帰朝した大監督に叱責されたとカン違いしたのだろう。実際に起きた事件を神隠しの伝説に矮小化《わいしょう》化して、うやむやにしたのかと、追及されたとでも……。

「せっかく五郎丸杉まで見ていただいたというのに、今ではすっかり形が変わってしまいまして」

安心したように影行は、そんなことまで話した。三年前の落雷で、鷹取神社の一部にボヤが起きたことがある。五郎丸杉の樹冠《じゆかん》が雷の直撃を受けたのだ。

羽根田は残念そうだった。

「あの堂々たる風格も台なしですな」

え？　スーパーが聞き返そうとしたとき、智佐子が頓狂《とんきよう》な声をあげた。

「美祢ちゃん、先生を本町からお社《やしろ》へ、バス通りを案内したといったわね」

「はい」

「じゃあ、うちの前もお歩きになったのかしら」

「午後三時ごろご案内しています」

なにをいいだしたのかと、今度はキリコの方がキョトンとした。とたんに「きゃあ」と智佐子が悲鳴をあげた。

「どうしよう、キリコちゃん、ごめん！」

「なんなの、義姉さん。なにを謝ってるの」

「表にゴミが出しっ放しだった……決まりの場所へ持ってゆくつもりで忘れてたの！」

「なんだ、そんなこと……」

笑おうとしたキリコを、智佐子が睨んだ。

「可燃物がはいったビニール袋が三つも！　これがうちのマンションだったら、管理人に大目玉よ。羽根田先生の目についたと思う。ごめんなさいね、恥をかかせて」

「はい」

美祢が挙手した。

「その袋なら、決まりの場所まで運んでおきました。先生もひと袋手伝ってくださいました」

「きゃあ」もう一度智佐子が悲鳴をあげると、羽根田が笑いだした。

「いや、失礼。鷹取の市民生活を見たいからと、美祢くんに頼んでバイパスの方を歩いたのですよ。おかげで飾り気のない暮らしを見学できました」

本町から鷹取神社の高台まで、鷲頭川に沿ったメインストリートと牧家を含む住宅街を縫う道の二本がある。

ああ、だから羽根田先生はうちの前を通ったのか。納得しているうちにキリコは、先ほど浮かんだ疑問を忘れてしまった。

「神主さん！」

白木の建具を開けたのがおかめだったので、智佐子がまた声をあげそうになった。外気に面した玄関に通じていたから、冷えた風がじかに舞いこんでくる。

おかめは女性のお面だが、祭半纏の声の主は蒲生だ。

「仕事はのこらず片づいたよ」

「ややや、ご苦労さま。……蒲生さんのその調子では、もうヤってますな？」

影行がヒョイと杯をあおる真似をした。

「だから呼びにきたんだ。よっ、美祢ちゃん呑もう」

「私、中学生」

「へっ、いつも神主さんの奥さんみたいな口をきくのに……とっと、そう睨みなさんな。わかったよ、あんたにはジュース。……先生！　羽根田先生！」

面をおでこにはね上げた赤ら顔の蒲生が、アメリカ帰りの大先生をチョイチョイと手招きした。

「どうです、一杯。ニューヨークのマナーは知らないが、日本の祭ではこんなとき、チクと一杯がルールなんでさ」

父親より先に美祢がたしなめた。

「先生は今朝日本へ着いたばかりです」

「いや、構わないよ」

疲れの色を見せようともせず、羽根田は笑顔で立ち上がった。

「それがルールとあっては、失礼するわけにゆきませんな。おつきあいしますよ」

「そうこなくっちゃあ」

つづいて蒲生が誘いをかけたのは、のんべえで知られるキリコであったが、これは智佐子が断固お断りした。ふだん見かけない顔なので、蒲生も強くいえなかったようだ。

早々に退出した智佐子は、不満げな義妹をなぐさめた。

「本当はいっしょに楽しみたかったんじゃない?」

「ううん。娘に相談したら叱られたわ。もう少しだもん、頑張る」

「偉い!」

吹き下ろす風から守ってやるように、キリコの肩を抱いた智佐子が笑った。義姉のこの開けッぴろげな笑顔が、キリコは大好きだった。

羽根田たちを迎えたのだろう、神楽殿の方で男たちの声があがる。

ざわめきを背中に聞きながら、仲のいい義姉妹は正面の伊勢神明鳥居にむかった。神域の準備は一段落しても、参道の左右にのびる屋台は工事が追いこみの様子だ。お祭女のスーパーとしては、ぜひ賑わいを想像しながら歩きたかった。

足早な日は西の山に隠れたが、裸電灯と祭提灯の照明を受けて、男たちが祭礼の用意に精だしている。その有り様を眼下に、ふたりはゆっくりと石段を踏みしめていった。

「先に私が下りるからね。スーパーちゃん、もしひょろつくようなら、私にもたれて大丈夫よ」

そういうだけあって、背後から見下ろす智佐子の肩幅はたのもしく逞《たくま》しい。これが三人の子供を産んだ母親の体なのね。先輩に一種の畏敬を覚えながら、キリコは慎重に足を運んだ。

槌音《つちおと》にまじって演歌が断続して流れてくる。スピーカーの調子を確かめているのか、曲目を選択しているのか。祭礼に『人間まがい』は合わないだろうな……そう思うと、スーパーは可笑しくなった。

参道まで下りて屋台に挟まれれば、もう寒さも夕暮れも感じない。

「奥さん！　よく育ってるね！」

祭の度に顔を合わせる馴染《なじ》みのおっさんだ。キリコはおなかを撫でてみせた。

「ごらんの通りよ！　春の大祭には子連れで来るからねっ」

時代は変わっても、カルメ焼きだの焼きソバだの屋台のレパートリーにさして変わりはない。綿菓子が自動課金になり、誰にも似ていないフィギュアが並び、二束三文の音楽CDや、マルC抜きのアニメのマウスパッドが売られている——変化といえばそんなところか。定番だった飴細工は、職人が亡くなったとかで去年から出店されなくなった。

「お面の新作が出てるわ」

「コナンくんはわかるけど、この女の子たちは？」

「『まどマギ』の魔法少女たちでしょ」

アニメの知識は、子供たちに伝授される智佐子より、キリコの方がずっと広いが、伝統的な面のことなら智佐子も負けていない。

「……あらあ。おかめはあるのにひょっとこがない」

「ああ、すぐ補充する」

仮面ライダーをかけ替えていたおじさんが、ぼやいた。

「売れなくたってひょっとこはお面の大スターだからな。ぺらぺらのプラスティックじゃなくて、和紙を張り合わせた商品だったのによ。飾っておいたら、あれっという間に盗まれた」

ぼやくおじさんの顔が気のせいかひょっとこに見えて、キリコは笑いを抑えるのに苦労した。

「油断も隙もなりませんねえ」

智佐子は真剣に相槌《あいづち》を打っている。

「祭がはじまってもいないのに、もうそんな危ない人がきてるんですか」

「半分以上が祭半纏を羽織ってるしさ、職人もよそ者も区別がつかない。顔見知りといやひとつまみなんて、この商売もやりにくくなったよなあ……未来の日本はどうなるってなもんだ！」

テレビのコメンテーターよろしくおじさんがぶったとき、キリコが顔をしかめた。

「あいたた」今にも体を折りそうだった。

3

「どうしたの、スーパーちゃん」

「娘がおなかで荒れてるわ」

それでもキリコは苦笑いする余裕を見せたが、用心深い智佐子は、後回しにしていた買い物をさっさと諦めた。

「帰ろう……タクシーを呼ぶから」

「大丈夫よ。ここからならずっと下り坂なんだし」

「ダメです！」

こんなときの智佐子は、絶対に後へひかない。即座に携帯で参道の入り口に迎えにくるよう、タクシー会社に依頼した。車ならものの三分だから日が完全に落ちるまでに、キリコは自分のベッドで横になることができた。

「大丈夫ね？　もしものときには、鷹取文化会館に連絡をとるわよ」

万一の用心にと伸江の携帯の番号は、牧家の電話のメモリにはいっているからだが、キリコは首をふった。

「ありがとう。でももう落ち着いたわ。痛くもかゆくもなんともない。……はじめてのことでしょ、陣痛がどれほどのものか見当がつかないのよ。妊婦は苦しみのあまり青竹を握りつぶすっていうわね」

「人それぞれよ。私だって人並みに唸ったけど、せいぜい割り箸を折るくらいだったわ。神経質になったら負け」

「うん……わかってる……でも」

兄貴の克郎や、たぶん美祢にだって見せないスーパーの表情に、智佐子は堪《たま》らなく可哀相になった。彼女の知る牧キリコは、いつもシャンと胸を張って颯爽と自分の道を歩きつづける女性だった。文武両道、怖いとか出来ないとか逃げ腰になったためしがない。いつか酔った克郎が、智佐子にこぼしたことがある。

「一生に一度でいいから、神さま助けてとかなんとか悲鳴をあげてみろってんだ。そうすりゃあいつも少しは可愛い女になるのになあ」

「今だって可愛いじゃないの、スーパーちゃん」

「ふふん。あの女を可愛いなんて思えるのは、惚れた弱み惚れられた強みの亭主だけだぞ。自慢じゃないがあいつの目には、俺が男に見えてないんだ」

つまり克郎さん、僻《ひが》んでるだけじゃないか。

そういってやりたかったが、賢妻の智佐子は遠慮した。こんな弱々しげなキリコを一目でも見せてやれば、うちの旦那も考え直すだろうに。

いつの間にか智佐子の手がのびて、横になった義妹の背中をさすってやっていた。日が沈んだばかりというのに、虫の音が中庭からも玄関の表からも溢れだしてくる。しばらく秋の声に耳をすませてから、キリコが身じろぎした。

「あ。いけない、お義姉さん」

「なんなの」

「夕食の支度、今夜は私の番だったね。お買い物もさせなかったし、困ったな」

「馬鹿いってらっしゃい。専業主婦をなめないでよ、ものの五分で準備をすませるから。その代わりフルコースは無理ですよ。有り合わせで我慢するよう、おなかの娘によくいっといて」

立ち上がろうとした矢先に玄関前の虫の音がやんだ。

「お客さんかな」

キリコの声に答えるようにチャイムが鳴ったが、インターフォンは無言のままだ。

「……変ね。お客さまなにもいわないわ」

首をかしげた智佐子が玄関に出ると、

「気をつけて。この節鷹取も物騒よ」

すぐ背後にキリコの声があがったので、智佐子はたまげた。マタニティ兼用のゆったりしたネグリジェ姿のまま、スーパーがついてきたのだ。

「ダメじゃない、寝てなきゃ」

叱責する智佐子の声が聞こえたようだ。玄関のガラス戸に小さな影が立った。

「ごめんください……」

男の子の声だ。

「おばさんに届けたいんだけど」

「その声はユーちゃん？」

いつぞや伸江にきつく叱られた竹富の坊やらしい。チャイムは鳴らせても、マイクまで口が届かなかったのだ。

「ユーちゃんだよ」

キリコの声に聞き覚えがあったとみえ、少年が声を弾ませた。急いで玄関を開けてやると、ユーちゃんはキリコと智佐子の顔を見比べてから、

「これ」

キリコにむかって、厚みのある紙袋を差し出した。

「え……」

受け取ってみるとけっこう重い。この子は牧家へお使いにきたというのか。だが、誰に頼まれて？

「おばさんに中を見てもらえって……お願いしまーす」

頭を下げたと思うと即座に帰りかけたから、キリコはあわてた。「待ってよ、ユーちゃん！」

「なに？　ゴハンの時間に遅れると、うっさいんだよママが」

鬱陶《うっとう》しげな顔をむけて立ち止まる。仕方がないのでサンダル履きで表に追って出た。日が落ちると気温の低下がはっきりわかる。

「ねえ、これ、誰からなの」

「ひょっとこのおっちゃん」

「え?」

「お面かぶってた。だから顔、見てないよ。名前もいわなかった。でもこの時間なら、牧さんの家へ行け、おばさんに渡せ。それだけいった」

おばさん呼ばわりはけしからんと思うが、要領を得ないことはおなじだ。

「どこで預かったわけ」

「鷹取神社の近くだよ。回り道なのに持ってきてやったんだぞ」

恩を着せられてしまった。

「ねえ、それどんな人だった。声とか恰好とか」

「知らない」いい捨てようとしたが、蟬の一件でスーパーに恩義があるのを思い出したとみえ、しぶしぶつけくわえた。

「おっちゃんの声なんて、区別つかないや。でも歩くとき体が揺れてたな。バランス悪かったよ」

バランスの悪い歩き方というと……キリコが思い出そうとしていると、ユーちゃんが足踏みした。

「もういいだろ、帰るよ」

背中を見せてから、なにか思い出したらしい。

「そうだ。おっちゃんに預かったとき、参道にあのおばちゃんがきた。ほら、えっと、どこにでも顔を出す……なんでも聞きつけてぶちまけるから、ママは頭陀袋《ずだぶくろ》さんてあだ名つけてるぜ」

あはっ。ピンときた。

「小袋さん！」

「そうそう、そのフクロのおばちゃん。お面のおっちゃんにデジカメむけてたから、おばちゃんなら知ってるかも。じゃあね！」

今度こそテケテケと駆け去ってしまった。

見送っているキリコの肩に、ショールがふわりとかかった。水のような冷えた外気に、智佐子が気をきかせたのだ。代わりに紙包みを持ってくれた彼女は、義妹を抱かんばかりにして連れ帰る。

暖房をいれたダイニングルームに落ち着くと、テーブルに載せた紙包みを、智佐子はつくづくと見下ろした。「羊羹《ようかん》にしては平たいわね」

キリコは笑った。

「違うと思うよ」

全然違った。

中身は四百字詰めの原稿用紙の束であった。全部で一〇〇枚くらいだろうか、最後まで几帳面なボールペンの文字で埋めてあったが、昨日今日書かれた原稿ではなさそうだ。紙はわずかに黄ばんで染みも浮かんでいる。その染みを除けば原稿の一枚目は大部分が真っ白で、〝改訂稿〟、それに〝麻寺　皐月〟と書かれた二行の文字だけが雄弁であった。

「あさでら・さつき」と、智佐子は音読した。

「この原稿を書いた人かしら」

「そうでしょうね。ペンネームよきっと」

もう一度中をめくってみる。

「昔の話みたいね。推理小説かなあ。だとしたらきっと、ポテトに読んでもらいたかったんだと思う」

「ファンの人が送りつけたわけ?」

「その可能性はあるわね。でも子供に預けるなんて、どういうつもりかしら……よほどシャイなのかな」

「そうかもよ。近所に住むファンならよけい照れくさいでしょ」

それなら納得できると、キリコも思った。

「ユーちゃんの話では、小袋さんならわかるかもしれないって」

「ああ、あの歩くツイッター」

智佐子もちゃんと知っていた。

「もうひとつのあだ名が頭陀袋さんだって」

女ふたり大いに笑った。

「彼女なら、喜んで話してくれるわ。もういいというまでね」

「電話してみる？」

智佐子に水をむけられたが、キリコは首をふった。

「小袋さん忙しいのよ……はじめての海外旅行へ行くんだって。超定番のハワイツアーの準備に夢中なの」

「だけどカメラ持って、お祭の見物にきてたんでしょう」

キリコはくすくす笑った。

「それも旅行の支度のうちなんだわ。ツアー用に買ったデジカメの練習なの。撮りそこねたら大変って、あっちこっちで猛撮影中よ。歩くツイッターが、これからは写真を多用してフェイスブックに発展するんでしょ」

「勉強家なんだ」

怠け者を自認する智佐子は、少しばかり感心した。

「そんな人なら、きっと牧ミステリの良き読者に……」

「残念。ならなかったわ」

スーパーが笑った。

「密室とかダイイングメッセージとか、亭主が説明してるうちはうなずいてたけど、アリバイの話になったらもう堪忍してくれって。時刻表なんて買ったこともないし、血が出る話は大嫌いですって」

「ありゃ。小説なんて読まない人？」

「そんなことないわ。けっこう図書館から借り出してるって。生きててよかった、貧しいけれど私しあわせ。そう思わせてくれる心やさしいお話なら、ガンガン読んでるそうよ。ドラマでももちろん」

「あ、そりゃダメだ。ポテトさんは大勢殺すから」

手をふった智佐子はキッチンにはいったが、カウンター越しに会話はつづけられる。

「祖母直伝の田舎雑炊を作るわね。栄養満点で消化がよくてのど越しがいいんだ。……で、どうするの。小袋さん」

「うん」ちょっと考えたがすぐ、

「急ぐことないから、明日にでも電話する。その前にざっと原稿に目を通しておくわ。……お雑炊を楽しみにしながら」

「まかしとき」

智佐子の頭がカウンターの陰に沈むと、スーパーはゆったりした姿勢で麻寺作の原稿を読みはじめた。ほんのり効きはじめた暖房が心地いい。

ただし。

後になってキリコはこの夕刻のひとときを、激しい後悔と共に思い出すことになる。

第六章　江戸を読む　前編

壱

花の雲　鐘は上野《うえの》か　浅草か

芭蕉《ばしょう》

俳聖芭蕉がみまかっても、江戸の春を詠むにはこの一句に過ぎるものがありません。太平をうたわれた元禄《げんろく》は遠くに去りましたが、お膝元では今年もまた穏やかな春を迎えることができました。八代将軍吉宗《よしむね》さまを千代田《ちよだ》城に仰ぐ享保《きょうほ》年間でございます。

花の雲は今ふうに説明すれば、西からの移動性高気圧が原因でしょうが、当時の江戸っ子にさような無粋な言葉は似合いません。とはいえ華やかな噂が、いつも西から流れてくることはおなじでした。なんと申しても流行は京大坂が源でしたから。

その噂とは、茶摘みがはじまったのでも、田の神さまの祭礼でもない。それよりはるかに人工的ながら、江戸っ子好みの絢爛《けんらん》たる風聞でありました。

「えっ、路考《ろこう》さまが」

「そうですとも。菊之丞《きくのじよう》さまが、いよいよ江戸へ下っておいでなの！」

「えっ、えっ。市村座《いちむら》？　それともやはり中村座《なかむら》？」

春を彩る女子衆の黄色い声ばかりではなく、いなせな若衆《わかしゆ》までが目を輝かせたのも、瀬川《せがわ》菊之丞こと通称濱村《はまむら》屋路考が、上方を離れて東下りするという飛び切りの知らせが市中を飛び交ったからでした。

菊之丞が三都随一と讃えられるにいたったのは、つい一昨年京都の市山《いちやま》座の大当たりから。外題《げだい》を『傾城満蔵鑑《けいせいまくらかがみ》』と申しました。荒事と違って女形《おんながた》の菊之丞ですから、シュンをのがさず江戸に迎え入れられたのは上々吉。

「震《ふる》いつきたいほどきれいなんだって！」

「ふだんも女ものの着付けで通してるそうなのよ」

その彼が、いや彼といおうか彼女といおうか、当代切っての女形がはじめて江戸の板を踏んだのは中村座――と、これはもう大方の予想通りでありました。

ご承知のように中村座は、初代中村勘三郎《かんざぶろう》の創設にかかる江戸三座のひとつでございます。はじめは中橋《なかばし》にあり（現在の京橋《きようばし》付近）、それではあまりに江戸城に近く恐れ多いとあって、禰宜町《ねぎまち》（今の日本橋堀留町《にほんばしほりどめちよう》）を経て慶安《けいあん》四年に堺町《さかいちよう》（今の日本橋人形町《にんぎようちよう》）へ移転しておりました。

定式幕として許されていた白の引き幕が、中村座限定であったほど格式高い大劇場。そこで当代一の花形女形が見られるとあって、大仰に申せば江戸の若者は上を下への大騒ぎであります。

とはいえ芝居見物は決して安くない出費でした。後に火災で失われた中村座が、新築興行したときの記録がのこっていますが、桟敷席で三十五匁。今の相場に換算すると三万五千円から四万円といいますから、それなりのお大尽でなければ入場できません。

金銭だけでなく時間的にも芝居の客は余裕が必要でした。舞台の開始は明け六ツといいますから、季節によって時刻が変わる不定時法ながらほぼ夜明けごろ。そして終演は暮れ七ツ半ですから、一日がかりの見物になります。なんだってそんな時刻に上演するかといえば、明かりの都合でした。

電気のない時代ですから、蠟燭《ろうそく》を多用すれば火災が怖く、いきおい陽光を当てにして幕を開けねばなりません。明かり取りの窓は穿ってありますが、小屋の中は終始薄暗く——その結果、歌舞伎独自の衣装や隈取りが出来たのです。

人気があるからといって、現在のようにのべつ幕なし公演できるわけでもなく、幕府公認の三座といえば、前述の中村座・市村座・森田《もりた》座になりますが、上演を許されているのは十一月の顔見世狂言、一月の初春狂言、三月にはいって弥生《やよい》狂言、五月の皐月狂言、七月の盆狂言、九月の菊月狂言と、これだけであったのです。

映画てれびもなく新聞雑誌もなく、娯楽に飢えた市民にとって歌舞伎というらいぶは、まことに干天の慈雨といえたでしょう。当然ながら今回も瀬川菊之丞の公演は、札止めの大入り満員となりました。お大尽用の桟敷席だけではなく、庶民がなけなしの木戸銭を払って殺到する平土間も用意されております。あいにくまだこの時代には、土間を仕切る升席ができていないので、満員札止めとなれば平土間席は押し合いへしあいの混雑でした。

――やがて事件の主役になる菊太郎《きくたろう》は、平土間のかぶりつきに正座していました。まだ十二、三歳に見える前髪立ちの少年で、紅もさしていないのに紅い口元、漆黒の前髪の下で見開かれた目、頬から顎へ流れるたおやかな曲線、抜けるような白い肌。それも艶やかな振り袖姿。後ろから見れば、この時代――享保の世では、若者の髪形と髱《たぼ》が大きく張り出していて、女性の髪に見まがうのですが、ふっさりした前髪につづく頭頂の青い中剃りは、男髷《まげ》に違いありません。

と、早く主役をひきあわせたいばかりに、つらつらと話を進めてきたものの――江戸時代三百年に近い歴史を斟酌《しんしゃく》せず、ひとしなみに元禄も天保《てんぽう》もおなじとお考えの読者がいる昨今です。てれびの時代劇には予算の都合があって、しばしば錯誤に目を瞑《つむ》る場面も生じますが、文字の講釈に大枚が必要なわけはありません。ひとまずここで息杖を突き、いわずもがなのご説明をさせていただきます。

先にお話しした名女形菊之丞の江戸下りが享保十五年。

春三月には初代松本幸四郎《まつもとこうしろう》が世を去り、五月には国学者本居宣長《もとおりのりなが》が呱々《ここ》の声をあげております。また名奉行として高名な大岡忠相《おおおかただすけ》の差配によって、江戸を守る火消しの組織が改編されました。裏返せばこの時代、いかに市中の火災が日常茶飯事化していたか窺えましょう。

さて物語の主な舞台となる中村座について。

両国《りょうごく》の江戸東京博物館に原寸大で展示されている正面部分は、はるかのちの天保年間のもの。享保のこの時代には、まだ客席全体をおおう板葺《ぶ》き屋根が許された程度で、見物席は単なる平土間。仕切られた升席がなかったことは、前述の通りです。

元祖は出雲阿国《いずものおくに》が創始した女歌舞伎でしたが、風紀上の問題から若衆歌舞伎となり、戦国の気風をのこす時代とて男色流行が為政者の顰蹙《ひんしゅく》を買い、若衆から野郎に、やがて成人男子を軸に女っ気なしのすたいるに改変。ようやく今日に伝わる歌舞伎の形が出来上がりました。節目ごとに幕府が睨みを利かしたため、芝居の中身も小屋の形も、整うまで相応の時間がかかったということです。

それでも舞台に花道が常備され、桟敷席はすでに上下二層となっておりました。正面上手の本舞台にこけら葺きの破風《はふ》がかけられ、下手に橋懸《はしがかり》が広々と設けられたあたりは、われわれが知る歌舞伎より、能舞台の面影を色濃くのこしていた様子です。

小屋を仰ぎ見れば、正面の屋根の上に威風堂々と聳える櫓《やぐら》が官許の印。三方は座元の紋が染められた幕で覆われ、その上に梵天《ぼんてん》と呼ばれる大型の幣束《へいそく》が二本立てられた様は、幕府というより神の招来を暗示しておりました。江戸市中に君臨するえんたていんめんとの殿堂とは、まさしく神に守護された聖なる空間であったと申せましょう。ただし――あからさまにいえば、幕府にとって庶民をあざむく悪所でしかなかったのですが。

大都会の風情を漂わせはじめたものの、江戸はやはり紙と木の町です。見渡すかぎりの板屋根がつづくひらべったい家並みにあって、この劇場が豪壮きわまりない建築として市民の目をひきつけたことは確実でありました。

そんな巨大な集客施設でいながら、見物客の入り口の小さくて狭いこと、また格別。ありていは木戸銭を取りはぐれないためでしょうが、それだけではなかった——というのは、申し上げたように芝居小屋は聖なる空間であり、趣旨は茶室のにじり口とおなじ。狭小だからこそ〝俗〟を断ち切り〝聖〟へと足を踏み入れることができたのです。

とはまあ建前で、客から申せばあまりに狭い、あまりに小さい。だからこのえんとらんすは鼠木戸と呼ばれておりました。

木戸番を務めているひとりは、猫蔵《ねこぞう》と名乗る四十がらみ。いたってちんけな小男ですが、商売柄客を見る目だけはちゃんと光らせております。菊之丞東下りは一大いべんとでしたから、それにつづく弥生狂言の舞台は、もの慣れた彼の目にも盛り上がりはひとしおでした。土間の追いこみ席いっぱいに町方の子女が溢れ返り、お花畑の華やかさというか、巨大な鳥籠のかしましさというか。

「……猫よ。あの客から木戸を取ってるんだろうな」

桟敷裏の通路から現れた男が声をかけました。例の美少年のことです。いくら土間席とはいえつづけざまの芝居見物は豪勢すぎると、目配りしていたに違いありません。興行は三日目、きまりの時間を終えて交替した猫蔵に、話しかけた大男は舞台番の庄吉《しょうきち》です。

まだ柝《き》の音も鳴らず、さりとて客はてんこ盛りという、短くも慌ただしげなひとときでした。

舞台番は下手に畳半畳の自前の席を持っており、客同士の争いがあったときなぞ留男を買って出、どうかしたらふたりまとめて大道に放り出すといういわば劇場の用心棒で、おそろしく派手な衣装に身を包んでおりました。まるで大部屋の女形が出向いたように見えますが、本人の庄吉は目も鼻も口も大作りな筋肉質で、喧嘩上手は芸の内というわけ。

「ばっきゃろ。あの子だよ、菊之輔《きくのすけ》さんの秘蔵っ子は」

「ほ」

猫蔵に笑われた舞台番は、大ぶりな口をすぼめました。

「道理で見栄えのする子供だ」

通路から出て小手をかざすと、衣装の効果はてきめんで、はるか上手の土間から「よっ、二《に》本松関《ほんまつ》！」早くも酔いが回った男の声が飛んできました。

「けっ。あの客、幕下時代の俺を酒のあてにしてやがる」

庄吉は体をすぼめながら、

「なるほどね。……菊之輔さんの孝行息子か。扇子売りでひと山あてたという……」

菊之輔は一座の道化方です。演技力ではひけをとりませんが、なまじ菊之丞に気に入られたばかりに、舞台に立つより世話役として共に下ってきた役者でした。

その父親を追って江戸にたどり着いたのが菊太郎で、楽屋雀も舌をまく美形ぶり。生計を助けようと扇子売りをはじめたのは、木戸番も先刻承知していたことで、そのつもりで見れば正座した菊太郎は、膝の上に編笠を載せておりました。

この時代の扇子売りは若衆のこしらえに編笠姿が定番ですが、笠が浅いため客の目に売り子の器量は手にとるようでした。名題《なだい》の役者の似顔絵につられて寄ってきた女客が、法外な美形ぶりにのぼせて、ついふらふらと二本三本つづけざまに購うのだと噂にのぼる菊太郎です。

耳聡い猫蔵が、そっと庄吉に吹きこみました。

「狂言の台詞《せりふ》をのこらず諳んじているらしい」

「どうしてそんなことがわかる」

「幕の陰から、あの子が口を動かすのを役者が読んだ。菊之輔さんも自慢していたぜ。あいつほど芝居好きな子供はいない。狂言の台詞回しを、軒並み自分のものにしてやがるってね」

「……大したもんだ」

舞台番がうなりました。

「それだけじゃねえ」

木戸番は自分のことのように鼻息を荒くしました。

「目利きの花車《かしゃ》方が太鼓判を押してるんだ。目配り腰つき、容易ならない踊り手と見た……とね」

花車方とはもっぱら老女役を務めるべてらんの役者です。その見極めを聞いた舞台番が、ふたたび嘆息を漏らしました。

「たったひとりで江戸くんだりまで出た根性といい、案外父親勝りの役者になるんじゃねえか」

「俺もそう思うよ。思うがね……」

「なんだ、猫。歯切れがわるいじゃないか」

「いい役者になるためには、あの子はちっと……なあ」

「なにがどうしたって?」

「そう思わないかよ、ありゃ色気がありすぎる」

「それがわるいか。花があってこそ、名題も務まるってもんだ」

「うんにゃ」

猫蔵は首をふりました。

「あの若さで滴るような美しさは、本人にとっちゃあ毒かもな。見や、大方の客が目をつけてらあ。女だけじゃない、男だってそうよ。三日つづけておなじかぶりつきだ、そのケのあるお大尽やらお武家やら、手ごめにしようと狙ってるんじゃねえのか」

「よせやい、猫……」

ぞっとしたように舞台番が、土間から桟敷へ目を走らせたときでした。

樫の木を打ち合わせたと思えないほど高調子の、ほとんど金属音が高鳴りました。開幕を知らせる柝の「直し」につづいて、下座音楽がはじまると、さしもの客席の喧騒が水を打ったように静まって参ります。

弐

（うおっ）

もう少しで猫蔵は声を漏らすところでした。ついさっき菊太郎が、顔馴染《なじ》みになった木戸番に人懐こい笑みを残して土間へ消えたばかり。するとその少年に追いすがるように、ぬっと現れた浪人者がいたからです。

木戸をくぐった侍がいちいち主筋を明かすことはありませんが、そこは老練な猫蔵ですから一目で浪人と見定めました。浪人といっても芝居見物を楽しむ余裕の身分で、棟割り長屋の傘張り浪人をいめーじされては困ります。髪はきっちり男髷に結いあげ、青々とした月代《さかやき》の剃りあと。柿色の茶をすっきりと着こなしているのは、もともと初代市川團十郎が『暫《しばらく》』の素襖《すおう》に使ったのがはじまりで、歌舞伎の客席につくのにふさわしい色彩といえたでしょう。菊之丞こと濱村屋路考がはやらせた路考茶も、のちに鈴木《すずき》春信《はるのぶ》が好んで取り上げる色彩となっております。

ついでながら横溝正史のさる有名なみすてりいに登場する〝斧《よき》・琴《こと》・菊《きく》〟は文様の名で、尾《お》上菊五郎《のえきくごろう》の創案とされております。江戸時代、流行の大発信地はまさに歌舞伎であったのです。

もとより時代の最先端をゆく衣装に身を包んでも、当人の風采が上々とは限らぬこと、江戸の昔も平成の今も変わりありません。

現にこの浪人は身の丈が低いのに肩幅が広く、とんと蟹の風情なのですが、そんな体型の彼が狭小な鼠木戸をどうやって通り抜けたものか、猫蔵が目をこすりたくなるほど鮮やかな身のこなしでありました。

扁平な鼻に毛虫のような眉とどう見ても男前とはいえませんが、奇妙な魅力を湛えているのは、げじげじ眉毛に隠された目です。眠っているかのように閉じられた両眼が、いったん見開いたときの力強さを、木戸銭を受け取るときの猫蔵はしかと見て取りました。

（ただのお侍じゃねえ）

思わず浪人の後ろ姿を目で追った木戸番は、今度こそ胸を衝かれました。

あいつ、菊太郎さんを追っている！

土間はとっくに混雑しはじめているのに、柿色の茶の背中は悠々と客を割ってゆきます。まるで無人の野を歩くように、なんの差し障りもなく下手に進んだ浪人が、ひょいと腰を下ろすと――その屏風《びょうぶ》みたいな肩越しに菊太郎の男髷が覗けました。

「野郎」

無意識のうちに猫蔵がつぶやきます。代わりの木戸番が顔を出したのを幸い、舞台番に注進するつもりでかぶりつきを見やると、さすがに庄吉も気がついていた様子で、とうに土間へ足を踏みいれておりました。

巨漢の顔に漂う殺気を、遠目に察知した猫蔵、

（浪人にいちゃもんをつけるつもりだ……）

素破《すわ》、はじまるっ。

肝をちぢめて見守ったのですが、どうしたことかさっぱりその気配がありません。それどころか、こわもてだった舞台番が一献すすめられ、浪人にへこへこ頭を下げているから驚きます。もっと驚いたのは、浪人と庄吉にはさまれた菊太郎が、ふたりに公平に愛嬌をふりまいていることでした。

その日もとっぷり暮れて、舞台番と木戸番、大小ふたつの影が屋台でそばを手繰りながらの会話は、こんな具合です。

「見ていただけで冷や汗だぜ。てっきりおめえが、得意の張手をかますかと思った」

「そうはゆかねえ」

大男は苦笑いしておりました。

「俺が口をきく前にあの子が先回りして、浪人の名を呼んだのさ。『山田《やまだ》さまもいらしたのですか』

いかにも嬉しそうな声だったから、出端をくじかれちまった」

「山田さま……？」

木戸番が首をかしげました。

「菊太郎さんは浪人の名を知っていたのか」

「おうよ。江戸へあとひと足だった品川《しながわ》の宿で、あのご浪人に助けられたことがあるんだと」

美貌に目をつけられた菊太郎が、酒のはいった若侍三人に囲まれて宴席にはべれ酌をしろと、因縁をつけられていたとか。そこに割ってはいったのが、山田と名乗る浪人だったと申します。

「派手な斬りあいをやらかしたのか」

「ところがそうじゃなかった。菊太郎さんの話では、浪人に一喝された侍どもはすごすご引っこんだというんだな」

「へへえ」

木戸番が口をとがらせました。

「こっちはひとり、相手は三人。おまけに酒がはいってる。よくまあおとなしく引き下がったもんだ」

「菊太郎さんにいわせると、貫禄《かんろく》の違いってんだが」

「山田ってのは浪人だろ。三人組はどうなんだ」

「町方同心《まちかたどうしん》とその仲間だった……」

「ふえ」

猫蔵がおかしな声を漏らしました。

「八丁堀《はっちょうぼり》か！」

いうまでもなく同心は、江戸時代の司法と行政制度の要です。

八丁堀とは京橋から隅田川《すみだがわ》に通じる掘割で、寛永《かんえい》のころ舟運のため八丁の長さの堀を設けたといわれています。その堀の東側、もともとは寺町であったすぺーすが、与力《よりき》・同心の組屋敷になりました。

役目柄武家ばかりでなく町人たちともつきあう必要があり、おのずと庶民の風俗を取りこんで、八丁堀風と俗称される独自のすたいるを確立したのです。江戸っ子の目から見れば、参勤交代で江戸に下ってくる田舎侍に比べて、はるかに垢抜けて粋な武家集団であったといえましょう。

司法の最高位はいうまでもなく町奉行、その下にはたらく与力が二十五騎。ただし町奉行には南と北とあったので、合わせて五十騎です。大都市江戸を守るのに、この頭数では日々多忙を極めました。

与力の配下を務めるのが同心で、定員は南北それぞれ百二十人。実際に犯罪捜査に従事するのはそのうち二十数人という有り様だったので、月番に当たればこれまた目が回るほどの繁忙ぶり。その代わり付け届けのある職業のため家計は比較的裕福でしたから、本人の飛耳長目《ひじちょうもく》となる岡っ引きを子飼いにできた勘定です。

そんな町方同心が仲間を語らって、非番の月に上役の目が届きにくい品川宿へ女を買いに足をのばした事情はわかりましたが、御成り先着流し御免とまでいわれて、将軍の行列にあってさえぷらいどを崩さぬ司法警察官を、一介の素浪人が睨み返した内情は理解に苦しみます。

「なんでも素面《しらふ》に近かった上役の同心が、懸命に収めてくれたそうだ。……中でひとり、へべれけで最後まで菊太郎を口説いた男がいる。臼井《うすい》清吾《せいご》というんだが、猫さん知ってるな？」

「あの厭味ったらしい侍か！」

木戸番は吐き捨てるようでした。酒乱の悪癖がある臼井清吾が、中村座の木戸を顔で押し通ろうとして騒ぎになったのは、ついこの前の興行です。

「俺の顔に泥を塗ろうとしたサンピンだ。あいつが酒をずぶずぶに呑むと、生っ白い顔が藍を塗ったみてえに青くなる」

「それだけじゃない」

舞台番は意味ありげに笑いました。

「漏らしたんだよ、山田さまが」

「なんの話だ？」

「あの男は、釜を掘るのに目がないようだってね」

「ははあ……菊太郎さんに目をつけたわけだな」

「どうしたことか、山田さまはけっこうな八丁堀通でね。臼井の父親ってのが、なかなかの古参で五十俵取りというから、同心としては出世頭だ。腕が立つんで組屋敷内に十手術捕縄術の道場を開いておいでな。年はとっても臼井清之進《せいのしん》さまといや、八丁堀でも名が轟《とどろ》いてるらしい」

猫蔵は少々鼻白んだようです。

「臼井清吾はその跡取りか」

形式的には同心は一年ごとの契約ですが、実情は世襲制でしたから、よほどの疎漏がないかぎりやがて旦那さまと呼ばれるご身分。与力に比べれば軽輩でも、住居が保証され付け届け豊富とあれば、生涯食うに困りません。

「菊太郎さんも、まずい奴に目をつけられたな」

残りのつゆをすすった猫蔵が、顔をしかめました。

「しつこいので評判の男だぜ」

「今のところ、菊太郎さんが中村座に関わりがあると知らないはずだが」

「とはいっても評判の高い狂言だ。いつなんのはずみで、臼井の野郎が顔を出すか知れたもんじゃねえ。もしも菊太郎さんがみつかったらどうなる」

「それぐらい山田さまも先刻ご承知だ。時間をみつけて用心棒を務めようと笑っていなすった」

用心棒といえば当の庄吉が似た役目ですから、木戸番は尋ねました。

「そんなにお出来になるのかい、山田さまは」

「出来る」

即座に舞台番が保証しました。

「太鼓判を押してもいい。土間におりた俺は山田さまと目を見交わした。猫も見ていたんだろう、その様子を」

「ああ。今にもてめえが張手をかますかと思ったあのときだな」

「実はよ」

ぶるっと肩を震わせたのは、春先の風が身に沁みたせいではないようです。

「山田さまの目を見たとたん、情けねえことをいうようだが、俺は全身金縛りにあっていたんだ。手を出したらおしめえとね。腹の底から震えがきた」

木戸番が目を丸くしました。力自慢のこの男が、そんな弱音を吐こうとは思いも寄らぬことだったのです。

「よほどの手練《てだれ》なんだな。するといよいよ飲みこめねえ。その昔の宮本武蔵《みやもとむさし》じゃあるまいし、そんな腕ききのお侍が、なんだって仕官していねえんだ？　もっとも大枚払って芝居見物としゃれこむお人だ、裕福だから宮仕えすることはない。そう割り切っていなさるのかなあ」

中村座のふたりにとって、浪人山田某《なにがし》の正体は謎めいたまま――時はたちました。

参

東下りした菊之丞はじめての狂言は、末広がりの評判をとって大入りつづきです。猫蔵が耳にはさんだだけでも、さる西国大名の姫君が隠密裏に桟敷席へ現れただの、幕閣の重鎮の奥方がおしのびで見物、帰路には腰元と思われる女が菊之丞の錦絵を纏め買いしただの、さまざまな噂が飛び交っておりました。

もっとも遡《さかのぼ》って正徳《しょうとく》年間には、有名な江島生島《えじまいくしま》の大すきゃんだるが起きて、総勢五十名に及ぶ咎人《とがにん》を出しております。大奥《おおおく》で権勢をふるった江島が役者の生島にのぼせた、単純な男と女の事件が、江戸城中の権力争いに巻きこまれて大騒動に広がったのですが、気の毒だったのは舞台となった山村《やまむら》座で、たちどころに廃座の処分をうけています。

お上にとってはどれほどの人気があろうと、いや人気があればあるほど、歌舞伎小屋とは常に〝悪所〟でしかなかったのです。

事情は正徳も平成もたいした違いはありません。歌舞伎が政府公認の芸術となった現代、お上の矛先は舞台から逸れてまんがやあにめに向き、非実在青少年なんたらと言いだすのは歴史上の必然でしたから。いずれこの業界から芸術院会員が輩出する（笑）ようになれば、また別なめでぃあを規制したくなる。権力者の本性と申せましょう。

お上とはそんなものと心得ている江戸時代の庶民でも、自分の職場がなくなっては大ごとです。猫蔵にかぎらず関係者なら、一切合財目を瞑り口を噤《つぐ》むのが、万事上々吉でありました。

幸いことさら幕府が目を光らせることもなく、興行は順調に進んでゆきました。

心配していた菊太郎の身の上にも、さしたる変事は起きていません。臼井清吾に芝居見物の道楽はないらしいと、猫蔵もほっと一息ついておりました。

菊太郎当人も毎日の芝居見物は無理な話で、三日つづいて扇子売りに精をだすと、貯めたおあしで一日だけ鼠木戸をくぐる。そんな日々を重ねておりました。

父親の菊之輔が用意した住まいは湯島天神《ゆしまてんじん》近くの長屋でしたから、彼の商圏はもっぱら神田《かんだ》日本橋界隈であったようです。ときには山田が護衛役として目を光らせることもありましたが、のべつ幕なし頼るわけにはゆきません。といって菊之輔は菊之丞につききりでしたから、父に心配をかけることもできず。

「いつかばったり臼井清吾に出会わなきゃいいんだが」

木戸で不安顔の猫蔵に、菊太郎が飛び切りの笑顔を見せました。

「山田さまがいないときには、好童《こうどう》さんがついてくれてるから」

「ああ。菊之輔さんの弟子だね。総身に智恵が回りかね、の兄さんだ」

猫蔵が軽口をたたくと、珍しく菊太郎が気色ばみました。

「私には大事な兄さんだよ。そんなことをいわないでください」

「とッと、すまねえ」

猫蔵も頭を下げました。

岡本《おかもと》好童と呼ぶその男、まったくもって不出来な弟子で、血筋はいいからと頼まれた菊之輔さえもてあましている役者志望だったのです。

取り柄は人の良さと体力で、筋肉質の庄吉に比較すればぶよぶよと生っ白い体つきですが、骨惜しみしないたちなので、早くに妻を亡くした菊之輔にはなにかと重宝な存在でありました。菊太郎にとっても、幼い時分から住みこんでいた顔馴染み、兄弟どうように暮らした毎日だったのです。

猫蔵が口をすべらせたように、愚鈍に近い男でしたが口は堅く、菊之輔と菊太郎のためならどんなことでもやってのける。そんな気性の持ち主であることは、中村座の者なら誰でも承知していました。

一度きりでしたが、その好童が真っ赤になって怒ったのを、猫蔵は見ております。道具方の若者が、菊太郎を指して「女みたいにきれいだ」といったときのことです。道具方としては褒め言葉だったかもしれないのに、その日の好童はよほど虫の居所がわるかったかと思われます。

菊太郎が美貌だけではなく、台詞も仕種も本物の役者そこのけという噂は、いつか菊之丞の耳には届いたようです。ある日芝居がはねたあと、なにやら舞台がごたついていたのを思い出した猫蔵は、そば屋の屋台で落ち合った庄吉に事情を尋ねました。

聞いてびっくり。

「菊太郎さんの台詞を聞かせろといいだしたんだ、菊之丞丈が」

丈はまた尉とも書き、このごろから使われはじめた歌舞伎役者の名題への敬称です。

「へえっ、路考さんがね」

「冗談まじりに菊之輔さんを『水臭い』と叱ったそうだ。私の耳にはいるほど器量よしの息子なら、今から目をかけて役者に育ててやりたいとまで仰ったのさ」

「そいつは名誉なことじゃないか」

木戸番は自分のことのように力みましたが、その場に居合わせた庄吉は、いくらか曖昧な顔つきで、

「最後まで菊之輔さんはしりごみしていたんだが、本人がそれを聞くと、是非にと乗り気になってね。とうとう中二階へ菊太郎さんが呼ばれた」

中二階は女形の楽屋と決まっていました。

江戸のころは防災上の観点から三階建ては違法なのですが、実際の楽屋は二階と三階に設けられていました。ただし二階を中二階と呼び、三階を二階と呼称するという誤魔化しで、お上の目を盗んでいたのです。二階正しくは三階の楽屋はすべて立役が占めており、いわゆる大部屋もこのふろあにありました。中二階こと二階は女形の部屋でしたから、現在の業界でも女形をお中二階さんと呼んでいるそうです。

菊太郎はそこで、菊之丞から役者としての力量を試されたことになります。

「誰の台詞をどの狂言から抜いたんだ」

「『大塔宮曦鎧《おおとうのみやあさひのよろい》』から、鶴千代《つるちよ》の台詞だ……」

そういって庄吉は頭を押さえました。

「後で好童さんに教えてもらった。『太平記《たいへいき》』で扱った題材を浄瑠璃に粉飾したものだとよ。毎日のように見ている芝居だが、一節だけ聞かされたのでは、俺にはちんぷんかんぷんだった」

竹田出雲《たけだいずも》と松田和吉《まつだわきち》の作を近松門左衛門《ちかまつもんざえもん》が手直しして、歌舞伎の時代物に組みこんだ芝居です。通称身替わり音頭と呼ばれる場面では、一面切籠《きりこ》灯籠の飾られた舞台で、盆踊りを踊る子供たちの間から自分の孫を探し出し、若宮の身代わりに仕立てようとする悲劇的な演出が白眉でした。

「子役が軸になる芝居だからな。二重の身代わりの趣向とわかると、客席のすすり泣きが高まるのが木戸にいたって手にとるようだ……で、出来映えはどうなんだよ」

「さすがの瀬川菊之丞が、ウンといったきり口をきかなかったそうだ。名題役者の機嫌を損じたかと、おそるおそる菊之輔さんが伺いをたててみると、だ」

「うむ」

「路考さんがつくづくと仰った……狂言の幕をあげる前に、あんたの息子に会っておきたかった」

「ほう……いま舞台を務めている役者も評判いいが、するとなにか、その上をゆく出来ってことか！」

猫蔵は顔をくしゃくしゃにして喜び、庄吉も大口開いて嬉しげでした。

だが——狂言の趣向を凌《しの》ぐ絶望的などらまは、これによって幕をあけることとなったのです。

肆

ことは千秋楽《せんしゅうらく》の日に起こりました。

これまで大過なく鶴千代役を演じてきた役者が、にわかの激痛に襲われ体を海老のように折ったのです。現代の医師が見れば、急性虫垂炎——盲腸炎と診断したことでしょうが、今の医学をもってしても最良の手当は外科手術ですから、享保の時代になすすべもなかったのは当然といえました。

どのみち本人は舞台に立つどころか、台詞ひとつ吐くことも儘《まま》なりません。客席は千秋楽とあって満員で、身分の高い婦人たちもちらほらと桟敷席を埋めています。菊之丞の江戸初公演に有終の美を飾るには、休演なぞという姑息な手段がとれるはずもなく――ついに菊之丞の決断が下りました。

「菊太郎に頼め。あの子なら安心して芝居をまかせられる」

その日も前髪立ちの菊太郎は定位置を占めていましたから、なんの問題もなく舞台裏に誘われました。

唐突な座頭《ざがしら》の依頼を聞いて蒼白になりました。菊太郎だけではありません、付き添っていた好童も青くなっています。その有り様を極度の緊張のためと見て取った菊之丞は、言葉を尽くして菊太郎に助力を求めたのです。

もしこの席に菊之輔がいたら、また話は別であったかもしれませんが、あいにくその前日に思わぬ怪我をして、せっかくの千秋楽に顔を見せておりません。袖に放置されていた張り物の釘を踏み抜いたので、菊之丞が大事をとって休ませたのです。昨日から天候は曇り、窓から落ちる明かりが鈍すぎて、老眼の菊之輔では目が届かなかったという事情がありました。

間にはいるべき菊之輔がいなくては、座頭の懇願を菊太郎が聞き入れぬわけにゆきません。それに菊之丞の言い分は、あまりにもっともであったのです。

子役の急病の話は舞台番の庄吉も、すぐ耳に入れていました。本心をいえば、二度とない機会じゃないかと、菊太郎の尻をたたきたいほど。ここで菊之丞に貸しを作ることができれば、晴れて一座に参加できるに違いない。役者として中途半端に終わりそうな菊之輔に、いちばんの親孝行というものだ。それなのになぜ躊躇《ためら》っていなさるんだと、じれったい気分であっただけに、とうとう覚悟を決めた菊太郎が、

「よろしくお願いいたします……」

両手を突いて深々と頭を下げたときには、満面の笑みとなったものです。

かねて菊太郎は裏方のみんなにも人気がありましたから、

「よかったよかった」

「気を大きくして、千秋楽を迎えられるぜ」

「菊太郎さんよ、しっかりやりなせえ」

下座の顔ぶれまで加わって口々に喜び励ましてみせ、その有り様を菊之丞も満足げに眺めていたのです。

上機嫌で客席にもどった庄吉は、早速にも猫蔵に知らせてやりました。

「猫の字、喜べ。菊太郎さんが今日の舞台を踏むんだぜ！」

菊太郎贔屓《びいき》では人後に落ちない木戸番ですから、有頂天になるかと思いきや、

「本当か……ど、どうしよう」

青くなった理由がわかりません。

「なんだ、猫蔵。なにを震えていやがるんだ」

「臼井清吾がきた」

「なに」

「菊太郎さんに狙いをつけていた八丁堀だ、道場の倅《せがれ》だ！」

これには庄吉も驚きました。

実は彼と猫蔵とは、かねて約束していたのです。表向き同心は上司に対して誓詞《せいし》に判を押しており、家族を含めて芝居見物も禁止されているのですが、実態はそうでもなく道具調べなどと称して、小屋へ足を運ぶ例も多かったようです。まして臼井清吾はいずれ跡目を継ぐにせよ、現在は同心ではありません。だから彼が中村座に顔を出すことも十分あり得たのです。

もし彼が現れた日に菊太郎が姿を見せたらどうするか。いうまでもなく清吾の目が届かぬところへ少年を隠せばいい。舞台番の権限外ではあっても、背に腹は代えられません。気心知れた裏方を拝み倒し、土間席の菊太郎をこっそり舞台袖にあげてしまえば大丈夫——というのが計画であったのです。

どっこい、目論見は根こそぎ吹っ飛んでしまいました。

土間席どころか舞台袖どころか、狂言の大事な役についた菊太郎が、逃げも隠れもできはしません。満員の客の目にさらされて鶴千代役を演じるのです。その客の中に、菊太郎に懸想した臼井清吾が交じっている！

ふたり揃って天を仰ぎたくなったときでした。

「雁首そろえてなにを悩んでいるのかね」

鼠木戸をくぐって見せた顔の主は、あの浪人者山田某であったのです。

「ありがてえ！」

地獄で仏とはまさにこのこと。

ふたりから代わる代わるに事情を聞いた山田が、ここぞ腕の見せどころと頼もしく刀の鍔《つば》をたたくかと思えば、そうでもありません。

「うむ……菊太郎が舞台を踏むか」

呻いたきり顔をこわばらせているのです。

「ですから、八丁堀道場の跡取りが必ず目をつけるに相違ありませんや」

唾を飛ばす猫蔵を、半眼開いて凝視する浪人者。カッと目を見開いたときの迫力なら、承知の上の木戸番でしたが、今日の凄味はそれと違っていたようです。森と沈んだ眼光がなんとも不気味に思われて、猫蔵は覚えず胴震いいたしました。

「庄吉に聞くがな」

耳底に沁みるような低音の山田の問い。

「菊之丞の頼みを受けた菊太郎は、どんな様子を見せておったか」

「へえ。そりゃあもう……」

説明しようとして、相手が武家であることを思い出したのでしょう。

「蒼い顔でしたが、きっぱりと男らしい返答でしたよ。まるで、その……なんだ、お侍が出陣するときのような覚悟を見せて」

「そうか。出陣か」

彼は町人に納得しにくい質問を、さらに重ねました。

「勝ち戦を戦う覚悟か。あるいは負け戦覚悟の出陣かな」

「さあ?」

思いがけないことを聞かれて、舌をもつれさせた庄吉でしたが、褌《ふんどし》担ぎ時代の自分にひき比べたか答える言葉はなめらかでした。

「負けてもともと、ここ一番を命がけ。そんな気迫が読めましたぜ。……ありゃあきっと凄い役者になれますさ」

「そうか」

このとき木戸番は気づきました。

浪人の目に宿っていた剣呑な光が消え、分厚い唇に穏やかな笑みが漂いはじめていたことを。もしかしたらこの瞬間に山田某は、菊太郎と一脈相通ずる覚悟を固めていたのかもしれません。むろん猫蔵にも庄吉にも覚悟の正体はまったくの謎だったのですが。

笑顔をくずさず、浪人は舞台番にただしました。

「いつもなら菊太郎には好童という男がついているな」

「へい。よくご存じで」

山田はいっそう破顔しました。

「菊太郎に会わせてもらった。好童と俺のふたりで、あの子の用心棒の一組だからな。今日はどうした。楽屋に詰めているのか」

「いえ、それが……」

庄吉はちょっと迷ったようでした。

「菊太郎さんが、座頭の頼みを引き受けたと思うとすぐ、姿を消しちまいました。どうやら菊之輔さんの家に知らせに飛んでいったようです」

「さもあろう。親父どのは足を怪我していると聞いたが」

「へえ。とはいっても、大事な息子の初舞台だ。足の一本や二本折れたって、駆けつけるんじゃありませんかね」

「そんなこともあるだろうな……」

ひとりうなずいた浪人は、ひょいと木戸番をふり返りました。

「お前さんにも聞きたいことがある」

「なんでございましょう」

「臼井はひとりできたのかね」

「いえ、締めて五人でしたよ。八丁堀の屋敷のお仲間でしょう、臼井……さまの他に男がふたり」

臼井にさま付けするのが業腹で口をヒン曲げ、

「女がふたり。たぶん後のふたりの連れですね」

「そうか。あいわかった。……では俺は、心静かに菊太郎の舞台を見せてもらうことにしよう」

岩でできた屛風のような背中が、土間の一隅に消えるのを見送って、猫蔵と庄吉はふっと顔を見合わせました。菊太郎が舞台を踏むという吉報を耳にしても、浪人がなぜか手放しで喜んだように見えなかったからです。

用心棒を買って出た山田としては、当然かもしれません。臼井清吾という悍馬《かんば》の前に、人参を差し出すのも同然の舞台になるのですから。

容赦なく時は流れ、序幕の役者全員がそろったことを知らせる着到の囃子《はやし》が鳴り響きました。

伍

どうしたものか、宙を飛ぶ勢いで駆けつけると踏んでいた菊之輔も好童も、いっこうに姿を見せないまま舞台は滞りなく進行して――

（まだこないのかよ、菊之輔さんは！）

木戸番がじりじりしている間に、無情にも『身替わり音頭』またの名を『切籠灯籠』の場の幕は開き、そして閉じてしまったのです。やきもきしながらも、そこは猫蔵も大の芝居好きでしたから、いざ菊太郎扮する鶴千代が舞台にあがれば、目も心も吸われて無我夢中となりました。手垢のついた表現ながら万雷の拍手を耳にした直後、はっと我に返りました。

ついに顔を見せなかった菊之輔たちも気にかかりますが、

（臼井清吾は舞台をどう見た？）

それこそが最大の心配の種。

（こっちはあの野郎を覚えているが、あっちはたかが木戸番の親爺なぞ、歯牙にもかけていないだろう）

幕間にはじまった宴の賑やかさに紛れ、あたりをつけていた八丁堀の面々が並ぶ下手一階の桟敷席へ近づきました。舞台袖から桟敷の背後をぬけて内茶屋までのびる細い通路を、用ありげな顔つきで、ただし耳は客たちの笑い声、杯の触れ合う音まで拾いながら、徐《おもむろ》に歩いて参りますと、女の嬌声にまじって聞き覚えのある声。

「……貴公に誘われてよかった」

酒に濁った響きながら、声の主は紛れもなく臼井清吾です。

清吾ともうひとりを伴ってきた朋輩が、上機嫌で話を交わしております。

「臼井。おぬしが舞台を見る目にぞくっとしたぞ。ひと月の間さんざ聞かされたおぬしの想い人、まさか役者であったとはな」

「清さまは男と遊ぶのがお好きなんですか」

不満げな女の声。仲間のどちらかの相手でしょう。

「こいつのことは諦めろ。親父どのの許しをもらった道楽だ。男を小姓として侍《はべ》らせてこそ、戦国の嗜《たしな》みだと親子で威張っていなさる」

「臼井清之進と申せば八丁堀では隠れもない十手術捕縄術の達人だからな。なみの与力さまでは太刀打ちできんほどのお方だ」

三人目の男の口ぶりは、まるで臼井清吾にごまをすっているかに聞こえます。思わず知らず障子の前で立ち止まっていた猫蔵が顔をしかめました。

（いよいよもって悪い相手を引き当てたぜ）

「誰だ」

だみ声の不意の誰何《すいか》。猫蔵はあわや腰を抜かすところでした。酒に乱れた声を発したのは当の清吾に違いなく、白いが逞《たくま》しい腕でサラリと障子を開けたのです。寝そべった行儀の悪い姿態で、立ちすくんだ木戸番を真下からぐいと見上げました。顔の色は青ざめて目ばかり狂犬じみた光を放っていますが、この角度から仰いだのではいつぞや諍いのあった木戸番とわかるはずもありますまい。

たっぷりと肝を冷やした猫蔵ながら、そこは機転のきく親爺です。目ざとく内茶屋から顔を出した使い走りの若者――出方と呼びます――をみつけ、大声に呼ばわりました。たしか三次《さんじ》という名前でしたが間違ったってかまうものか。

「やい三次！　こっちだこっち。なにをぼやぼやしてるんでぇ。この席のお殿さまがご用と仰る」

同心の呼称は旦那さまですから、殿さまと呼ばれて悪い気はしなかったでしょう。その桟敷から次の声があがるより先に、

「酒と肴でございましたら、すぐに見繕ってお運びいたしますんで申し訳ございません、暫時

ました。

「お待ちを」
出鱈目を並べてスイと障子を閉めた猫蔵、はしっこそうな若者にだめ押しのひと声を浴びせました。

「上得意のお殿さまじゃねえか。ちゃっちゃとご用をお足ししあがれ」

後は退散の一手です。口をとがらせている出方に懐《ふところ》の小銭を握らせました。

「ご機嫌を損ねるんじゃねえぞ……俺のことを聞かれてもしゃべるなよ」

小声で念を押しておき、さっさと持ち場に帰りました。

懐が軽くなりすぎた気配に、しまった、張りこみすぎたと悔やみながら、改めて猫蔵は思案投げ首の態でした。

千秋楽の今日をのがせば、菊太郎の住処《すみか》を知る術のない清吾ですから、間違いなく中村座を出る少年を見張るでしょう。幸いこちらには山田という腕利きがいますが、もしも清吾側が助っ人を用意したときには……いくら練達の浪人でも多勢に足止めされれば、菊太郎を守る用をなしません。せめて好童がいてくれたらと歯噛みしたい気分でしたが、いないものはいないのです。

仕方がない、幕間のうちに山田の旦那と相談して善後策を講じないと。どうにか料簡が定まったと思った矢先に、チョンチョンと柝の音がはいり、つづいて開幕の下座音楽がはじまりました。これでは土間席の山田に近づくこともできません。なんとも間の悪い思いで、苛ついていた猫蔵の袖をひく者がいます。先ほど大枚を与えすぎた三次でした。

「なんだお前か」

「もしやあの八丁堀の旦那方に、なにやらご用があったんじゃないか。そんな気がしたもんで……」

木戸番はひやりとしました。よけいなことをいったんじゃあるまいな？

そうではなく、三次は気をきかせてくれたのです。

「旦那方、俺が酒を運んでゆくと、熱心に話していましたぜ。芝居が終わりしだい、手分けして楽屋口を見張るって」

「なんだと」

「しばらくは事を荒立てないよう、堺町の外れまで追ってゆく。用心棒がいるようなら、三人も回しておけばいい。的を射止めるのは清吾の役だ……なんのことやらわかりませんが、ひょっとして、木戸番さんのお役に立つかと思いましてね」

「ありがてえ！」

これは望外というべきでした。おあしに換えられない情報をもらって、三次を片手拝みする猫蔵です。

そうとわかれば作戦のたてようもあります。次の幕間を見計らって首尾よく連絡がついた山田と額を集めました。相手が楽屋口に目を光らせるなら、こっちは正面から堂々と出てゆこう。舞台が終われば菊太郎は、扇売りの派手な振り袖にもどります。なんとも誤魔化しにくい艶姿が、籠脱けするには悩みの種でしたが、猫蔵はあえていいきりました。

「逃げるなら鼠木戸より桟敷口だ」

「おっと。それでは八丁堀と鉢合わせになりゃしねえか」

口を挟んだのは、舞台番の小間から這い出してきた庄吉です。

「だから上手の桟敷口を使うんだ。着飾った大店の娘やお武家のご内儀たち、どっと桟敷口を抜けるに違いない。お花畑が行列するような賑々しくも色鮮やかな絵巻ものになる。それに交じって菊太郎さんにも出てもらう。むろん俺が先に立って目立たないよう案内するさ。編笠で顔を隠しておけば、小屋がはねる時刻は黄昏どきだろうが。帰りをいそぐ客の目を盗むぐれえ造作もねえ」

猫蔵はほくそえんでおります。

花を隠すなら花畑に隠せ――泰西《たいせい》の神父にして戯作者ちぇすたとんそっくりのあいであをひねり出した猫蔵に、浪人が率直な賛辞を浴びせました。

「孔明楠木《こうめいくすのき》も三舎を避けるな。それでゆこう」

土間へもどろうとした山田が、ふっと天窓を仰ぎ見ました。それでなくても薄暗い場内が、このときいっそう光を失ったように思われたのです。窓越しに望む天はどす黒く、夜が近いかと見えました。夕刻には間があるというのに、この空模様ではどっと一雨きそうな按配です。

猫蔵は（それもいいか）と考えておりました。夜陰に近い時刻の雨、臼井の仲間の目をあざむくには絶好の日和となるでしょうから。

「待った、山田さま」

図体の割に細かく気を遣う庄吉が、呼び止めました。

「菊太郎さんは猫の案内でいいが、山田さまが鼠木戸を抜けるのは手間がかかるぜ。さりとて先に表へ出た菊太郎さんが、のんべんだらりと待ってるわけにゆきゃしねえ。中村座から手が届くくらいな、落ち合う場所を決めておくのがよかねえか」

もっともな意見でした。

この一帯——江戸のころには堺町、平成の東京では人形町三丁目——の地理なら、掌《てのひら》を指すように知る舞台番と木戸番でしたから、たちまち意見は一致しました。

「人食い堀がいい」

「俺もそういおうとしたところさ」

「おお、あそこか」

山田も納得した様子です。

今となっては影も形もありませんが、いっとき名の通った材木問屋が堀端で商っていて、川から水をひいた船溜《ふなだまり》に面して船倉もあり、小さな桟橋がのびていたそうです。その跡にどうしたことか杭が一本だけのこっていて、ひとくい堀——人食い堀と呼ばれるようになったとか。

問屋は潰れて大きな廃屋になり、もとの材木置き場は咎める者もないまま、付近の塵芥集積場に化けてしまったという事情は、現在の東京と大差なさそうです。中村座至近の上、路地を抜ければ常夜灯が点り屋台も出ているというのに、もと船溜の一角は死に絶えたように人気がありませんでした。

「では小屋を出たその足で人食い堀に参る。菊太郎にその旨伝えておいてくれ」

言い終えた山田はふたたび背中をむけました。

見送った猫蔵の目に、妙にその肩が落ちているように見えたのは――後に思い返せば、人食い堀で起きた不可解な事件の前兆だったのでしょうか。

陸

芝居がはねたそのときまで、猫蔵は万全の方策と信じていました。清吾の仲間は楽屋口を見張っている……だが肝心の菊太郎は、とっくに化粧をおとしてもとの扇子売りになり、女にまじって上手の桟敷口を出る。特等席を占める豪商は別としても、当時の武家は女ではなく、着飾った少年を侍らせる者が多くいたので、菊太郎が紛れこむにはいっそう好都合です。

木戸にたどり着いた菊太郎を猫蔵が素早く導いて、大身の武家たちの間に割りこませました。天下の大道ならいざ知らず、ここは〝悪所〟の出入り口ですから、武家の方でも後ろめたい気分があったでしょう。編笠姿の菊太郎をじろりと見たものの、べつだん文句をつける様子もありません。してやったりと、大船に乗せたつもりで猫蔵は振り袖姿を見送りました。

それがとんだ間違いであったことを、直後に知ることになります。

三次が目の色変えて、木戸番のもとに飛んできたのです。

「いけねえや、猫さん。上手の桟敷に同心の仲間がいたんだ！」

これには肝を潰しました。

よく考えればそれも当然。おなじ桟敷に雁首をそろえれば、毎朝髪結いのくる八丁堀です、どの髷を見ても粋な結髪、青々とした月代で、ここに同心ありと言いふらしているようなもの。誓詞の手前いかにもそれはまずいと、別べつの席で芝居を楽しんでいたのでしょう。

「それどころか、猫兄貴の話が漏れたらしい、人食い堀がどうとかといってやがった！」

「げっ。そこまで割れてるのかよ……」

こうなると猫蔵も歯の根が合いません。そんなつもりはなくとも、菊太郎を導く場内で口走った覚えは確かにあったのです。

耳聡いのは出方の三次だけではなく、町方ご用をつとめる同心こそ、情報集めの玄人《くろうと》でした。

三次が聞いた彼らの会話の端々は、

「臼井が手ごめにするつもりの子供、まんまと抜け出した気配だぞ」

「追え。清之進どのの倅なら恩を売って損はない」

とかなんとか。

ぶるるる。

大変なことになりました。

出方の話では少なくとも三人が、たったいま雪駄を鳴らして人食い堀にむかい、のこるなん人かは楽屋口の清吾たちに知らせたそうです。

小屋へ引き返す三次をねぎらう言葉もなかった猫蔵の目に、なんという僥倖《ぎょうこう》でしょう、早々と鼠木戸から山田が顔を見せてくれました。蒼白の木戸番から事情を聞くや否や「わかった」そのひと言をのこして、屏風のような背は、暮れなずむ道を一散走《いっさんばし》りに遠ざかっていったのです。

（頼んだぜ、山田さま！）

人食い堀が待ち合わせ先と知った同心たちのこと。あわてて狩り出しては、かえって獲物を逃がすと承知しているでしょう。彼らのふだんの役目には、隠密廻りあり定町廻りあり、今日のぱとろーるや聞きこみとおなじ職掌ですから、菊太郎ひとりを取りこむにも、定石を外すとは考えられません。

人食い堀に着いた菊太郎にせよ、のうのうと姿を晒しているはずはないのです。廃屋だの船倉だのと隠れる場所はいくらもありますから、浪人が確かに顔を見せるまで、相応の隠れ家に潜んでいると思われます。

（俺が追手の八丁堀なら、捜す手間などかけやしねえ。人食い堀で網を張っていればいい……着到した山田さまの前に菊太郎さんが姿を見せる……そこをすかさず、数を頼んでかどわかそうと企んだに決まってる）

落ち着きがもどってくれば、猫蔵の頭の回転も速くなります。

雷雲が遠く光るのを望みながら、大名題の看板の陰で思案していた猫蔵が、どんと背中をどやされました。庄吉です。

「猫が濡れ鼠みてえな顔をしてるじゃねえか。安心しな、楽屋口ではまだ八丁堀がもたついてやがら」

「そ、それがそうはゆかねえんだ」

もつれがちな猫蔵の舌から、ようよう事情を聞いた庄吉も顔色を変えました。

「まずいぞ、そいつは！」

その瞬間、頭上を閃光が貫きました。おそろしい速度で雷雲が近づいてきたのです。名残惜しげに看板を見上げていた女たちが、不意を食らって悲鳴をあげたくらいな急接近でありました。

ほとんど同時に天はざあっと盥《たらい》をひっくり返します。痛いほど大粒な雨が、遠慮会釈なしで人々に襲いかかりました。まるきり滝壺で水垢離《みずごり》をする気分でしたが、咄嗟《とつさ》に庄吉と猫蔵は叫び合ったのです。

「行くぞ」

「応っ」

互いの声も届かぬ雷雨の咆哮中ながら、

（人食い堀へ！）

それさえわかっていれば、のーぷろぶれむ。

半纏《はんてん》を頭に被る、裾を絡げる、脱いだ履物を帯に挟む、たちまち足元から飛沫《ひまつ》をあげて、大小二人組は韋駄天走り。

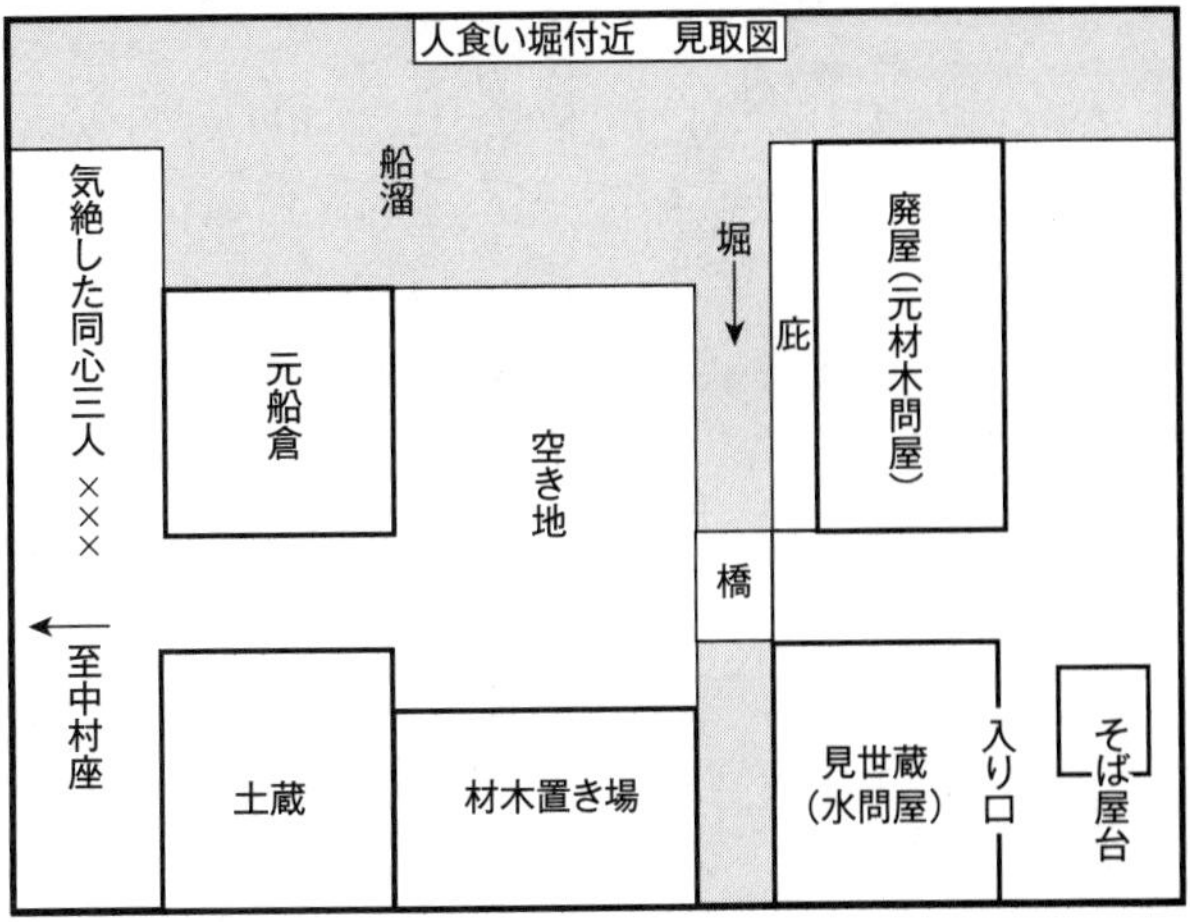

人食い堀のあらましはこんなところです（図版参照）。

弥生とはいえ陽気はまだ春浅く、半纏も着物も下帯ぐるみ水に漬かった有り様でしたが、寒さを感じる暇もありません。一気に突っ走れば、人食い堀は目と鼻の先でしたが――

「おっ」

前を走っていた庄吉がたたらを踏みました。

「八丁堀だ！　ふたり、倒れていなさるぜ」

「いや、こっちに旦那がもうひとり」

左手に船倉、右手に土蔵が立ちはだかった路地の入り口。柳の大樹が看板のように立っていて、奥には人食い堀にかかった短い橋がありましたが、豪雨の紗幕に視界を塞がれてよく見えないのです。

代わりにはっきり見えたのは、路地の手前に倒れている着流しの三人。日髪日剃りと囃される八丁堀風の髷ですが、豪雨を叩きつけられては粋もへったくれもありません。

「死んでるのか？」

「気を失っているだけだ」

三人の様子をうかがうと、息づかいも心の音も異状はなく、してみると——

「山田さまがやってのけたか」

「それに違いねえが……しかし」

呆れ顔を互いに見交わしました。

刀を抜きかけたのがひとり、十手を摑んだのがひとり、のこるひとりは手も足も出ないうちに昏倒させられております。それなりの修練を積んでいる同心が三人がかりで、この始末とは、まあ。

八丁堀が弱いというより、山田と名乗る浪人のすさまじい剣技を想像させられて、声も出ません。

「峰打ちだろうな……」

猫蔵がようやく口にしましたが、豪雨に晒されても目覚めないとは論外です。よほどの剣速で急所に打撃を食らったのでしょう。

「いくらなんでもこのままじゃなあ……」

やがて新手の八丁堀が駆けつけます。鮪市みたいな仲間の姿を見れば、ますますいきり立つに決まっています。いつも旦那と立てている相手だけに、人のいい猫蔵と庄吉、どちらからともなく三人を、柳の木陰に運んでやりました。気休め程度の雨除けですが、それでも足元に爆ぜる飛沫は少なくなっています。

追手がこの様子なら菊太郎の身はまず安全と踏んで、路地を抜けました。この当時の路地は幅がせいぜい四尺で袋小路が多かったのですが、人食い堀を経て表通りに出られるここは抜け裏と呼ばれる道でした。

途中の空き地に出たふたりは、橋の袂《たもと》で山田の意外な姿を目にしました。

浪人は一刀を抜きはらった姿のまま、天を仰いでいたのです。

降り注ぐ雨、剣先からしたたり流れ落ちる水。

山田某はぐしょ濡れの顔を拭おうともせず、根を生やしたように立ちつくしています。その姿からなお一脈の剣気がゆらめいて、声をかけるのも憚《はばか》られました。

(なんだ?)

鼻のきく猫蔵は、雨気にまじってかすかに金っけを感じ取ったのですが、

「おう……お前たちか」

山田が振り向いてくれたので、すぐそんなことは忘れてしまいました。

浪人はすでに寛闊《かんかつ》な表情にかえっており、猫蔵たちをほっとさせました。

「菊太郎さんはご無事ですかい」

うまく逃げたという返事を期待していたのに、予想外でした。浪人は眉をひそめて答えたのです。

「それがわからんのだ。三人を始末しても菊太郎は顔を見せん。実は当惑しておったところだ」

「そりゃあ……」

猫蔵も庄吉も後の言葉がつづきません。

「あの子が隠れていそうな場所は、お捜しになりましたんで」

「船倉は見たががらん洞《どう》だ。土蔵には頑丈な錠が下りている。材木置き場はあの有り様でな」

ごみ溜め同然ですが、人が隠れるほど大型のがらくたがないのは一目瞭然でした。捨てる神あれば拾う神あり。木っ端一切れでも燃料になると、町人たちがてんでに持ち帰るえ、こ、で便利な時代だったのです。

「あの材木問屋はいかがでしたか」

堀のむこうには、間口こそ広いが屋台の傾いた廃屋があります。堀にむかって長々と庇をのばして、盛業中であったころはその下を、川並と呼ばれる人足が、肩をぶつけんばかりに舟から上がっていたはずながら、破れた壁と壊れた建具に乱された見すぼらしさが、今の眺めでありました。

「菊之輔と好童が懸命に捜しておる」

「ほ。……菊之輔さんが駆けつけたんでございますか」

庄吉の声音に（今ごろ来たのか）というにゅあんすがあったのでしょう、浪人は苦笑いしました。

「菊之輔の傷がひどく膿んでな。町医者のところで唸っておったらしい。それで弟子は遠慮して、息子が舞台に上がる話を切り出すのが遅れたようだ」

人は良くても万事のろまな好童の気性が、凶と出たようです。

好童に助けられて中村座に急いだ菊之輔が、やっと人食い堀に辿り着いたとき、同心三人を倒した直後の山田に出くわしたとか。

肝心の菊太郎が見当たらぬと知って、主従は問屋の廃屋に目をつけ、山田は船倉を調べたそうですが空振りに終わり、日ごろ沈着な山田も、焦燥の念を隠せない様子。

「足の不自由な菊之輔をせかすのも気の毒と、抑えておるのだが……」

頭の回る猫蔵は、また別なことを考えていました。

「すると菊之輔さんたちは、土砂降りの中を人食い堀に駆けつけたんですね。菊之輔さんの足をかばいながらの二人連れだ。ひょっとして見逃したかもしれねえ……庄の字」

「おうよ。猫の考えを当ててみようか。行きつけの二八そば屋だろう」

「それだ！」

どうやら雨は上がる気配でした。日は本格的に暮れてゆく時刻なのに、豪雨の最中より明るくなったくらいです。

「通り雨くらいに尻尾を巻く爺さんじゃねえ」

猫蔵がいえば庄吉も、

「そんなときにはあの見世蔵で休んでる。そういってたっけなあ」

うなずき合ったふたりは、浪人にひと声かけておいてから橋板を渡ります。すぐ左は廃屋ですが、右に建つのは見世蔵といい、土蔵建築の一部を住居や商いに流用したもので、あるじは水の問屋稼業を開いておりました。

ご案内と存じますが、江戸には水道施設がありました。手をかざせば出る水道とはゆきませんが、水質のわるいお膝元に飲料水を供給しようという、あの時代としては画期的な大工事でした。玉川上水《たまがわじょうすい》・神田上水と呼ばれるふたつの水系から、はじめは開渠《かいきょ》で、町にはいると木の樋《とい》を地下にもぐらせ、城や武家地、町屋に優良な水を配る仕組みです。末端は取水口や井戸ですから、暗渠《あんきょ》が近くにあれば高価な掘り抜きの深井戸を設けずとも、長屋の共同井戸として使うことができました。

送水技術が未発達であったため樋は隅田川を越えられず、本所深川《ほんじょふかがわ》一帯では飲料水を有料で配達してくれる水屋に頼っていましたが、ほかでも上水の便に恵まれない地域では、取水口や井戸から得た水を前後の桶に詰めて天秤で担ぎ、合わせておよそ六十りっとるの一荷を、四文で販売しておりました。

この人食い堀と背中合わせの見世蔵では、自前の掘り抜き井戸を土間に設けており、水質なめらかと評判がよかったため得意客がつき、大勢の水屋に卸していたのです。そば屋にとっても問屋の前に陣取れば水の便がよく、通行客以外にも出入りの水屋を客にとりこめます。問屋のあるじがそば屋に雨宿りさせるのは、いわばそんな互恵の間柄であったからでしょう。

ちなみに二八そばとは九九で十六文、これが一人前の値段だからといわれていますが、実際にその値段に落ち着くのはもう少し先のこと。享保の年代で二八そばと呼ばれた理由は、まだ定説がないようです。

それはともかく、そば屋が見世蔵に雨を避けていたのなら、客のほしい親爺は通行人に目を配っていただろう。蔵は人食い堀の出口にあたる箇所、もし菊太郎が父親主従とすれ違ったとしても、親爺の目にとまったはず――これが猫蔵の目論見でした。

半纏に染みた雨水をしぼりながら蔵に足をむければ、常連がきたとばかりに、親爺がいそいそと飛び出してきました。

「悪い、今日は客じゃねえんだが、人食い堀から出てきた者がいただろう?」

「侍じゃねえよ。扇売りの振り袖だ」

「ひでえ降りの最中にだが、気がつかなかったか」

代わる代わるに尋ねかけましたが、そば屋は首をふりました。

「はいってゆく二人連れなら見た。足をひきずっていなすったお年寄りは瀬川菊之輔さんだった」

「爺さん、知ってるのか。そばの得意さんかよ」

「うんにゃ。わしじゃなくて、水問屋のお客だよ。菊之輔さんの住んでる長屋に、しょっちゅう水を届けてる。たまには力持ちの好童さんが桶を天秤ごと借りて、持ち帰ってるそうだがね」

いかにも好童の図体なら、水運びにもってこいでしょう。湯島まで出前して四文では、距離に応じて色をつけさせるにしろ、水屋も音をあげますから。

「出てきた者はいねえんだな?」

猫蔵が念を押すと、親爺に睨みつけられました。

「猫の子一匹通らねえよ」

やれやれです。猫蔵と庄吉ががっかりした矢先でした、その好童が水桶を前後に担いで、店からぬっと出てきたのは。

ふたりに目を合わせて、好童はたじろぎました。のろまな性分のこの弟子は、万事せっかちな猫蔵が煙たいのでしょう。

「やいやい、菊太郎さんはどうしたってんだ！　ここにいなけりゃ行き違いだろうに。てめえだけでもさっさと捜しに飛んでいきあがれ」

ポンポンいわれて目を白黒するばかりです。前後の水桶がはね上がって見えたのは、まだ水を詰める前なのか。

「だからその……菊太郎さんと一足違いだったんなら、ついでのことに水を一荷担いでゆこうと……」

おろおろと口答えする好童に、猫蔵は苦笑いして、

「もういい、俺たちは菊之輔さんとこへ先にもどってる。……庄の字」

「おいよ」

むけられた背中に、そば屋が不満げな言葉を投げつけました。

「行き違うわけはねえがな……小路から、誰も出てこなかったんだぞ」

この親爺の証言が確かなら、人食い堀はのちの世にいう〝密室〟で、菊太郎はそこから消え失せた結果になるのですが？

捌

浮かぬ顔で猫蔵と庄吉は引き返します。いくら土砂降りだからといって、人間ひとり溶けてなくなる道理がありません。

「強情な二八そばだが、いつも目を自慢してる野郎だからな」

「こうなると後は材木問屋しかねえ。あばら屋といってもだだっ広いや。隠れているうちに、菊太郎さん眠りこんでいたりして」

「それならいいが、床下の穴蔵に落っこちて目を回しているんじゃないか」

「穴蔵があるのか、あの家に」

「知るもんか。井戸ぐらいはあってもふしぎあるまいが」

「けっ。あてずっぽをいうんじゃねえ」

橋までもどったときでした。

「な、なんだ、こりゃあ！」

まるで猫蔵たちの帰りを待っていたような菊之輔の奇声。いっぱしの役者ですから、声はよく通ります。

橋の手すりを摑んだ浪人が、廃屋からのびた庇に目を据えたところでした。木戸番たちも否応なく右手の堀沿いを見やります。

「どうした、菊之輔！」

するとそこに、なんともへんてこな情景が展開していたのです。

情景と呼ぶには少々即物すぎる眺め。それは庇をくぐって堀沿いに、ずらりと並んだ衣装の行列でありました。ちょんと揃えられた履物にはじまって、浅めの編笠が置かれ、鮮やかな色と文様の振り袖がつづき、そこに木綿の襦袢《じゅばん》が加わります。登場して間のない新素材が保温力のある木綿で、またたく間に世間の嗜好に合致しました。木綿問屋七十軒あまりが大伝馬《おおでんま》町に並んだほどの流行で、平成の世までつづく三越《みつこし》も、商いのすたーとは木綿問屋にはじまったのですが……。

いってみれば丸物問屋が店をひろげた按配で、猫蔵も庄吉もぽかんと口を開け放すほか能がありません。半ば壊れてはいても庇の下、あの大雨でも堀へ流れ落ちずにすんだのでしょうが、たまり兼ねた猫蔵はわめきました。

「こ、これぁ菊太郎さんが着ていたものじゃねえか！」

橋の袂から庇の下へ飛び下りると、したたか跳ねた泥にもかまわず、振り袖の前にしゃがみます。

「間違いねえ、この文様だ！」

「猫蔵さん……庄吉さんもきてくれたのか」

か細い声になった菊之輔は、息子に祝いの品を届けるつもりだったたか、手桶を提げたまま立ちすくんで、悪い夢にうなされているかのようです。

「こんな、身ぐるみぬがされたあの子は、どこへ消えたんだろう。木戸番さん、舞台番さん、教えておくれな」

並んだ衣装の果てにのびた縮緬《ちりめん》の褌。あの美少年にふさわしい金のかかった下帯ですが——その先には、船溜のどろりとした水面が広がっているばかりであったのです。

庄吉が声を裏返しました。

「菊太郎さんは……素っ裸になって川へ身を投げたのかよ、おいっ」

くそ力で胸ぐらをとられた猫蔵が、悲鳴をあげました。

「そんなことがあるもんか！」

「どこへ逃げてもあの侍に追われると、覚悟を決めて入水した……それ以外に考えようがあるか、ええ？」

「馬鹿な！　あの同心たちなら、山田さまがあっという間に片づけてる。菊太郎さんが自棄《やけ》になる法はねえ！」

「……いや」

重たげな声が、山田の口を衝いて出ました。

「案外菊太郎は先を読んでいたのかもな。……今度は俺もそれなりの覚悟が入り用らしいよ」

「き……きた！」

箍《たが》が外れたような声は、好童のものでした。前後の水桶を重たげに担いだ好童が、あばら家から姿を見せたとき。

どどっと足音が近づくと、雷雨のこしらえた水溜まりが、次々に飛沫をあげました。

着流しの上に紋付きの黒羽織の裾をめくりあげた独特のすたいる。呑んだ十手で懐を突っ張らせた頭数は、締めて六人でした。

その先頭に立つ桐油紙《とうゆがみ》の合羽を着こんだ初老の同心は眼光炯々《けいけい》、噂に聞く八丁堀きっての腕前の主に相違ありません。

「臼井清之進どのとお見受けいたす」

橋の真ん中から声をかけた浪人は、背後でちぢみ上がっている菊之輔・好童・猫蔵・庄吉を一手にかばう形となります。

（うえっ。とうとう親玉が出てきやがった！）

半分べそをかきながら、猫蔵は今にもはじけそうな心の臓とついでにションベンを、歯を食いしばって堪えました。

「菊之輔、好童、お前らは早く逃げてくれ」

「そ……そうだ、あんたらは早く逃げてくれ」

泣きだしそうな庄吉の声を耳にした猫蔵は、いくらか胸の高鳴りが収まりました……庄の字も俺とおんなじ気分でいやがらあ。

ふり返るゆとりはありませんが、足音を聞けば主従は素直に逃げていった気配です。

蟷螂《とうろう》の斧は覚悟の上、自棄のやん八でぶつかってゆくぞ、八丁堀！

悲壮な気分で同心たちを睨んだふたりには——まことに意外な成り行きが待っていました。

「いかにも。拙者が臼井です」

老同心の答えは、礼儀正しいものでした。

「そういわれる貴公は、山田浅《あさ》右衛門《えもん》どのではござるまいか」

名をただされた浪人も、静かに応じました。

「これはご無礼いたした。山田と申す素浪人です。以後お見知りおき願いたい」

「お、おい」

猫の字が隣の脇腹をつつきました。

「どっかで聞いたような名前だな」

「あ……当たり前だ」

庄の字は今にもしゃっくりが出そうな顔つきです。

「天下に名高い首斬り名人じゃねえか！」

ときの将軍吉宗の面前で御様御用《おためし》を果たしているほどの達人ながら、浅右衛門は浪人の身分であったため、本来は腰物奉行の配下として幕臣であるべきなのに、これが慣例となって山田家は代々浪人に留め置かれた——ものの本に記されております。

また御様御用の為にはいれべるな技術が必須ですから、世襲の家系と限定してはそれだけの腕を持った者が後を継ぐ保証もないため、臨時雇いの形にするのがべたーであったとも伝わりました。

玖

戦国の世が遠くなった享保のころ、自他ともに認める剣の技術者、それも実地に刀を揮って剣技を磨く機会のあった者は、山田浅右衛門が随一といえたのではないでしょうか。斬首刑の担当はもともと同心だったのですが、太平がつづけば本物の人間を一刀のもとに斬ってのける技術を町方同心が会得するのは無理で、代役として常に山田浅右衛門が控えていたのは、頼もしくも後ろめたい気分があったはずです。同心の旗頭という立場の臼井清之進が、一介の素浪人に一目おいたのも当然でありました。

同心の精鋭の群れを前にした山田も、一切臆するところがありません。無位無官ながら、実は山田家は巨万の富を擁していたといわれます。落命した囚人の死体は斬首した浅右衛門が拝領するならわしで、死体の用途といえばまず試し斬りです。武士の嗜みとして剣を求道するといっても、この時代に本物の死体を入手して腕を鍛えるには、大名だろうと旗本だろうと、浅右衛門に注文するほか方法がありません。いわば死体の専売役が彼だったのです。

剣に長じた代々の山田浅右衛門は刀剣の目利きでもあって、鑑定や購入に重宝がられて諸侯や巨商に人脈を張り、一方では死体の臓腑を原料に、難病であった労咳《ろうがい》に著効の丸薬を創り出したことでも知られます。

幕府から鐚一文《びたいちもん》知行をもらわぬ浅右衛門が、この三方向からの収入で三万石から五万石の大名に匹敵する生計をたてたというから驚きです。もっとも浅右衛門が、死んだ者たちの菩提を弔うため、惜しまず大金を費消したこともまた史実でした。

池袋《いけぶくろ》の祥雲寺《しょううんじ》に髻塚《もとどりづか》と呼ばれる慰霊塔がのこされていますが、これは六代目の山田浅右衛門が建立したものだそうです。

享保のころの浅右衛門はまだ二代目の吉時《よしとき》ですが、人品骨柄といい剣力といい、六人の同心を相手にしてびくともしない器量でありました。

ただし道場主の臼井が、猫蔵が聞いているように、優れた同心でも親馬鹿ちゃんりんであったなら、菊太郎の行方を知りたくてうずうずしているはず。

「その目でご覧いただきたい」

率直なものいいで橋の袂に清之進を案内した浅右衛門は、堀沿いに並んだ菊太郎の衣装を示しました。

さすがに清之進は、異形のぱれーどが意味するものを、即座に察知したようです。

「入水したのでしょうか、その子供は！」

「……そうとしか考えられません」

内心の葛藤を抑えた浪人は告げるのです。

「かねて菊太郎は覚悟していましたから」

「そいつは納得できねえよ、山田さま！」

先ほどから口をむずむずさせていた猫蔵が、とうとう怒鳴りだしました。

「なにも飛びこむことはねえ。こうして山田さまが、きちんと八丁堀の旦那方と話をつけてるじゃねえか。そのご苦労をないがしろにして、清吾の野郎に追われるのが怖いと……いてえじゃねえか！」

「もうよせ、猫」

今にも口を塞ごうとする庄吉の手をかいくぐって、

「いいや、いわせてもらいますぜ、臼井さま。旦那の躾《しつけ》がわりいから菊太郎さんは死んだんだ。いずれ歌舞伎の名題になると、俺たち下っ端まで楽しみにしていたあの子を殺したのは、息子だってことわかってるんだろうなあ、旦那！」

いつもの臼井清之進なら大人の風格で、猫蔵ごとき小者の言いぐさなど馬耳東風と聞き流すでしょうが、このときばかりは額に青筋を立ててました。彼の弱みが清吾であること、そんな息子が跡継ぎという現実を、一番情けなく思っているのは本人に違いないでしょう。その傷口を配下の前でえぐられては。

（やっちゃいけねえこった、猫の字！）

そう怒鳴りたかった庄吉です。今にも清之進が一刀を抜くかと見えたとき、浅右衛門が口を開きました。

「猫蔵……そいつはお前のカン違いだ」

「へ？　どういうこってす」

「菊太郎はなあ……このお人の倅のせいで死んだんじゃない。あの子は労咳だったんだ」

同心たちを含めて、みんなの顔に動揺が走りました。いうまでもなく昭和中期の敗戦後、すとれぷとまいしんが安価に入手できるまで、日本の国民病であった肺結核です。菊太郎の肌が震いつきたいほど白かったのも、そのためだったのでしょうか。

「あの子の父親に頼まれて、山田家伝来の浅右衛門丸を与えたんだが……遅かった。秘薬をもってしても快癒の兆しがないと知ってな、あの子は死にたいと漏らしていた。残念だが、俺はとうとう助けてやれなかった。ついさっきも、この橋で大量の血を吐いたに違いない……あの雨が消せないほど、鉄錆の匂いがのこっていた」

（そうだったのか！）

金っけを嗅いだわけが、すとんと腹に落ちました。それといっしょに、絶望した菊太郎の唐突な入水も、悲しいほどに納得できた猫蔵だったのです。

「あいわかった。その旨を清吾に伝えましょう……」

清之進が呻くように返事したとき、カンカンカンと板木を打つ音が流れてきました。

「火事だ！」

猫蔵と庄吉が飛び上がりました。大岡忠相が町火消を組織化して間もないころです。従来は武家中心の火消人足でしたが、享保年間にはいって大火事が相次ぎ、年表にあたれば「五年三月二十七日江戸大火、大猷院霊屋焼く。六年三月三日江戸大火、翌日また大火」といった有り様で、たまりかねた将軍吉宗と奉行大岡が、抜本的な消火対策を取り上げた矢先なのでした。

「風が強い。広がるやもしれん」

つぶやいた清之進が配下に向けたのは、不肖の息子ではなく火の広がりを憂う役人の顔でした。屹としてかけたひと言、

「もどるぞ、屋敷へ！」

浅右衛門に黙礼を送った清之進は、配下五人をひと組みの手足のように駆けさせました。たちまち飛沫をあげて消える同心たち。

南の彼方、まだ立ちこめている雲がぼっと赤く染まるのを、のこされた三人は黙って眺めるばかりです。

火は芝《しば》のあたりを嘗めはじめたようでした。火災の火元は目白台《めじろだい》で、おりからの北北西の風にあおられ、炎は芝から海岸に達し、焼死者千人を超えた——と、記録に残っております。

第七章　江戸を読む　後編

壱

北北西の風はさらに強まり、火の手は浜松町《はままつちょう》に達して反転、神田から日本橋を経て深川まで焦土にしました。後の世にいう明石屋《あかしや》火事の大災害がこれです。

それでも炎は中村座まで及ばないと見当がつき、浅右衛門も木戸番たちもほっと一息つきました。

「山田さま……この後どうなさいます」

まぶしげに浪人を見つめる猫造。相手が高名な剣の達人と知った今は、おなじ山田さまでもにゅあんすが違いましたが、浅右衛門は気に留める様子もありません。そんなことより、なにか思案に暮れている気色で、小路の入り口に枝先を覗かせた柳をじっと見つめています。やがて同心の群れは引き返してこないと踏んだのでしょう、彼はぼそりといいました。

「臼井どのにはああいったが、俺は菊太郎が自分で死んだと思っていない」

「へっ」

木戸番舞台番、そろって目を剝きました。たったいま当の浅右衛門がいったではありませんか、「あの子は労咳《ろうがい》の身を儚《はかな》んで入水した」と。

呆れ顔の町人ふたりに、浪人は静かな顔をむけます。

「あでもいわねば、配下の手前臼井どのは立つ瀬がなかった」

「へ……へえ」

「山田家代々に伝わる浅右衛門丸ですら、薬効の甲斐なかったとわかって……あの子は俺になんといったと思う?」

顔を見交わす猫の字と庄の字でしたが、もとより答えを期待した問いかけではありません。

「菊太郎はこういったよ。せめてもう一度、中村座にあがりたいとな」

「……」

「歌舞伎をやりたい。お客に、父親に、先代に、お師匠の菊之丞さまに見てもらいたい……私が生きて動ける間は、どんなことがあろうと諦めない……それが今生の願いだと、俺の耳に吹きこんだよ」

顔をくしゃくしゃにしていいました。

「俺の、このきくらげみたいな汚い耳になあ」

しばらくの間があってから、猫が目をぱちぱちさせました。

「すると山田さま。話はどうなるんです?」

舞台番も体を揺すって申します。

「菊太郎さんが消えたことは確かですぜ。川へ沈んだのじゃないのなら、いったいあの子はどこへ雲隠れしたというんです」

「それだ。……お前たち、あの並んだ衣装を見て、こいつは妙だと思わなかったか」

あべこべに尋ねられて、大男はへどもどしました。

「妙といやあ妙ですがね。身ひとつ投げるのに大仰な、行儀のよすぎる並べ方だと……まるでその……」

口ごもったあとを猫がつづけます。

「俺たちに見せびらかすようだなってね」

「その通りだ」

浅右衛門は大きくうなずきました。

「見た者の目にわざととまるよう——衣装のぬしが入水したと思わせるよう——仕向けるために並べた、とな」

「へ……へえ」

中村座のふたりには、浪人がなにをいおうとしているのか、まだ呑みこめません。

「そうなれば菊太郎は生きてかどわかされたのでは？　と考えるのが筋ではないか」

「お説ごもっともですがね、山田さま」

木戸番は不服げです。

「この一帯を虱潰《しらみ》ししたってのに、菊太郎さんの影も形もありゃせん」

「でえいちそんなことをする奴は、臼井の倅《せがれ》しかいねえ。だが本人は親父どのに叱責されて、屋敷に留め置かれたままですぜ……あ！」

舞台番がなにか思いついたようです。

「とは臼井さまがいったことだ。おとなしく屋敷に残っていたかどうか、そこまで保証されてやしないんだ」

「留め置かれたって、座敷牢にぶちこまれたわけでもねえ。となれば」

「父親の先をくぐって人食い堀へ！」

「そんな早業ができるかよ」

「できたかもしれねえぞ。臼井さまは、ここへ着くまで相手が山田さまとはご承知ない。正体知れずの怪しい浪人と、倅に吹きこまれていただろうさ。となると、同心を集めてから駆けつけなきゃならなかった……」

木戸番が手を打ちました。

「そこに隙間ができらあな。倅は一足早くここに着いて、菊太郎さんをかどわかす……雨が降りだしたのがその後とすれば……」

「路地を出たのはどうなる」

舞台番に文句をつけられると、木戸番も詰まりました。

「出た者は……誰もいねえといったっけな、そば屋は」

「ああ、いった……？」

雁首並べて絶句するふたりに、浪人が助け船を出しました。

「お前たちが尋ねたのは、菊太郎のことだろう。侍の足どりを尋ねたのではあるまい？」

「そッ、そうか！」

猫がもう一度手を打ちます。

「お前も俺もわざわざ断ったっけな。二本差しじゃねえ、扇売りの若衆《わかしゅ》だって」

「ああ、だから親爺は話してくれなかったんだ……やい、猫」

「なんだよ」

「それじゃあ、臼井の倅は通っても、菊太郎さんはやはり通っていねえってこった」

「菊太郎さんはさらわれたんだ。俵か葛籠に詰めこまれていりゃあ、親爺の目につくもんかよ」

「俵や葛籠を担いだお武家なんざ、俺は怪しいぞと看板をかけてるようなもんだ。そんな真似をするはずはねえ」

「待て、ふたりとも」

それまで黙って、沸騰するふたりの問答に耳を傾けていた浅右衛門が、間にはいりました。

「このいっとき人食い堀でなにが起きたか。まず順序をたててみよう……」

どっかと橋板にあぐらをかいた浅右衛門が、指を折りはじめました。

「壱、最初にここへ着いたのは菊太郎だ。

弐、次に着到したのが、三人の同心。

参、間を置かず俺が小路に駆けつけた」

「そこで山田さまが手練《しゅれん》の一閃」

いいかける木戸番の頭を、舞台番がはたきます。

「黙って聞いてろ」

「……と思っていたが、それでは菊太郎が消えたのも、衣装が並んでいたのも理屈がつかん。

だから順をやりなおす。

弐、現れたのは臼井の息子だ。とは思わなかった菊太郎が捕らえられる。

参、同心を倒した俺は菊太郎の名を呼んだ。菊太郎を捕らえたまま臼井清吾は隠れた……」

「ど、どこへ」

「あのあばら家しかないだろうな。そのとき俺はまず橋まで行った。もとの材木問屋は目の前だが、隠れるにせよ雨宿りにせよ、ろくに屋根の形ものこしておらん。そんなぼろ家よりはと、俺は先に船倉を捜した。

肆、船倉は二階吹き抜けで隠れ場所は無数にある。俺は時間をかけて捜し回った。

伍、この間だろう、臼井の伜が庇の下に衣装をひろげたのは。

陸、捜しあぐねた俺が船倉を出たところへ、橋に姿を見せたのが菊之輔と好童だ。

漆、ふたりにのこるあばら家を捜すよう指図した俺は、材木置き場、今はごみ溜めを検分した。残念ながらここも収穫はなかった……。

捌、俺が橋までもどって思案していたところへ、お前たちがきた。

これがおよその事の順序だな」

「してみると下手人が逃げやがったのは」

猫の字は、とうとう臼井の二代目を下手人扱いしてしまいました。

「うむ。伍と陸の間に相違ない。ひときわ雨が降りしきっている最中だろう」

つまりそば屋は、現場を去る清吾を見ていたことになります。

「念のため二八の親爺に確かめてもよいが、見る者のある前でさらった者を連れ出したとは考えにくい。それならあそこに、菊太郎が隠されたままとすれば符丁が合う」

のっそり立ち上がった浅右衛門の足がむかったのは、彼が唯一その目でちぇっくしていない、材木問屋跡、今では見るも無残に崩れた廃屋でありました。

弐

「……」

三人はそれぞれの目で、ぼろ家の内部を見回しています。

乾ききった土壁の臭い、腐敗した木の臭い。がらんとして広い土間は凸凹で、屋根の穴から落ちる月の光が異様な翳をつくるため、全体が巨大な鬼の面のように見えます。破れた壁から冷えた外気が吹きこむので、体が胴震いを起こしそうでした。

かつてこの空間を埋めていた良材銘木もすべて運び出された今、みじめたらしい木っ端だけのこって、もはや床の廃土と見分けがつきません。形のある道具類は皆無に近く、わずかに原形をとどめた箱ものや水屋は、外のごみ溜め置き場どうよう、界隈の住人が勝手に捨てていったのでしょう。

「こいつはどうも」

木戸番が思いっきり顔をしかめました。

「ひでえ臭いだ」

「人ひとり隠れる場所なんざありゃしない」

「いんや。まだ二階があらあ」

猫が顎をしゃくった先の板壁に、短い棒がなん本か打ちつけてありました。階段代わりの足がかりです。

「俺の体ではぶっ壊しそうだ」

大男にいわれて猫の字が肩をすくめます。

「わかってら」

とんとんと身軽くのぼった木戸番の姿が、二階の床の陰に見えなくなりました。二階といってもろふとのような造りで、捜す手間はかからなかったとみえます。

「からっぽだぜ、山田さま」

落胆顔の猫が下りてくると、浅右衛門は土間の片隅にめりこんだような、汚れた水屋を見つめておりました。今の言葉でいえばかっぷぼーどに当たるでしょうが、粗末でちっぽけな代物です。上下二段についた板戸も、上段の一枚は外れ、もう一枚には穴があいているという始末。下段の両開き戸はやっと形を保っております。

そんな水屋になんの用があるのか、猫の字たちの前で、浅右衛門はやおら腰をかがめました。

「小さな棚に、人間ひとりはいるわけがねえでしょう」

だが浪人はかまわず両開き戸の片方を開けました。

少し大きな犬なら隠れることも難しい大きさなのに、なにをみつけたのか「おお」と声をあげた浅右衛門は、慌ただしくもう一枚の戸を開け放します。

「なんだってんです?」

ふたりが覗きこみますと、棚の奥に伏せてあったのは、存外真新しく見える竹籠でした。よくまあ盗まれなかったもんだ。木戸番舞台番がそろってそう思ったとき、にわかにその籠がガタガタと揺れはじめたのです。籠ばかりか水屋自体が揺れているような。

「ひえっ」

尻餅をつく猫たちをよそに浅右衛門は、その水屋を両腕で抱くようにして、引っこ抜きました。

後にのこったのは竹籠ひとつ。

驚いたのは水屋に底板がなかったことです。地べたにじかに置かれたせいで、とうに腐れていたのでしょう。だから竹籠も土の上に伏せてあっただけと、ふたりははじめて知りました。

「菊太郎！」

叫んだ浅右衛門が片手で籠をかなぐり捨てる、その下から現れたのは——捜しあぐねていた菊太郎の顔だったのです。血の気をうしなった少年の頬には、くびれるほど厳重に猿轡《さるぐつわ》が嚙ませてあります。手拭いで唇を割った上、二重三重に布をまきつけてありましたから、少年は呻き声もあげられなかったのでしょう。

「い、いたっ」

飛びつこうとした木戸番たちを、浪人が厳しく止めました。

「危ない、そこはたぶん井戸の名残りだ」

「えっ」

飛びのくと同時に、足元からどっと土が落ちる音があがりました。

「菊太郎……動くなよ」

浅右衛門の腕が少年の首の脇の土を探ります。手応えがあったか、「うむ」と唸りました。がっちりした肉体にふさわしい筋力で、浪人は菊太郎の体を牛蒡《ごぼう》抜きしたのです。

後の調べで、半ば埋まった井戸の上に水屋が移動させられていたとわかりました。だから〝下手人〟は、ほんの少し土をどかしただけで、畑の大根のように少年の首から下を埋めることができたのです。

身動きならず全身棒のように縛りあげられた菊太郎は、息も絶え絶えの有り様でした。あわてて縛《いまし》めをほどこうとしたふたりが、目をそむけます。見る影もなくやつれても菊太郎の美少年ぶりに変わりありませんが、下帯さえ身につけていない丸裸だったとは、純情な大人の目に刺激が強すぎたものでしょうか。

だが浅右衛門は冷静そのもの。少年の縄目にざっと目を通すと、ただちに看破しております。

「笹井《ささい》流惣縛《そうばく》だ。後ろ手を見ろ、高手小手にくくってある」

「へ。さいですか」

町人のふたりにはちんぷんかんぷんでも、同心や囚人を見慣れた山田浅右衛門には、一目瞭然の縄の流派でありました。流布されるもので名高いのは方円《ほうえん》流、大洲《おおず》神伝《しんでん》流。あるいは諸賞《しょしょう》流、八重垣《やえがき》流など諸家がありましたが、笹井流といえば八丁堀で臼井道場が教える捕縄術であったのです。

見定めてから、ゆっくりと縄をほどきはじめました。

「見境なしに解いては、血の流れに障る……隣の水問屋から飲み水をもらってこい」

「へいっ」

先を争うようにして、木戸番と舞台番がすっ飛んでゆきます。

半死半生の菊太郎には届かなくても、浅右衛門は自分に言い聞かせるように淡々と——だが強い意志をこめて断言しました。

「これでお前をかどわかした者は、臼井の流れを汲んでいたと証がたつ。安心しろ、菊太郎。八丁堀の臼井家には、俺がきっちり釘をさしておく。二度とこんな真似をするなら、浅右衛門が黙っていない、とな」

参

大評判であった菊之丞の皐月狂言、賑わいの限りを尽くした中村座ですが、千秋楽《せんしゅうらく》を終えた今は夜の闇に沈んで、もはや娘たちの嬌声を聞くこともありません。

と申しても火災が相次ぐご時世ですから、不寝番を置いて火の用心に励むのは当然でした。それほど大建築の正面右には作り付けの梯子《はしご》もあって、万一のとき火消しがすぐに上がれます。それほど神経を使った芝居小屋なので、前にも述べた通り、狂言の最中ですら提灯ひとつ蠟燭《ろうそく》一本ない仄暗さ。まして狂言が終わってみれば、夜陰はただの黒い固まりとなる中村座でありました。

幸い今夜は月明かりだったので、老いて足元の危うい菊之輔も、どうにか正面木戸へ辿り着くことができたのです。

白い四角な箱を後生大事に抱えこんで、あたりを窺いながら、ほとほとと鼠木戸をたたきます。

ぎい……と狭い木戸が開きました。

菊之輔も無言、迎え入れた木戸番も無言。

押し黙ってその場所まで、足音を忍ばせて降り立つふたりを、黙して迎えたのは山田浅右衛門です。

もうひとり、暗い中でも頭ひとつ抜けて見えるのは舞台番でした。

菊之輔を前にして舞台番と木戸番が、音もなく足元の土を掘りはじめました。いったいここはどこなのか。湿った風がひそやかに流れます。

肆

少しずつ、だが着実に穴は掘られてゆきました。いくら音を忍ばせても、頭にのしかかるほど低い天井が、わずかな響きさえ返してくるのです。

「……そのあたりでよかろう」

浅右衛門の低い声は、柩に打たれる釘の音のようでした。

ふたりが作業の手を止めると、それまで石仏のように動かなかった菊之輔が、のろのろした動きを見せました。じっと胸に抱きしめていた白い四角な風呂敷包みを、そっと穴の中へ差しいれたのです。老いた役者は、すぐさま両眼を閉じて合掌しています。その姿に倣《なら》おうとした木戸番と舞台番に、浅右衛門が声をかけます。辛い気持ちをふりきるように、厳しい声音でふたりを叱咤したのです。

「見られてはならぬ。まず、土をかけろ」

「へい」

うなずいた芝居者たちは、掘ったとき以上の注意をはらって道具を使いました。

ざ……ざ……ざ。

見る間に包みは、黒々とした土に隠れて見えなくなりました。もはや二度と人の目に触れることのない奈落の底。

「南無」

ありかなしかの念仏の声が、四方の土壁に籠もって消えます。菊之輔の痩せた体に並んだ浅右衛門も、竹刀《しない》だこの目立つ掌《てのひら》を合わせております。

元通り穴を埋め終えた木戸番も舞台番も、黙々とそれに倣いました。

みんなを代表するように、菊之輔の奥深い声が呼びかけるのです。

「菊太郎も先代の弔いに行くといい張ったが、堪忍しておくれ。あの体では連れてくることは叶わなんだ」

よく晴れた月夜でした。明かり取りの窓が振り落とす淡い光も、暗々たる奈落には天の恵みであったでしょう。回り舞台の縁が蜜色の光輪を頭上に描いて、四人はしめやかな弔いに余念がありません。

間遠に吠える野犬の声も彼らの耳にははいりますまい。音もなく月は天頂を歩みつづけます。江戸の夜がいっそう深くなる頃合いでした。


（終）

第八章　出産一カ月前　2

1

「え？」

智佐子が原稿から、困惑気味の顔をあげた。

「これでおしまい？」

義姉《ぎし》自慢の田舎雑炊で食事をすませたキリコは、ロッキングチェアに全身をあずけている。

さっきから妙におとなしい。一〇〇枚あまりの原稿を智佐子が読み終わるまで、ひと言も発しなかったのだから、

「スーパーちゃん、寝てしまったの？　風邪ひきますよ」

腰を浮かせようとしたら、やっとキリコが声を発した。

「おかしい」

「えっ」

「絶対、おかしいわ。その小説」

「でしょう？　尻切れトンボというか、頭でっかちというか……最後に中村座の奈落へ、なにを埋めたのかもわからないし」

「それ以上だわ……」

独り言をつぶやくようなキリコだった。

「絶対に許せないのは、中村座に奈落があったってことよ」

「へ？」

智佐子はふしぎそうだ。

「回り舞台があるのなら、奈落だってあるんでしょう」

「こ、この時代にそんなものはなかったはずだわ」

「へえ」

呆気にとられた義姉。

「だって歌舞伎を上演した小屋でしょう。回り舞台があって当然……って、まさか」

「そうなの。回り舞台はまだ考案されていなかった」

「まあ！」

なんでも知ってるのが売り物のスーパーで、あべこべに智佐子は、なにも知らないことがキャッチフレーズみたいだ。接した事件は多いのに万年ワトスン役の亭主の克郎と、好一対ではあった。

「原稿には享保十五年に瀬川菊之丞が江戸へ下って、大当たりをとったとあるわね。確かにおなじ時期、中村座は客席に屋根がかかるよう改築してる。菊之丞はこの舞台で初狂言をつとめたけど、回り舞台はそれから二十年以上あとの宝暦《ほうれき》八年に、狂言作者並木正三《なみきしょうぞう》が発明しているの。せり上げだのすっぽんだのがんどう返しだの、今でも歌舞伎で使われるテクニックは、みんな宝暦年間に出来上がったんだわ」

「さっすが！」

智佐子が感心した。

「スーパーちゃんだけのことはあるわ。でもそれじゃあ、この麻寺って人が書いた小説はどうなるの」

「ウーン。それがねえ……」

考えこんだ義妹《ぎまい》の前で、両手で自分の顔をはさんだ智佐子が、けろりとしていってのけた。

「わかった。作者が不勉強だったのよ」

「……ええ。私もはじめそう思ったわ。でもそれにしては、ある程度資料に当たった節があるし。それに前編では木戸番の名を猫蔵と書いているわね」

「あ、私も気がついた。後編で猫造と書き間違えたでしょう。登場人物の名をミスるなんてどうかしてる」

「だけど、もう一度読み直してみるとね。木戸番の名が明記されていたのは、その一カ所だけよ。舞台番は庄吉を名乗っていたはずなのに、後編では一度も名が出てこない。庄の字と呼ばれてはいるけど、庄吉なのか庄助なのかもわからない……」

「あら、そうだった？」

虚を衝かれた顔になったが、智佐子はすぐ笑いだした。

「要するにそそっかしいのよ、書いた人が」

だがキリコは笑う気にならないようだ。

「まだ他におかしなことがあるの。前編であれだけ派手に降った雨の跡が、後編になるとただの一行も描写されていないでしょう」

「どういうこと」

さすがに智佐子もふしぎそうだ。すべて作者の不注意と片づけていいものか、不安が兆したらしい。

「前編と後編の間に時間経過があった――？」

時間経過といっても、一日や二日のズレではない。回り舞台を物差しにすれば、享保から宝暦へ一挙に時間が飛ぶのだから。

「そんなことってあるかしら。菊太郎や菊之輔は作者の創作にしても、瀬川菊之丞だの山田浅右衛門だの、みんな実在の人物じゃなくて。前編では若い女形でも、二十年もたてばヨレヨレになるでしょう。それでも中村座で大人気だった……？」

「それを不自然でなく解釈する方法がひとつあるわ」

「SF？　タイムスリップしたというの。それともファンタジー？　菊之丞は不老不死だった……あ、山田浅右衛門がまだいたか」

「ＳＦでもファンタジーでもなく、ミステリの世界に踏みとどまっていられるのは――菊之丞も浅右衛門も世襲の世界に生きていたってこと」

「あっ」

智佐子がまた自分の頰をたたいた。力が籠もったとみえ、パシンといい音があがった。

「あ痛たた……瀬川菊之丞は前編だと路考になるのだから二代目なんだ。山田浅右衛門も二代目と書いてある……。でも後編になるとなん代目なのか書かれてない！」

「そうなの。享保にも宝暦にも、菊之丞や山田浅右衛門は確かに存在していた。同一人物ではなく、代替わりしていたのね。そこに気がつかない読者は事実を誤認して、前後編がつながった物語と思いこんでしまう」

「同心たちはどうなるの？　臼井家は……そうか、同心も事実上の世襲制度だって、解説してあったわね。菊太郎も菊之輔も歌舞伎の家柄だから、おなじ名前を名乗ってておかしくないか」

「たぶん麻寺さんの作品のミソは、そこにあったんじゃない？　二十年以上の歳月をおいて、そっくりのトラブルが発生した……菊太郎という美少年に執心した同心の息子が、芝居の後でかどわかそうとした……その一件を山田浅右衛門が未然に解決した」

「おなじような騒ぎなんて、偶然すぎると思うけど？」

「宝暦の代の臼井の息子というのが、臼井清之進の孫だとしたら……衆道に目覚めた彼が、父の轍《てつ》は踏むまい、今度こそ美童誘拐を成功させると計画したのがきっかけで、後編のトラブルにつながるのよ」

キリコの強弁に苦笑しながら、智佐子もしだいに説得されてきた。

「それなら前編で雨、後編では雨があがっていてもふしぎないわね……あら、火事はどうなるの。いくらなんでもピッタシすぎる出火だけど」

それについては、キリコの想定内だったようだ。

「当時の江戸はひっきりなしに火事があった。……お話の中に伏線が張ってあるわね。それも大火のネーミングまで書いてあるから、年表にあたればふたつの時代のべつべつな話だと解明できると思う」

「そうかあ。なんだ、騙された。……ええっ?」

もう一度頬を叩こうとして、やめたようだ。その両手を膝に置いた智佐子は、義妹にむかって体を乗り出した。

「騙されたって、私はどう騙されたんだろう」

智佐子の体圧に押されたように、ロッキングチェアがぎいと軋《きし》んだ。椅子の上で体をそらして天井を見たキリコが、ぼそりという。

「それなの。麻寺 某《なにがし》さんの意図がよくわからない」

「うん……わかんないね」

おでこをつまんだ智佐子がちいさく唸る。

「ひとつのお話だとすれば、曲がりなりにも菊太郎消失の説明はついてるのに、ふたつがべつな時代というなら、前編で起きた人間消失事件を、どう解釈すればいいんでしょう。せっかく人食い堀を密室に仕立てたミステリなのに、あそこで話を飛ばしたら、読者は消化不良を起こすわよ。……私はもう起こしてますけど」

「……」

「で、スーパーちゃんのご意見は」

「……うー」

だらしなくチェアに寝そべったまま彼女は両手を高々とかざした。バンザイのサインらしい。

「へえ、スーパーちゃんでも降参するのか」

「だってデータが足りないんだもん」

不服げに口を尖らしてから、いい添えた。

「前編の謎解きが宙ぶらりんで、そもそも肝心の謎だって手つかずでしょう」

「肝心て、なにが」

「なぜ麻寺さんは、私宛てにこの原稿を送りつけたのか?」

「それがあったか」

今度は智佐子がうーんと唸った。

「いちばんに思いつくのは、この原稿を牧先生に読んでほしかった、という理由ね。じかに押しかける図々しさはない。あるいは麻寺さん、ポテトさんが日本にいないと知ってたかもね。それなら先生ではなく、愛妻のスーパーちゃんに届けよう……」

「そこまで熱心な作家志望にしては原稿が半端だわ。木に竹を接いだみたいで、どこがこのミステリの狙いか愛妻の私にも理解できないもん」

二人揃って唸ったあと、キリコがそっとおなかを撫でながらいった。

「電話をかけるには遅いから、明日小袋さんに話を聞くわ」

「それがあったわね」智佐子が大きくうなずいた。

「ひょっとこ面の正体も、彼女にはわかってるかもしれないし」

「朝になったら、いちばんに連絡してみる。彼女が仕事へ出かける前に」

ふと気付くと、中庭では虫たちの名残りのコンサートが開かれていた。最盛期を思えば物寂しい楽団員だけれど、耳をすませば玄関越しに前庭からもほそぼそと演奏が流れてくる。理想的な立体音響システムに囲繞《いにょう》されたリビングルームで、しばらく耳を傾けていた智佐子が、思い出したように立ち上がった。

「もうこんな時間なんだ。克郎に電話するね、今夜なにを食べたかチェックして、インフルエンザと火の用心を忠告しなくちゃ、それからお風呂の湯を張るわね。暫時お待ちを、お姫さま。……スーパーちゃんにいったんじゃないわよ、まだ顔を見せてくれないお嬢ちゃんによ」

「ありがとう、伯母さん。私じゃなくて、娘がそういってるよ」

虫の音はとぎれとぎれに、だが懸命につづいていた。やがて来る冬将軍の足音を、彼らなりに聞きつけて、これが最後と声をふりしぼっているのだろう。

2

「……おかしいなあ」

受話器を置いたと思うと、すぐまたキリコはダイヤルを回した。

「どうしたの。小袋さん、電話に出ないの」

「うん……はいっているのは留守電なのよ。午後十時に帰りますって。それ、ゆうべのことよね」

洗い物をすませた智佐子が、壁の時計を見る。まだ朝の六時半だ。ポテトとふたりならこんな早朝に食事をするわけがないが、家族の出勤と通学に忙しい朝を過ごしてきた智佐子には、標準の生活時間である。

「携帯は？　彼女、持ってるんでしょ」

「持ってるどころか、かけまくり。メールだって出しまくりよ。ご年配にしては、情報機器フル回転のデジタルおばちゃんなの。でもそちらは電源を落としたまま。……気になるなあ」

キリコは浮かぬ顔で中庭を見た。朝の日ざしがやっとキンモクセイの葉を暖めはじめている。たたけばカンと音がしそうなほど、鮮やかに晴れた秋の青空であった。

「あの情報命の小袋さんが、留守電のメッセージも昨日のまま、携帯の電源もオフだなんて」

「行ってみようか」

あっさりと智佐子がいいだした。

「ふだんのスーパーちゃんなら、さっさと車を出すところでしょう。気兼ねしなくていいのよ。私だって免許持ってるんだから」

「ええ……でも」

「私の運転が信用できない？　まさかねえ。東京の渋滞に比べれば、鷹取の道なんて自動車学校なみですよ」

実のところ兄貴の克郎には、「なるべくあいつの車に乗るな。胎児に悪影響がある」と脅かされていたのだが、当人を前にしてそんなことはいえない。半ば有り難く半ばおそるおそる乗せてもらった。

さいわい小袋の家まで、車を転がせば七、八分の距離だ。鷲頭川に面した住宅地の片隅にあり、一度だけだが智佐子も立ち寄ったことがある。方向音痴気味の義姉でも、キリコのナビが要領を得ていたので、ポテト愛用のワンボックスカーが小袋家に着いたのは、まだ七時に間のある時刻であった。

築二十年のしもたやで牧家に比べればはるかに新しいが、平屋で面積はせいぜい三十坪というところか。門といえるほどの門ではなくても、智佐子は正面に車を停めた。前は袋小路だから交通の邪魔になる心配はなかった。それどころか周囲は空き地がつづいており、建築中がやっと一軒、空き家らしい棟がひとつと、秋風が吹きすさぶ住宅地でしかなかった。決して場末とはいえない場所なのに、鷹取のような小都市でもささやかなドーナツ現象を呈しているらしい。

そんな環境に沈んだ小袋家は、半死半生といいたい和風の一軒家だが、マンション暮らしの長い智佐子は、羨ましかったようだ。

「小袋さん、ここにひとりで住んでるの」

「ご主人が亡くなって十年以上ですって」

「いいなあ、広々として。お庭もあるし……」

大まかな彼女の気性そのままに、門から玄関までの間には枯れた夏草が盛大に立ちすがれていた。玄関回りは最近になって改装された様子で、明るい色彩の洋風ドアが家の内外を仕切っている。家の本体が瓦葺《ぶ》きなのに、そこだけトタンというのもバランスが悪いが、オーナーの好みに文句をつけてもはじまらない。

先に立ったキリコが、インターフォンのボタンを押した。二度三度押してみると、家の中ではっきりチャイムが鳴っているのに、反応がなかった。

「こんな時間から留守?」

「ゆうべ、帰ってこなかったのかしら」

だから留守電を録音しなおせなかったのか。腑に落ちない顔のキリコは、念のためドアに手をかけようとして気付いた。きっちり閉まっていない。チャイムの音がよく聞こえたのも当然だ。

「開いてるの?」

背後から首をのばした智佐子を、キリコが鋭い口調で制止した。

「おかしいわ」

「どうおかしいのよ」

とっさに警戒態勢にはいった義妹に比べて、智佐子はどこまでも長閑《のどか》だ。

「小袋さんは、用心深いのを自慢していた。それなのにドアが開けっ放し」

「……ヤだ」

はじめて義姉の声に、緊張感がくわわった。

「空き巣でもはいったの?」

「わからない。……いざとなったらお義姉さん、私にかまわず逃げて」

土間のスペースに余裕がある小袋家のドアは内開きだ。それを覚えているキリコは、一気にドアを押し開けた。ノブが壁にぶつかる手応えがあった。誰もドアの陰に潜んでいないことを確認してから、遠慮なしにソプラノを張りあげた。

「ごめんなさい! 小袋さん、お邪魔します!」

怒鳴っておいて反応を窺う。万が一内部に侵入者がいたとしても、これで勝手口から脱出してくれるだろう。いくら腕に覚えがあるにせよ、義姉とおなかの娘を庇って、戦うわけにゆかないのだ。

家の中はコトリとも音がしない。いや、あれはなんだろう……水のしたたり落ちる音が聞こえた。

智佐子が小さく「ひっ」という声を漏らした。

「スーパーちゃん……あそこ」

むろんキリコはとっくに気がついている。

土間から式台へ廊下へとつづく靴の跡。昨日から今日にかけて、鷹取の空はよく晴れていた。だから目立つほどではないが、点々と土がこぼれている。紛れもなく侵入者がいたのだ。

3

肩を摑まれて、キリコは義姉をふり返った。

「警察を呼びましょう」

青ざめてはいるが、しっかりした声だ。キリコは姉を庇ったつもりでも、智佐子の方こそキリコを庇う覚悟でいたらしい。

「これ以上は危険よ。空き巣が待ち構えていたらどうするの」

「心配しなくていいわ。たとえいたとしても、私の声でもう逃げてる」

「なぜそんなことがわかるの！」

「出入り口がひとつしかないマンションと違うもん。そのために逃げ出す時間をあげたんだから……」

「だって、もしスーパーちゃんをどうかするつもりで、待ち伏せしていたのなら」

キリコが微笑した。

「ありがとう、心配してくれて。だけどそんなわけないの。私がここへくることにしたのは、ついさっきだもの」

だから私を待ち伏せする者なんていない。一応用心して相手に逃げる余裕を与えた――というのがキリコの理屈だけれど、世の中そんな理屈通りに動くものではないと、熟知する智佐子でもあったから、さっさと携帯で警察を呼び出した。

「すぐ駆けつけるって。あっ、キリコ！」

智佐子がはじめて義妹を呼び捨てにして、式台にあがろうとするスーパーの腕を摑んだ。まったくもう、このじゃじゃ馬妊婦にも困ったものだが、キリコは真剣だ。

「小袋さんが被害にあったのよ。もしかしたら大怪我してるかもしれない」

「……ああ」

「一分一秒を争う場合だってあるでしょ」

目の前の義妹のことだけ考えていたから、智佐子も詰まった。

「お義姉さんごめん。私、行きます」

傘立てから一本三百円のビニール傘をひッこぬく。靴は脱いだが傘を得物に、油断なく廊下へ踏みこんだ。襖《ふすま》を開けるとそこは四畳半だ。

「……」

キリコが口を結んで、傘を持ち直した。

座卓がひっくり返り、ラップトップのパソコンが畳の上に滑り落ちていた。だが混乱の主役をつとめていたのは、大型の旅行鞄だ。中に詰まっていたらしい衣料品やら化粧道具やらが、四畳半狭しと散らばっていた。絢爛《けんらん》たる花柄の水着までひろげられていて、

(そうだ、彼女ははじめての海外旅行先をハワイに決めたんだっけ)

キリコまで赤面したくなる落花狼藉の有り様だった。その横に転がった携帯も、恥ずかしいほどカラフルなピンクである。

小袋が必死の抵抗を試みた現場というより、犯人がひと思いに鞄をさらえたように見える。さもなければ、ここまで徹底して中身が散乱しないだろう。はっきりした目的があって、中身を引っかき回したに違いない。

靴の跡はほとんど見えなくなっていたが、隣の八畳間へはいると新しい痕跡がみつかった。ここが小袋の居間兼食事どころらしい。ちゃぶ台に用意されていた調味料を、手当たり次第に犯人に投げつけた様子だ。とんかつソースの焦げ茶色の汁がつづいて、畳の上をなめくじが這ったみたいだ。

その跡を追うと水のしたたる音が大きくなって、ふたりは小袋家のユーティリティに出た。洗面所、トイレ、勝手口、脱衣室、浴室がわかりやすく並んでいる。ここも最近の改築らしい。

「小袋さん……小袋宗子さん」

キリコが浴室に声をかける。

赤黒い跡が、入り口に敷かれた足拭きマットに残っていたので、

(小袋さんはここへ逃げこんだのね)

智佐子にも見当がついてきた。

キリコはスリガラス入りのサッシをがたつかせた。

「ロックしてあるの?」

「ええ、中から」

あわただしく見回した。

「覗ける窓はないかしら……あ、ひょっとすると」

勝手口に下りたキリコは、サンダルをつっかけた。手にしたハンカチ越しに横開きの戸を開ける。鍵はかかっておらず、すぐ外へ出られた。やはり犯人はここから逃げたのだ。だがキリコはその確認をしたのではないらしく、裏庭へ姿を消した。

「スーパーちゃん、どこへ行くのよ」

目が離せない義妹を追って庭に出ると、大きなおなかを突き出したキリコが、脚立にのぼって換気窓から浴室を見下ろしていた。

「危ないってば!」

カン高い声をあげた智佐子と対照的に、キリコはシンとした横顔を見せ——やがてため息をのこして脚立を下りてきた。

智佐子もその表情の意味を悟った。

「小袋さん?」

コクンとキリコがうなずいた。

「……終わってる」

あの陽気で騒がしいベテランヘルパーは、浴室の中で死体となっていたのだ。

居間にもどったものの現場に手を触れることはできない。警察を待ってふたりは立ち尽くすばかりであった。

浴室の内部を見ることのなかった——というより見たくなかった——智佐子が、キリコにそっと説明を求めた。

「確かに死んでいたのね、小袋さん」

「ええ。外から帰ってきたところを玄関で襲われたのね。寒がりで厚着していたから、鏡と湯船に挟まれたタイルの上で、すごく狭苦しそうだった。……目を剝きだして悔しそうな顔で」

「いやだ」ぶるんと智佐子が体を震わせた。

「そんなにはっきり? 赤ちゃんのトラウマになりませんように」

「心配はしていないけど……」

ようやく微笑を回復させながら、キリコはおなか越しに愛児を撫でた。

「生まれる前から事件の現場に立ち会うなんて……キミもやるねえ」

「呆れたいい草。……ま、スーパーちゃんらしいけどさ。窓は鍵がかかっていたんでしょう」

「かかっていたわ。脚立へあがったときに確かめてる。開けてあったのは換気用の窓だけだった」

「あの窓から人は出入りできないわね」

「無理よ」ポンとおなかをたたいて、

「キミにだって潜れない大きさだった」

「その中で小袋さんは殺されていた……死因は」

「胸にナイフが刺さっていた。彼女、厚いコートを着たままだったけど、ボタンが外れて前があいてた。その隙間に突きたてられたのね」

みじかい時間の観察だが、さすがによく見ている。

「警察がくるまで断言できないけど、常識的にはあれが死因だと思う」

「だったら密室殺人じゃないの！」

智佐子が力んだ。

「刺した犯人はどこへ消えたんでしょう。スーパーちゃんやポテトさんお得意のミステリだわ！」

キリコのことだから、乗ってくると思ったら違った。

「謎でもなんでもない」一笑に付した。

「小袋さんは居間で刺されたのよ。そして息があるうちに、浴室へ逃げこんで鍵をかけた。犯人が追ってこられないようにね」

「なんだ」

智佐子は拍子抜けだ。

「どうしてそういいきれる？」

「足拭きマットに血がこぼれていたわ」

「あ……私はソースと思ってた」

キリコがくすっと笑った。

「ソースは彼女が犯人にぶつけたのよ。その跡ならかすれていたけど、勝手口の上がり端に残ってた。小袋さんが浴室に籠城したから、犯人も困って外へ出たのね。脚立で中の様子を窺った……おかげであの脚立、浴室の外壁にあってすぐ使えたわ。ソースの染みもちょっぴりついてたし……それよりひっかかることがあるの」

「なんのことよ」

「……うん。浴室にスタンガンが落ちていたこと」

「スタンガンって……高電圧が武器の防犯ツール？」

「そう。遠目だけど間違いないと思う。ふつうは黒一色だけど、なぜかツートンカラーに見えたなあ。でもあの形ならきっと」

「そんなものがあるなら、なぜ彼女、使わなかったんでしょう」

「うーん、わからない。大きめのトートバッグも転がっていたから、それごと旅行鞄に入れてたのかも」

「ああ、そうか。海外旅行のために買ったのね。だけど二重に収納してあったから、取り出す暇がないうちにナイフで刺された……」

「でもねえ」

キリコは納得できないようだ。

「そんなモノを買ったのなら、あの小袋さんが黙ってるはずないと思うんだ。吹聴しまくって、それこそ野良猫にでも使って実験したんじゃないかな。バッグからは黒いカードみたいなメカがはみ出してたけど、あれはきっとデジカメね。それにお札も散らばってた。どっちの話もさんざん聞かされたんだけど……」

「お札？」

「円とドル紙幣を交換してきたの。はじめてよその国のお札を見たといって、大喜びしていたわ。……え？」

そこでキリコは、唐突に口を噤《つぐ》んだ。

「なんなの。また思い出した？」

「小袋さん……紙幣をぎゅっと握りしめていた……まるで誰かに、そのお札を見てほしいみたいに右手を突き出して……左手で水栓を摑んだから、水が出っ放しになっていたのよ」

キリコはまだいい足りないようだったが、表で車のブレーキ音がひびき、話はそこで打ち切りになった。

「警察よ！」

立ち話から解放されてホッとしたように、玄関へ出てゆく智佐子を見送って、キリコはまだ考えあぐねていた。

「……なぜ紙幣を見せたかったのかしら、小袋さん」

4

午後になって、美祢が駆けつけてきた。小袋宗子の横死、それも発見したのがキリコと智佐子と知って、我慢できなくなったという。祭礼ははじまったばかりだが、父親に頼んで明日の朝まで休むそうだ。

「無理しなくていいのよ。鷹取神社の書き入れどきじゃない」

「いいんです。忙しいのは香具師《やし》のおじさんたちだから。巫女《みこ》の代わりは、父がみつけてくれました。楽勝です」

そういいながらも、長い髪はぼさぼさ、作業服どうぜんのいでたちだから、よほど急いで飛んできたに違いない。ふたりが警察からやっと解放されたのだとわかると、キリコを休ませ智佐子に相談して、夕食の準備をはじめてくれた。ちゃんと自前のエプロンは持参していたのが、彼女らしい。

包丁を使うリズミカルな音が義姉とは一味違う俎《まないた》の歌を奏で、寝室で横になったキリコの耳をなぐさめた。

「なんかもう、すっかりこの家の主婦になってるね、美祢ちゃん」

手伝おうとした智佐子まで、

「いいんです。お休みになっててください」

追い払われたそうだ。

「小袋さんの話、してあげたの？」

「ううん。聞きたいだろうけど、彼女なにも聞いてこない」

「気を遣ってるのね。警察の後では当分その話はしたくないだろうって」

おなじ質問を二度も三度も繰り返されれば、いくら警察に協力するつもりでも、いい加減うんざりする。

「彼女は察しがいいわね。……スーパーちゃん」

「うん」

いつもの彼女にしては、にぶい反応だ。間違いなく疲れているのだ。

「眠かったら寝ていいのよ」

「ええ……」

「なにか体に異状はなくて？」

笑顔になった智佐子が、ベッドの義妹を覗いた。

鷹取警察署は本町に近く、市営病院に隣接している。キリコが妊娠九カ月とわかると、すぐ女性警察官が付き添った。事情聴取も智佐子を中心にしてくれたが、キリコでなければ答えられないこともある。牧薩次は町の有名人のひとりだから、決して粗雑な待遇ではなかったが、殺人事件目撃が産み月近い妊婦の心身に良いはずはない。いくら天下無敵のスーパーであっても。

「妙な気分……」

かすれ声を漏らした。

「おなかの中を、なにかが下りてゆくようだわ」

「そう」智佐子がうなずいた。

「大丈夫よ。私もそうだった。産む二十日くらい前かな……ずりっと、重いものが下りてゆくの。だけどそれ、異状じゃないから」

「……」

にこりとしたキリコに、智佐子はかけようとしていた残りの言葉を呑みこんだ。

(ポテトさんが帰るまで、待っててほしいわね、赤ちゃん)

俎のリズムは聞こえなくなり、代わってスーパーの安らかな寝息がはじまった。

そのまま二時間も眠っていただろうか。短い秋の日がとっぷり暮れたころ、彼女はパチリと目を開けた。

味噌汁の匂いが寝室にまで漂ってくる。

「うわーっ、おなか、すいた!」

あわてて智佐子が顔を見せた。

「どうしたの！」

「どうもこうもないわ、腹がペコペコ……食事の時間でしょ、今ゆきまーす」

食卓についたキリコは元気一杯だが、経産婦の智佐子にはわかる。空腹感が激しくなるのも、この時期の特徴だ。胎児が下降したので胃の圧迫感が減じたからだ。

「食事、できますか」

カウンターのむこうから美祢が声をかけると、キリコは両手を振り回した。

「できるできる！　スーパー復活！」

やせ我慢ではなく二時間の熟睡が効果あったらしい。有り合わせの食材で中学生が作った献立を、彼女はきれいに平らげた。

気をきかせた智佐子が洗い物に立ったので、エプロン姿のまま手持ち無沙汰の美祢を、キリコがリビングのロッキングチェアから呼びかけた。

「小袋さんのことだけど」

「あ、はい」

外したエプロンをくるくると丸めて、少女はキリコの足元に膝をそろえた。

「残念だったわ……」

「はい」

「昨夜ね、用ができて電話しようとしたけど……時間が遅いからやめたの。でも彼女は十時まで介護の仕事があったんだって。犯人は玄関先で待ち伏せしていたらしいわ。私が電話していれば犯行を邪魔できたかもしれない……そう考えると悔しいんだ。いつも騒々しい人だったけど」

「はい」

ふだんと変わらぬ静かな返答に、キリコはつい苦笑しながら、

「でもいい人だったわね」

「殺されるようなおばちゃんではありませんでした」

「そうよね。お父さんは小袋さんをご存じだったんでしょう」

尋ねながらこれは愚問かな、チラと思った。あの女性が氏社《うじやしろ》の神官を知らぬはずはない。美祢の返事はキリコの想像以上だった。

「父の話では、子どものころからよく知っていました」

えっ、そんな以前から。小袋宗子の人間関係は時間空間を超えて、鷹取市中に張りめぐらされていたのかと、キリコは内心舌を巻いた。

「じゃあお父さんが鷹取神社にいらっしゃる前から、友達だったのね」

「はい。父はまだ饗庭影行でした」

鷹取神社の婿養子にはいって、醍醐姓を名乗ることになったのだ。

「小袋さんは、ずっと饗庭呉服店に出入りしていたそうです」

「お父さんに気があったのかな」

キリコがわざと挑発するようなことをいったのは、冷静すぎる少女の反応が小癪だったからだが、美祢の表情に変化はなかった。

「いいえ。伯父の光昌《みつまさ》が目当てだったようです」

「家業を継いだという？」

「はい。でも本気で惚れなくてよかった、そういってました」

影行の兄の話は、キリコも耳にしている。女道楽で店を潰して行方知れずというのだ。

「未練はあったんじゃないかな。カレは人形みたいにきれいで、女のあしらいもうまいのよ。そんなことを自慢するみたいにいった小袋さん、はっきりいってキショかった」

故人に痛烈な批判を浴びせる。改めて美祢の肉声を聞いた思いで、キリコは少女を見た。能面じみた顔が強張っている。スーパーの反応に気付いたか、美祢は口調をやわらげた。

「でもそのおばちゃんは、もういないんですね。……かまわなければ、お話を聞かせてください」

「いいわよ。聞いて楽しくなる話じゃないけど、古くからのお友達なら、お父さんにも伝えてあげて」

カップボードに食器を収納し終えた智佐子もリビングに顔を見せた。ちょうど美祢が、事件のアウトラインを摑んだところだった。

「……そんな住宅地で事件があったのに、誰も気がつかなかったんでしょうか」

小袋家の地理を知らない美祢の問いに、智佐子が答える。

「宅地といっても家はバラけてるし……それに犯人は、悲鳴が聞こえないよう待ち伏せしたんだと、刑事さんがいってたわ。被害者をすぐ玄関にひきずりこんで、声が漏れるのを防いだの」

「それからどんな騒ぎがあったのか、警察もまだ正確な判断ができないようね」

キリコが話を引き継ぐ。

「わかっているのは、八畳の居間で小袋さんが刺されたこと。彼女が浴室へ逃げこんだこと。犯人が外の換気窓から中を覗いたこと……」

「小袋さんが死んだ、それは犯人も確認したんですね」

いったん口を噤んでから、すぐにいいだした。

「けっきょく犯人は、なにをしようとしたのかしら」

「小袋さんを殺すためだけなら、家にはいる必要はないんだから、警察は強盗殺人の線で捜査してるわよ」

智佐子の説明に美祢は不満げだ。

「でも、盗まれたものがあるんですか」

「それは……これから調べないとわからないわよ。小袋さんがどれくらい、なにを持っていたのか」

「海外旅行のために、円をドル紙幣に交換したんですよね。全額ドルにしたのかしら。多少は纏まったお金を家に置いていたのかな」

「円は二十万くらいのこってた。でもそれは小袋さんが、浴室へ持って逃げたトートバッグにあった分よ。だから犯人は奪うことができなかった。それ以外では、仏壇の引き出しと冷蔵庫のフリーザーから、現金が三十万ずつみつかったって」

「ずいぶん探しやすい場所に隠したんですね」

美祢は失笑しそうだ。

「それなのに犯人は盗んでゆかなかった。……玄関をはいってすぐの四畳半が、荒らされていたそうですけど」

「家捜しって感じじゃないわ。旅行鞄をひっくり返しただけみたい」

智佐子の説明に、キリコがつけくわえる。

「つまりこの犯人は、金が目当てとは考えにくいの。なにを盗んだのか、それとも盗み損ねたのか、それさえわからない。……で、美祢ちゃんのご意見は？」

小憎らしいほど大人びた少女をテストしてやろう。キリコの下心と食い違って、美祢は予想外なことを聞いてきた。

「逃げ道のないお風呂場へ、なぜ逃げこんだのでしょうか」

「はあ？」

スーパーらしくない間抜けな声をあげてしまった。

5

「勝手口へ出て人殺しと叫ぶのが、普通だと思います」

美祢の疑問に、咄嗟《とっさ》に解答できなかったキリコは反省した。

「それもそうか。浴室にはいる、振り向いてドアをロックする。どうしたって二度手間よね……なぜ浴室へ飛びこんだのかな」

「無我夢中だったのよ」智佐子の答えはごく妥当なものだ。

だが今度はキリコが納得しない。

「八畳から水回りのスペースに出ると、正面が勝手口だったわ。夢中なら真っ直ぐ走って、まず助けを求めるはずよ」

「悲鳴をあげる力もなかったのかしら」

「浴室のサッシはまだ新しかった……きっちり締まったドアを手前に開けるより、裏口の横引きの戸を開ける方が手っとり早いし。ふうん、どういうことだろう……再検討の必要があるか」

キリコと智佐子が、警察で待たされている間に話し合い、想像した事件の順序はこうだった。

玄関先で犯人に待ち伏せされた小袋さん。

家にひきずりこまれる。

被害者は大柄な女性。なので犯人は男性か？

四畳半では海外旅行のため被害者が準備した鞄を開けて、中の品物をチェックした犯人。おそらくその隙に、被害者は八畳間へ逃げる。彼女はトートバッグを摑んでいたと思われる。理由はバッグにスタンガンがはいっていたから？

追いすがった犯人に、調味料を投げつける。

犯人は被害者の右胸にナイフを突き刺した。

登山などに使われる大型のナイフだから、犯人が持参したと思われる。

畳にこぼれたソースの跡から、よろめき膝を突いた犯人の気配が窺われた。ソースの壜《びん》は蓋が外れた状態でみつかっている。犯人の顔面を直撃したのかも。

そのタイミングで被害者は浴室へ。

犯人は中の様子を探るため、換気窓から覗きこむ。

見えたものは、息を引き取ったと思われる被害者の姿。

そしてトートバッグ。スタンガン。紙幣。デジカメ等々。

「わからないのは、小袋さんが握りしめていたドル紙幣ね」

キリコがしめくくると、智佐子がつけくわえた。

「スーパーちゃんは気にかけてるけど、刑事さんは苦し紛れだろうと解釈していたわ」

「そうかなあ。私の印象では、まるで見せつけるみたいに、お札をなん枚も鷲摑みにして突き出してた」

キリコは断言した。

「そうだわ。これを見てください、このお札を！　そういう小袋さんの声が、聞こえるような気がしたほどよ」

「ひょっとしたらそれ……ダ、イ、イ、ン、グ、メ、ッ、セ、ー、ジ、じゃないでしょうか」

美祢がそんなことをいいだした。

「ダイイングメッセージ！」

キリコは目を丸くし、智佐子は笑いだした。

「被害者からの犯人告発状のこと？　あの小袋さんが、そんな言葉を知ってるとは思えないけど」

「いいえ」

美祢がはっきり否定した。

「小袋さんはご存じでした」

「ミステリなんて嫌いだといってたのに？」

「牧先生に教えてもらったんです」

「ポテトが、あの人に？」スーパーだって初耳だ。

「いつ、そんな話をしたのかしら」

「本町の『ホーク』です。五郎丸杉で起きた事件を聞いたときに」

「ああ。その場にあなたもいたんだったわね」

「はい。消えた香住さんの話を終えてから、神隠しの伝説とミステリについて、牧先生とおばちゃんがやり合いました」

「牧さんが喧嘩したの？」

智佐子がびっくりしている。

「おばちゃんがミステリの悪態をついたから、頭へきたんだと思います」

「おーお」スーパーはむしろ嬉しそうだ。

「いうときはいうんだね、あの男も」

「真剣になった先生に、小袋さん圧倒されたみたい」

「ふうん。ポテトなんていったんだろ」

「ミステリは際物《きわもの》じゃない。謎に挑戦する知的冒険の小説だと仰って……ダイイングメッセージや密室の話も出ました」

「小袋さん、おとなしく聞いていた？」

「はい」美祢が小さく笑った。

「わかったかどうか知らないけど、凄く感心してました。私もそのナントカメッセージを残したい、なんて」

政治家だの作家先生だのに難しいことをいわれると、よくわからないのに素直に恐れ入る人が、智佐子の周りにも大勢いるから、小袋の気持ちは理解できたが、

「殺されなきゃそんなメッセージ、残せないでしょ。……あ、だから残したというの！」

「はい」

少女の目が光っているようだ。

「そっか……」スーパーはうなずいた。

「それであなたは、小袋さんがなぜ浴室へ逃げこんだかって質問したのね」

「そうです」

美祢の答えは明快だが、智佐子には意味不明の問答だ。

「どうしてそこに浴室が出てくるの」

「ポテトが密室の話をしたからでしょ。……日本家屋でミステリに使えるような密室は、お風呂場だけだ。いちばん出入りしにくい場所だ。とかなんとかしゃべったんじゃなくて」

「そう仰いました。有名な推理作家のデビュー作で……あ、ネタバレになりますね」

中学生らしくない笑みを浮かべた少女に、キリコも苦笑した。

「小袋さんが反射的に浴室へ逃げたのは、ポテトの話が頭にあったから。美祢ちゃん、そういいたいんでしょ」

こくんとうなずいてみせる。

「だとしたら、彼女が紙幣を摑んでいたことに、意味があってもいいわね」

「はい。ダイイングメッセージとして」

6

「確かに考えられるわ」

キリコはもう一度、浴室の情景を反芻《はんすう》した。

「このお札を見てほしい！　必死に片手を突き出して――といっても湯船の縁に肘が当たっていたから、そんなポーズを保てたんでしょうけど、そう主張しているような小袋さんだったわ」

「カランと湯船の間に倒れていたんですね、おばちゃん」

「そうよ。厚着だったから狭苦しく見えたけど」

智佐子がそろりと口を挟む。

「他にどんなものが見えた？　おさらいするつもりで、私たちに話してくれる？」

「うん」

記憶を辿《たど》ってスーパーがゆっくりと口を開いた。自分自身にも言い聞かせてやれば、なにか新しい発見の可能性だってある。

「じゃあ順序だてて話すね。まず脚立。のばすと梯子《はしご》代わりになるアルミ製だったわ。それがふたつ折りになって、浴室の外壁に立てかけてあった。のばすつもりで手をかけたけど、そのままの高さで換気窓から覗けたわ。脚立の靴の跡に気がついたのはそのときなの。つまり私の前に、誰かがこの脚立を使ったんだ」

「それが犯人だ、と。そしてスーパーちゃんも脚立に乗った。私が裏口へ出たときは、もう窓におでこをつけていたわね」

「換気窓の寸法は」

美祢の質問に、キリコがてきぱきと答える。

「縦二十センチ、横三十センチ。開いていたけど回転式だから、開口部は高さ十センチしかないわ。おでこをつけるとかえって中が見にくいし、窓枠がびっしょり濡れていたから……ん？」

唐突に口を噤んだ。

「なぜあんなに濡れていたんだろう」

「浴室の湿気が溜まってたんじゃないの」

「外気はどんどんはいってくるし、浴槽の湯は抜いてあったし。窓枠がぐしょ濡れになる理由はないと思うけど」

記憶細胞を動員して、脳内に情景の記録を呼び出している。

「……脚立の足にホースが絡まっていたわ」

「水をまくホースのこと？」

「ええ。裏庭の水栓につながっていた……かなり長いホースだわ、とぐろを巻いていたのを覚えてる。中にはまだ水がのこっていた。脚立を壁にもたせかけるとき、ホースが邪魔だったのね。蹴飛ばしたらホースの先から水がどぼっと溢れ出たもん」

観察は細かいが、するとどういうことになるのか。

眉を寄せながら、美祢がキリコの記憶をフォローした。

「換気窓からホースを突っこんで、浴室に水を注いだ……違います?」

「私もそんな気がしてるけど、でも」

「でも」と、智佐子がオウム返しした。

「それにどんな意味があるのかしら」

浴室で倒れた小袋宗子。

バッグからこぼれた旅行用品。

そこへ高窓から水を浴びせたとすれば、犯人の意図はなにか。

「意味ならひとつ思いつく。犯人は小袋さんの生死を確かめたかった……」

「ああ、なるほど」

「密室ですものね」

智佐子も美祢も得心したようだ。

ナイフで一撃された被害者は、浴室に逃げて籠城した。窓から見下ろせば確かに倒れているが、本当に絶命したかどうか、彼女に近づけない状況では確認の方法がない。

「仕方なく水をかけて、反応の有無を見ようとした。筋が通るわね」

智佐子はそういったが、いいだしたスーパーの方はまだ納得していない。

「それがねえ……ちょっと違うのよ。生死を確かめるつもりなら、ホースの先を絞って水を強くかけるわね。でも浴室の壁にそんな跡はまるでなかった」

「え……そうなの？」

「換気窓のほぼ真下だったわ、小袋さんの位置は。右手が札束、左手はカランにかかって、水が流れだしていた」

「その音なら聞いてる、私も」

智佐子が注釈をつけた。

「でも、下水に落ちる音もまざってたわね」

「そうね。小袋さんの頸のあたりに、排水用のトラップが見えていたわ。水はどんどん流れ落ちていたと思う。……ああ、でも彼女の体の周りはけっこう水が溜まってたか」

「それって、ホースの水のせいでしょうか」

「きっとそう。溜まったといっても浅いからバッグまでは濡れてなかったし、水溜まりに飛び出たカメラやスタンガンもよく見えた」

「お札は？」

「小袋さん、全部は摑みきれなかったのね。水浸しの紙幣もかなり残っていたけど……」

半ば目を瞑《つむ》ったキリコは、熱心に記憶をたぐりつづける。

「とにかくこの紙幣を目にとめてほしい！　そう主張してるように見えたの。……ああ、思い出せば思い出すほど、あの紙幣が小袋さんの必死の遺言に思えてくる」

そういわれても智佐子や美祢はキョトンとするばかりだ。

「ではお札にどんな意味がこめられていたのか。けっきょくそこへ行き着くわね」

「うん」

スーパーは高々と腕組みした。そんな姿勢をとらないと腕がおなかにつかえるのだ。

「さあ、わからない。小袋さんをよく知ってる人なら、ピンとくるのかなあ」

いまわの際にあの女性が難解なメッセージを残すと思えないが、残念なことにこの席の三人には難解であった。

「ひとり暮らしだったんでしょ。ふだんの彼女のことを、いったい誰に聞けばいいんだろ……あ！」

智佐子が指を鳴らした。頰をはたいたり舌を鳴らしたり、音響効果つきでしゃべる賑やかな義姉だ。

「仕事先、たとえば『やすらぎの巣』なんて、どう？　海外旅行の話を聞かされた人だけが、理解できるメッセージかもしれない」

「そうかもね……」

だとすれば、ここで三人が額を集めても、結論に到るのは期待薄だから、ひとまずメッセージの問題はさて措いて。

「そもそも犯人は、なにを捜していたのかな」

小袋家の四畳半に飛びこんで以来の疑問を、キリコが口にした。

「金でなかったのなら、なんでしょうね」

「ひっくり返されてたのは海外旅行用の鞄でしょ。やはりその関連の……うーん」

腕を組むのに疲れたキリコは、両手をぶらんと下ろして唸った。

「たとえばガイドブックとか」

「簡単に手にはいるような本でも?」

「その本に挟んであったレシートが欲しかったとか、ページのどこかに書きこみがあったとか」

スーパーが想像力を逞《たくま》しくした。意外にそんな些細な部分に真相が潜んでいるかもしれないが、遺品はすべて警察が預かっているので、これ以上の分析はできない。

「モノに当たれないなら、やっぱり人間に聞くほかないわね」

「あのう」

美祢が遠慮がちに口を挟んだ。

「小袋さんと親しかった人なら、蔀乃々瀬さんがいますけど」

おっというように、キリコと智佐子は顔を見合わせた。

乃々瀬――かつての鵜飼香住のライバル――の存在を、キリコも智佐子もまったく忘れていた。四十六年ぶりに帰郷した彼女に、まだ紹介もされていないのだから無理はなかった。

「美祢ちゃんは顔を知ってるの? ポテトの話だと、あなた、その人がいなくなったあとで

『ホーク』に着いたんでしょう?」

だが美祢はちゃんと会っていた。

「家でお目にかかりました」

「あら。前からご存じだったの」

「はい。蔀さんが小袋さんに連れられて、鷹取神社へ挨拶にいらしたとき」

醍醐影行は小袋の若いころからの友人。乃々瀬は小袋の中学時代の友人。濃いような薄いような関係をフルに使って、小袋はふたりをひきあわせたらしい。

先代の宮司——影行にとって養父にあたる醍醐弘尚——とは、少女歌舞伎の主役候補であった蔀乃々瀬も浅からぬ縁がある。氏社に顔を見せたのは当然といえた。

だが美祢は一段と突っこんで解説した。

「小袋さんは、父と乃々瀬さんをつきあわせたかったんだと思います」

「蔀さんの方が、お父さんより年上じゃないの」

「あのおばちゃん、そんなことに拘《こだわ》りません。仲人役が大好きでした」

「あの人らしいわね」

スーパーがくすりと笑った。

「そんな席についていくほどだから、蔀さんと小袋さんの仲は修復できてるのね」

美祢の答えが曖昧になった。

「さあ。小袋さんだけ勝手に親友顔していたみたい」

そうか。一方的に小袋が親友のつもりでいても、当の乃々瀬が距離を置いたことは十分に考えられる。ふしぎはない、乃々瀬から左足の機能を奪ったひとりが、小袋宗子だったのだから。

「彼女の家、どのあたりかしら。小袋さんの話を聞いてみたい」

キリコが言いだすと、美祢は心得顔だった。

「父が知っていると思います。乃々瀬さんにメモをもらっていましたから」

「神主さんは、彼女と会うのはじめてだったの？」

「いいえ。中学のころ一度だけ父の実家にきたそうです。やはり小袋さんに連れてこられて」

「そう……」

キリコは考えこんだ。

醍醐影行がどの程度まで最近の小袋を知っていたかわからないが、そこに蔀乃々瀬を加えた交流の状況に興味が湧く。いったい乃々瀬は、どんな理由があって半世紀近く前に捨てた故郷へ、舞い戻ってきたのだろう。うちに秘めた事情を明らかにすることなく、ポーカーフェイスで過去の知人と会っているというのは。

その場にいた美祢だけれど、これ以上少女に追及するのは無理な気がした。乃々瀬が生まれもつかぬ姿になったのは、遠い昔のことだ。やはりここは私が、影行さんなり蔀さんなり直に聞きこみに行くのがベターだわ。

丸々としたおなかを抱えて、キリコはそんなことを考えた。でもお義姉さんが許してくれるかなあ。

まるでその声が智佐子の耳に届いたみたいだ。

「収穫がありそうね……スーパーちゃん、神社に行ってみたいでしょ」

話せる！

だが時計を見ると、ぼつぼつ九時だ。祭礼の初日ではあるが、夜遅くなら影行の体もあいただろう。はっきりいってこんな時刻に、義姉が運転する車は遠慮したかったが、さいわいそこへいいタイミングでドライバーが現れた。

「よっ、おはよう！」

とぼけた声と共に玄関を開けたのは、兄で智佐子の旦那の可能克郎であった。マスコミ業界の挨拶用語は夜中も昼間もオハヨウですむ。たとえ彼がデスクを務める三流紙「夕刊サン」でも、ジャーナリズムの一角を担っているのは間違いない。

「なによ、兄貴。携帯くらいかけてくればいいのに」

「危なく出かけるところだったのよ」

妹や女房の文句など屁でもない。

「留守なら勝手に上がりこむさ。鍵くらい持ってる。だいたいこの屋敷は俺名義で……なんだ？　こんな時間に出かける予定があったのか」

事情を聞いて、万年ワトスンは胸をたたいた。

「俺が連れてってやる」

「東京から着いたばかりで、疲れてない？」

義姉の手前キリコはそんなことをいったが、智佐子は気にもかけない。

「これしきのドライブで音をあげるようでは、『夕刊サン』にいられないわね。行きましょう、克郎さん」

「おう」

愛想いい返答に、キリコは可笑しくなった。

わが愚兄ながら、よう躾《しつ》けられておる……。

7

「お留守中に、お兄さんのお座敷のご用意をしますから……」

と同行を遠慮した美祢まで乗せて、十分後に克郎のパジェロは、鷹取神社の駐車場に到着した。智佐子に三拝九拝して買いこんだのに、キリコからどぶねずみ色と切って捨てられたシルバーグレイの愛車だが、夜の色に染められるとグッと渋い色調で鎮座した。

境内一面にぶら下げられた祭提灯の灯も消えて、ガランとした駐車場には、まだ数台の車がのこされていた。

キリコを先頭に、四人が奥まった影行の家にむかう途中、社務所の陰から滑り出た人影が、一台の車に乗りこんだ。急いでいるようでも、どこかぎくしゃくした足どりだった。祭礼の関係者だろうとキリコは見過ごしたが、美祢だけは違った。ハッとした様子で、走り去った車のテールランプを睨んでいる。

「どうかした？」

キリコに尋ねられて少女は首をふった。夜より黒い髪が、美祢のほっそりした肩口ではためいた。

「べつに」声の硬い調子が印象にのこり、さらに声をかけようとしてキリコはやめた。その目に、駐車中の柿色のホンダライフが映ったのだ。

「蔀さんがいらしてるんじゃないかな」

ぼそっとつぶやいたのを、智佐子が聞きとがめた。

「なぜわかるの」

「あのライフ……運転席が特別仕様だったから。下肢に障害があるドライバー用に改造したんだと思う」

さすがスーパーの推理であった。

正面に神棚を飾った洋室に通されると、先客のドライバーはなんと和服姿の乃々瀬で、利休鼠の小紋が瀟洒《しようしや》である。松葉杖を椅子の肘掛けに立てかけ、ゆったりと腰を下ろした婦人の姿は、年齢相応の落ち着きを醸し出している。少し皺が目立つのは化粧が控えめなせいでもあって、小作りながらくっきりした目鼻だちは、往年の美少女ぶりを想像させてくれた。

昨日羽根田たちに会ったのは畳敷の広間だったが、今夜は洋間だ。足が不自由な乃々瀬に楽なよう影行が配慮したに違いない。

「牧さんたちがおいでと聞いたので、蔀さんに来ていただきました」

影行の説明にキリコが恐縮した。

「ごめんなさい、こんな遅い時間に」

「いいんですよ。今日はずっと警察に呼ばれていたんです。その帰り道でしたから」

穏やかな乃々瀬の声だ。警察が彼女にどう接したか知らないが、その語気からは、デパートで暇を潰したくらいにしか聞こえない。

「ご主人の御作はまだ一冊だけですけど、『完全恋愛』を読ませていただきましたわ」

たとえ一冊でも亭主の愛読者であったか。丁重に頭を下げずにはいられない。

「ありがとうございます」

「お話の中でも牧先生、名探偵でいらっしゃいますものね。ご出張と伺いました……残念ですこと」

表情も口調もゆとりたっぷりで、その裏側にどんな葛藤があるのか、見当もつかない。だが──飽くまでスーパーのカンだが、なにか彼女は大きな隠し事をしていると思えてならなかったのだ。

「教えていただきたいことがありまして」

折り目正しく切りだすと、乃々瀬はどこまでもにこやかだった。

「小袋さんのことですわね。どうぞどうぞ、なんでもお聞きになってくださいな。そのためにこちらへおいでになったんでしょう?」

「はあ」

もぞもぞしている賢妹を愚兄が冷やかした。

「ずいぶんと礼儀正しいな。お前さん、鷹取ではずっと猫をかぶっているのか」

「黙れ」ついいつもの調子が出たキリコは、小さくなった。

「すみません」

「謝ることはありませんよ。あなたのことは、小袋さんからもお聞きしていますの……威勢のいい頭の切れる奥さんだって」

あーあ。ツイッターさんがなにを吹聴したんだか。

「事件の現場をごらんになったのが、そんな奥さんですもの。私こそお伺いしたいと思っていましたわ。どうぞよろしくお願いいたします」

諦めたキリコは、かぶっていた猫をそこらへんに放り出した。

「その小袋宗子さんですけど、蔀さんと中学のときのクラスメートなんですよね? ご親友でいらしたんでしょう。あの調子の彼女なら中学の時分だって、蔀さんに遠慮なしに……」

プライバシー無視で踏みこんできたでしょう、とはさすがにいいにくい。

「……遠慮なしの友達づきあいをしていらしたと思うんです」

「ええ、そうでしたよ。それこそプライバシーをすっ飛ばして」

なんだ、彼女の方でそうきたか。キリコは安心した。

「裸のつきあいができたってことですね！　あ、女の子に裸のつきあいはヘンか」

ゴホンと克郎が咳《しわぶ》いてみせたが、乃々瀬の返答は静かなものだ。

「そういってもよろしいのでしょうね。強引に私を饗庭さんのおうちへ連れていったりなすって」

「饗庭というのは、私の実家です」

事情に暗そうな克郎むけに、影行が注釈をつけた。

「呉服店を営んでいましたから、女の子は興味があったでしょうな」

「あら。小袋さんの関心は着物より男性でしたよ」

いってのけた乃々瀬の言葉は辛辣《しんらつ》だが、キリコの目には微笑を消さないいもと美少女の顔しか見えてこない。

図星だったので、影行は仕方なさそうに笑った。

「兄の光昌がお目当てでしたな。今ふうの言葉でいえばあの男は……ええと」

父親に目で催促されたので、ずっと黙っていた美祢が「イケメン」ひと言だけ口にして、席を立った。

「そう、それだ」

「あのころのお兄さん、人形のようにきれいといわれてらした」

「光昌はそれが大嫌いでしてね。小袋さんは、日本語がイヤでも英語ならいいでしょと、からかったりして」

「彼女は相手が男でも女でも、いじめる側に立つ人だったから」

一瞬であったが、遠いものを眺める目つきになった乃々瀬は、やおら我に返ったようにキリコを見た。

「ご想像がつきますでしょ。敵が多い人だったんですよ、小袋さんは。でもご本人は気がついてなくて。その点では幸せな人だったわね」

ニコリとして見せた。

「どうせわかることですもの、話しておきましょうね。警察は私に小袋さん——宗子を殺す動機があった、そう考えているようです」

「なんだって、蔀さん！」

影行が声を高くした。人のいい彼は、四十六年前の悲劇——乃々瀬が左足を失った経緯を忘れていたとみえる。いや、たとえ忘却していないにせよ、そんな過去のトラブルが息を吹き返して、今ごろ牙を剝くとは思い及ばなかったのだろう。

「……警察がまだ知らないこともあるんですよ」

興奮するでもない、乃々瀬の語りはどこまでも穏やかだった。

「宗子が中座した短い間に、あなたのお兄さんに抱きすくめられましたわ、私」

「えっ」

また影行が脳天から声を迸《ほとばし》らせた。まったくの初耳だったようだ。

「申し訳ない……あいつの手癖は定評があるんです。やくざの女に手を出して刃傷沙汰を起こしたこともある。太股を切られて大騒ぎになりましたよ。決して蔀さんだけじゃなかった」

弁解にもならないことを口走って、影行はテーブルにおでこを擦りつけたが、乃々瀬は笑うだけだ。

「ねんねだった私は、すぐにはなにが起きたかわかりませんでした。目の前に人形じみた光昌さんの顔が迫ってきて、次にはあの人の首筋を見ていましたの。黒い三角形の痣《あざ》があって、そこから毛が三本のびているのがわかりました。前から見れば二枚目なのに、後ろはオバケのQ太郎か。テレビアニメで石川進《いしかわすすむ》が歌ってたでしょう。そう思ったらもう可笑しくて可笑しくて。するとお兄さん、あわてて私を突き飛ばしたんです。宗子が部屋にもどってきたから……」

ふとキリコは洋間の戸口を見た。

カタカタ、カタカタという軽い物音が聞こえ、そこに美祢が立ちすくんでいる。少女は両手にお盆を捧げており、お茶請けを盛った菓子器が載っていた。カタカタという物音は、盆の上で小刻みに揺れる菓子器が発していた。

キリコの視線に気付いた美祢は、溜まっていた息を吐いたあと、なにごともなかったように盆をテーブルへ運んだ。

その間も乃々瀬の話はつづいている。

「ひょっとしたら彼女は、光昌さんに抱かれた私を見たんじゃないかしら。でもそのときもそれからも、私になにもいわなかった。ずっと後で思い当たったのは、五郎丸杉の崖の上で『ノンノ、あんた、まさか』……宗子が叫んだ理由ですわ」

いったん口を閉ざした乃々瀬は、柔らかな表情でみんなを見回した。

「……ね。四十六年前のあの夜を忘れていない私には、小袋宗子さんを殺す動機があったんですの」

シンとなった一座の空気をあえてかき回したのは、克郎の場違いに朗らかな声であった。

「いやー、これはどうもどうも。するとなんですか、蔀乃々瀬さんが犯人だとすると、今のは犯人から探偵キリコに宛てた挑戦状みたいなもんで」

固まったみんなをほぐそうとしたに決まっているが、ふだんの彼を知らない影行などは、いっそう顔をこわばらせている。

「克郎さん！」智佐子がぴしりといった。「不謹慎よ」

「や、すまん奥さん」

「謝る相手は私じゃないでしょう。蔀さんにです」

「ご主人をお叱りにならないで」

割ってはいる乃々瀬の声は、平和そのものだ。

「ほんのご冗談でしょ、可能さんの旦那さま。それに私は決して宗子を殺した犯人じゃありませんのよ。犯人ならキリコさんが本腰入れてくだされば、きっとみつかると思っていますわ。ねえ、友達の敵《かたき》を討ってくださいましね」

老いた美少女はキリコを見つめた。頬にまだ微笑の影をとどめている。

実際キリコにはふしぎだった。この人はどうしてこんなに余裕のある態度がとれるのだろう？　小袋宗子は幸せだったというが、当のあなたこそ無上の幸福感に浸っているではないか。

理解不能というべきであった。

悔しいがスーパーは、不在中の相棒にメールして、たった今テレポーテイションで飛んでこいとわめきたくなった。

8

「せっかく自分のおうちにもどったんだもの、今夜はこのままゆっくりしてらっしゃい」

智佐子にすすめられたが、美祢はやんわり断った。

「いいえ。お仕事がありますから」

パジェロの後部座席で並んだキリコは、カーブの都度美祢の様子を窺った。白磁のように整った少女の横顔は、家に着くまでなんの変化も見せなかった。それでもキリコの視線を意識していたとみえ、美祢が車を降りるときキリコにのこした微笑は意味ありげだった。

「乃々瀬さんの話を聞いて、なぜあんなに動揺したの？」

尋ねたかったが、まともな答えは返ってこなかったろう。

玄関へ足を踏み入れるなり、美祢のモードが切り替わった。風呂の給湯栓を開き、冷蔵庫から出したマスカットを大人たちにすすめ、その間に克郎の眠る支度を整え、夜の愛書タイムのため米澤穂信の古典部シリーズ第一作『氷菓』を、薩次の書庫から探り当てた。すでにハルチカものは完読したそうで、それ以前に麻寺作の謎の原稿にも目を通している。おそるべき速読ぶりなのだ。文庫を抱いていそいそと自室に退く美祢を見送って、克郎が感心した。

「いい子だな」

「うん。いい子すぎる」

正直なキリコの感想だったが、

「なんだそりゃあ」

という兄の疑問に答える暇はなかった。

智佐子が食卓の上に、問題の原稿を載せた。

「克郎さん、これ」

「美祢ちゃんはもう読んだから、今度はあなたの番」

不審げな亭主にざっと説明してやったが、相手はあまり乗ってこない。

「俺が読んでわかるようなら、キリコがとっくにわかってらあ」

自慢にならないことを自慢げにいい、斜め読みした克郎は、表紙に目をとめた。

「改訂稿・麻寺皐月？　なんの改訂だよ」

キリコが即答した。

「そう。そこから考えたの。……これはたぶん、六年前にポテトが選考した『ざ・みすてり』新人賞候補作『戯作の殺人』の改訂版よ」

薩次と美祢が対話した内容を、キリコも聞かされていた。

「なるほど……すると麻寺皐月は、鵜飼範彦氏がそのとき使った筆名というわけだな」

「それじゃあこの原稿は、伸江さんの息子さんが？」

「改訂稿とあるからには。ポテトくんは文英社の編集部を通して、書き直すようにいったんだろう」

「それが行き違ってる間に、範彦さんは火事で大火傷してしまったの。そんなことと知らない『ざ・みすてり』の青ちゃんは、作者と連絡がつかなくなったのよ」

「だがこの通り、原稿はちゃんと出来てるじゃないか」

「それは第二稿だと思う。でもポテトはその改訂では満足できなかったのね」

「厳しいな。『夕刊サン』でそんなことしたら、新聞が出せないぜ」

「兄貴と薩次は違うのよ、仕事に対する姿勢が……あっ、いいすぎ」

目の端に義姉を認めて訂正した。

「新聞と小説は違うんだから。といってもポテトも、これといった修正案が浮かばなかったらしいわ。まごまごしているうちに、範彦さんは大劇魔団の失火に巻きこまれたわけ」

食卓用の椅子では体がきついとみえ、原稿の束を手にしたキリコは、のこのこリビングに移動してロッキングチェアに腰を乗せた。

「運がわるかったとしか、いいようがないな」

克郎は同情の面持ちだが、智佐子はますます事情がわからない。

「だったらこの原稿、一度は薩次さんが読んでるのね？　それを今さら届けるなんて、意味不明じゃない」

「届けたのは、男の子なんだろう？」

「そうよ。ユーちゃんて子に預けたのはひょっとこ面で……え？　本来なら原稿は、鵜飼範彦さんが持っているはずでしょう？」

　義姉はふしぎそうだが、その経緯はキリコにもよくわからない。

「むろん青ちゃんから麻寺皐月さん――範彦さんに返却したと思うけど」

「だが男の子はひょっとこ野郎に渡された。いったいそいつは何者なんだ。なぜ六年前の範彦氏の原稿を持っていたんだ？」

　誰も答えられるはずがない。キリコは丸々したおなかの上で、黄ばんだ原稿用紙を愛撫しながら、

「根本的にわからないのが、この原稿の完成度よ。一度はポテトの注文に応じた改訂なのに……絶対ヘン。こんな致命的な錯誤を見過ごしたままなんて、ポテトの責任もありますよ！」

　愛撫するどころか、興奮したキリコは拳を固めて原稿を手荒く殴りつけた。

「あいてて」

「おなかに響くぞ、おい」

　気楽な亭主をほっといて、智佐子が急いで立ち上がった。

「赤ちゃんが暴れたの？」

「生まれるってか！」

浮足立った克郎に、やや青ざめながらもキリコが笑いかけた。

「まだ娘はその気にならないみたい。でもそろそろ休むわね」

「そうしろ、そうしろ。……俺はもうしばらく原稿を読みながら呑む」

深夜になって克郎は、美祢が用意してくれた布団にもぐりこんだ。むろん智佐子とおなじ部屋だが、そこへは原稿を持ってこなかった。読むより呑むのに忙しかった彼、後編の内容をろくすっぽ覚えていないことに自分でも呆れ、読み直そうとしたのは翌日のことだ。

この日の伸江の健診は午前中の約束で、現に彼女はもうキリコの寝室に詰めている。それなのに原稿がみつからないので、ルーズな克郎も閉口した。昨夜みんなが寝静まったあと、俺はいったいこの屋敷のどこをどうほっつき歩いていたものか。二日酔い気味の頭をもてあましながら、リビングからダイニングルームへ玄関へ廊下へと捜し歩いたあげく、またぞろキッチンにもどって、フリーザーまで覗きこんだ。まさかと思うが氷を取り出した朧《おぼろ》な記憶があったからだ。そのとたん、美祢に声をかけられた。

「なにをなさっているんですか」

「あ、いや」

あわててしまった。悪事を働いたわけではないが、この家のキッチンは少女の聖域みたいな気がするからだ。

「ゆうべ読んだ『戯作の殺人』をね。どこへ置いたか覚えてないんだ」

美祢は軽く首をふった。その仕種を見てオヤと思ったが、鈍い克郎にはその理由がわからない。

「見ていません」

「参ったな」

妹に尋ねようとしたが、止められた。

「まだ健診中ですけど」

「あ、そうか」

うろうろしていると、さいわい智佐子が寝室から出てきたので事情を話した。覚悟はしていたものの、頭ごなしだ。

「まさか捨てたんじゃないでしょうね。克郎さん前科があるわよ。家に持ち帰った資料を、わざわざ燃えるゴミに分別して集積所に出したでしょう」

「そんな馬鹿な!」

馬鹿なとはいったが、絶対に違うといいきる自信がない。青くなって飛び出そうとして、また美祢に止められた。

「燃えるゴミは明日です」

その少女を見つめた智佐子が、大声をあげた。

「美祢ちゃん! あなた、髪!」

「切りました」

平然と答える。

それでやっと、迂闊《うかつ》な記者も美祢の異変に気がついたのだ。彼女のシンボルであった長い黒髪が、両耳のあたりでぶっつりと切られている。

「ど、どうして！　いつ！」

「ゆうべです。ああ、さっきまで姉さん被りしてたから……」

「だから、なぜなの」

「なぜでも」

ゆらめくような笑顔に、智佐子はただ茫然とした。

「そんな……髪は女の命というわ。あれだけのばすのに時間がかかったでしょう」

「でも切るのは一瞬でした。新聞を敷いて少しずつ切りました。お掃除もすんでいますから」

「そんな問題じゃないでしょう。どんな理由があって切ったの？　まだ祭礼もつづいているのに」

「はい」

美祢はまったく動じなかった。

「父は怒るでしょうけど、でも」

その後になにをいうかと、智佐子も克郎もしばらく待ったが、少女はかすかに笑ったきりだ。

「思ったより寒くありませんでした」

軽く首をふってみせる。昨夜までなら本人を代弁するように揺らめいた髪が、今はみごとなまでに沈黙している。

「それより、おじさん。原稿を捜さないと」

「あ……ああ」

美祢はもう背中を見せている。あわてて克郎がその後を追った。

のこされた智佐子は、小さくぼやいたきりだ。

「なにがあったというの……美祢ちゃん」

9

いくら広い屋敷でも、ひと晩のうちに一〇〇枚の原稿が消えるはずはない。美祢も熱心に捜索をつづけてくれた。

おかげで足を踏み入れたことのない、西側四分の一の未開拓地まで征服できたそうだ。ずらりと並んだ頑丈な書棚に整理収蔵された古文書まで発見した。屋根裏部屋を薩次の書庫に譲って、この一角に鵜飼家時代からの資料が収蔵されていたのだ。薩次が専門業者に頼んだとみえ、保存状態は良好であった。

「鵜飼香住さんは、ここで五郎丸杉伝説をみつけたのかしら……」

美祢がつぶやいたのは、いつぞや牧夫妻が交わした会話を思い出したからだが、克郎はそれどころではなかった。肝心の『戯作の殺人』改訂稿がみつからないのだ。いくら酔っていたにせよ、こんな場所まで足を運んだとは思えない……。

そこへ健診を終えたキリコが顔を見せた。美袮の姿にたじろいだが、智佐子から聞いていたのだろう、この場で追及しようとはしなかった。

「巫女さんが、座敷童子になったみたいよ」

「はい」

「……切ったわけ、いつか話してもらえる？」

「はい」

美袮相手だとそれだけの会話にとどまったが、克郎の失敗については手を緩めない。

「もともと兄貴は酒が弱いのよ。無理して『蟻巣』へ通ったから、少しは呑めるようになっただけよ」

『蟻巣』というのはキリコが可能姓の時代から馴染《なじ》んだ、新宿ゴールデン街の古いバーだ。常連客はなぜかミステリ好きばかりだった。文英社を背負う編集局長の新谷常務なぞ、まだ新人社員のころからの上客で、店のぬし老猫の二代目チェシャが、化け猫になるのを楽しみに通い詰めている。

「『蟻巣』のママが嘆いていたわ。可能さんたらカメラを忘れる、手帖を忘れる、原稿を忘れる、傘を忘れるって。いつか靴を忘れて帰ろうとしたんだって」

「スツールであぐらをかいてて、靴を脱いだのを忘れてたんだ」

膨れているとキリコが用件を思い出した。

「いけない兄貴、仲江さんがお待ちになってるわよ」

この屋敷の売買の際、両親の代理として折衝《せっしょう》したのが克郎だったから昵懇《じっこん》の仲であったが、几帳面なお産婆さんだけに、はるばるおいでなら改めてご挨拶を——という趣旨のようだ。

シャツの埃をはらい玄関の姿見と相談して寝癖ののこる髪を整えた克郎が、ダイニングまで罷《まか》り越したときは、美祢はもう仲江にお茶をすすめていた。

どうやら彼女は、髪を切ったのが羽根田の指示と思いこんだらしい。美祢も自分の髪には一切触れず、その後の羽根田演出を説明している。

「まあまあ！」

美祢の話を聞いて、仲江は驚き顔だった。

「羽根田先生は、お客まで演出するおつもりかい」

「はい」

「どういうお考えでしょうねえ、そのアメリカ帰りの先生は」

「さあ」

さすがに答えかねて美祢が振り向いたが、キリコも演出意図は、まったく聞かせてもらっていない。

「ここまでくれば、先生におんぶに抱っこしてもらうほかないと思いますよ」

「安心して抱っこされて、いざというときに落とされては困りますからね」

仲江にしてみれば、四十六年前に愛娘をさらったも同然の少女歌舞伎である。スタッフが一新されたところで容易に気は許せまいと、キリコだって考える。まして――

「客まで演出するんですか?」

「はい」

と、美祢が返事した。

「観劇希望の市民から自薦他薦で受け付ける。そう仰っていました。特典は予《あらかじ》め座席を指定できること。その代わりたとえ吹雪でも出席してもらう……」

「ほう、客席まで巻きこんで群衆劇にしようってのか」

無責任に面白がる克郎にむかって、仲江が椅子の上で膝をそろえた。

「その節はお世話をおかけいたしました」

「いえっ、こちらこそ」

万事いい加減な克郎だが、こんなときは一応マナーに則る。後になって妹から、

「やればできるじゃないの」

からかわれたほど折り目正しく応接した。

「はじめてお目にかかったのは、息子さんが結婚した当座でしたね。美人の奥さんを連れて帰っておいでのときだった」

そうか、とキリコは思い出す。たまにしか鷹取を訪れない克郎だが、それでも範彦と佐夜歌の夫妻に会っていたのだ。彼としては一人息子を話題にすれば座が持つと踏んだようだが、仲

江の反応は冷淡だった。

「あのころの範彦は、きちんとした勤めに出ておりましたが」

「いやあ、鵜飼さん」

克郎はにこにこ顔だ。

「息子さんは自由になってから、書くことに集中しているんですって？　それを支えている奥さんも偉い。ご夫婦で夢の卵を孵《かえ》そうとしてるんだ。うらやましい限りですね」

聞いたときの伸江はむろんだが、智佐子の顔も見物だった。

（地雷を踏んだ！）今にも叫びそうな瞬間を制して、

「寒くありません？」

ふわりと声をかけて、美祢が立ち上がっている。絶妙のタイミングであった。彼女がエアコンの温度を調整している間、誰もなにもいわなかった。年の功で最初にペースを取り戻したのは伸江である。

「自由……ですか」

ホッと軽い吐息をついた。

「小心な癖に周りから押しつけられるのが嫌いな子でしてね。大勢ではなく、ひとりでなにかを積み重ねるのが好きで……原稿の枡目を埋めていくのは、確かにあの子の夢でしょうね。

……問題はその中身なんだけど」

あんなモノが小説といえますか！

ヒステリックに指摘する――とキリコは思ったが、案外だった。シニカルながらも抑えた口調で、伸江はいった。

「あれからノコちゃん、少しは書けるようになったかしらね……」

意外な穏やかさに、みんな拍子抜けしたほどであった。

彼女が帰ったあと、まずオーバーな声をあげたのは、智佐子である。

「克郎さん、知っていったんでしょう！　お産婆さんが息子を勘当《かんどう》してるって話したわよね、私」

「聞いてるさ」

克郎はケロリとしていた。

「だからああいったんだ。ミステリの否定は牧くん否定に直結するぞ。かねがね腹が立っていたんだぜ。だが想像よりずっと平和な反応だったじゃないか。……おっと、そのノコくんの原稿を捜さなきゃあ」

するとキリコが手をあげた。

「兄貴、ゆうべの原稿は、玄関先に置き忘れたんじゃない？」

「え、そうだったかな」

「リビングで読んでいたんでしょう。書斎か二階の書庫か、どちらに返そうとしたにせよ、そのときの兄貴は玄関を通ったと思うよ。そして原稿を、靴棚の上にひょいと載せた……壁に姿見がかかってるわね。兄貴自分の顔を映そうとしたんだ」

「なんだよ。見ていたようなことをいうじゃないか」

「その後、智佐子さんの隣の布団へもぐるんでしょ。顔が赤い、息が臭い、しょっちゅう叱られるといってたじゃん。だから昨夜も条件反射みたいに鏡を覗いた。次の瞬間もう靴棚の上の原稿を忘れた……」

「それならなぜ、原稿はそこにないんだ。俺、二度もあの棚をチェックしてるぞ」

「でもそれは、おばさんが玄関からあがったあとだったでしょう」

「はあ？　ということは」

やっと克郎にも真相が見えてきたようだ。

「原稿を持ち去った犯人は、鵜飼さんだってのか？」

10

「息子からお歳暮が届いても突き返す。そう聞いてたわね。すると仲江さんは、その後の息子の小説をきちんと読んだことがないんだわ」

「だからあの原稿を手に取ったの？」

智佐子がいい、美祢が口を挟んだ。

「おいでになったと気がついたときは、もう寝室におはいりになっていました」

　伸江は無人の玄関に到着したことになる。

「今になって、勘当した息子の原稿が読みたいとはいいにくいから、ずっともじもじしてたと思うの。おまけにお義姉さん、ぽんぽんいってたじゃない。兄貴が原稿をなくしたことを」

「え、ええ」

「それでよけい切り出せなかったんじゃない？　いっそこの場は黙って借りて、後で返せばいい。おばさんがそう考えたとしたら？」

「ユーちゃんが庭にはいっただけで叱ったお産婆さんが、そんなことするの」

　ふしぎそうな智佐子に、キリコが笑ってみせた。

「自分のこと――それも自分と息子のことになると、話はまた別なのよ」

　智佐子はまだ了承できないようだ。

「一目見ただけで、息子の原稿とわかったのかしら。ワープロで打たれた題名と、ペンネームだけだったのよ」

　その疑問にキリコは即答した。

「範彦さんはポテトのファンだったから〝辻真先〟の名を知っていて、以前からあの筆名を使っていた。それでおばさんも見覚えがあった……私はそう解釈するな」

「辻って……ポテトさんが中学のときのデビュー作ね？」

「おお」と克郎もいった。「懐かしいな。『仮題・中学殺人事件』だ」

「うん。兄貴まで本名で出てたわね。でも書いたポテトは、〝辻真先〟という筆名を使ったけど」

「東京創元社の文庫になってから、読みました」

美袮が会話に加わった。

「中学生だったキリコさんが作者の名前を見て、牧先生に話す場面がありました。いちばん最後のページだったかしら。〝辻真先……きみのペンネームね。さっそくやったな、アナグラム〟」

「よく覚えてる」

キリコが拍手した。

アナグラムは文字の並べ替えのことだ。アルファベットを使えばアルセーヌ・ルパンがドン・リュイス・ペレンナとなり、かな文字を使えばまき・さつじがつじ・まさきに変身する。

「だけど、あさでら・さつきでしょう、作者の名は」

まだ理解できていない義姉に、キリコが解説した。

「麻寺をそう読んだから、そのときは気がつかなかったの。あの名字は、まじと読むべきだったのよ」

「まじ・さつき……そうか！」

智佐子が勢いよく舌を鳴らした。

「置き換えて〝つじ・まさき〟！」

「息子がはじめて自分の小遣いで買った本は、朝日ソノラマのナンタラ殺人事件だったと、伸江さん嘆いてたもの」

若い美祢には注が必要だろうと、キリコがつけくわえた。

「最初に上梓してくれた出版社の名前だけど……知ってる？」

「ええと……井上《いのうえ》ひさしとか高千穂《たかち ほ》遙《はるか》とか菊地《きくち》秀行《ひでゆき》とかがデビューした、小説の版元ですね」

「偉い」

キリコが拍手すると、克郎はキムチを嘗めたような顔になった。

「この子、年齢詐称してるんじゃないか」

「おじさんのいうことなんて、気にしないでね」

「はい」

克郎も笑わないわけにゆかない。

「どうやらキリコの推理は正しそうだな。……すると性急に、原稿を持ち去ったのはあなたですか。なんて追及しない方がいい」

まさにスーパーも同感であった。

「せっかく母親が息子の原稿を読む気になったんだもの。ミステリとしては首尾一貫しないけど、江戸時代の歌舞伎が素材でしょう。仲江さんのカンに障るような血みどろな話じゃないわ。あれで彼女が、息子を再評価してくれたらいいな」

「そうあってほしいもんだ」

紛失の責任が自分ではないと知って、克郎もホッとしたようだ。

安心したおかげで、なにか思い出したらしい。

「……鵜飼佐夜歌といったな、嫁さんは。誰か彼女の写真を持ってないか」

「へ？」

スーパーが長い睫毛をしばたたいた。

「そんなもん、ないわよ。どうしたの、急に」

「いやね。最近よく似た女性の顔を見たんで。……俺の記憶違いかなあ」

頬をかきながら、克郎が口の中でごにょごにょいう。

「芝居もんの集まりだから、まんざら関係がないこともないが……」

「はっきりしないねえ、兄貴の話は。会ってはまずいところで会ったというの、佐夜歌さんに」

「キャバクラとか？」

智佐子に突っこまれて、克郎は苦笑いした。

「俺がそんなところへ行くと思うか」

「思いますよ」女房にあっさりいわれて、亭主は狼狽した。

「よせって」

中学生の前でなにをぬかす。そういいたかったらしいが、美祢はさっさとキッチンのむこうへ引っこんだ。お昼の支度だろう。克郎もキリコも寝坊したので、今朝の食事は遅かった。昼はコーヒーとケーキだけという予定になっていた。

水音を耳にしながら、女房は亭主の行動を推定する。

「……思いますけどお金がないわね」

保証されて克郎は顎を突き出した。

「ほら見ろ」

「そこ、いばるとこじゃないから。じゃあどこで会ったというのよ」

キリコは噂話にさして興味のあるタイプではないから、聞き逃せばいいようなものであったが、克郎の話しぶりになにか引っかかったようだ。

「いくつかのミニ劇団の合同パーティ、といったところかな。会場は下北沢のプチホテルだ。『夕刊サン』むけの小ネタ漁りに顔を出した、と思ってくれ」

その会場で佐夜歌らしい女性を見かけた——というのである。

「大劇魔団は潰れたけどそこの女優だったから、呼ばれてもいい資格がある。声をかけようと思ったら、ひと足早くパーティを出てしまった。追っかけてロビーへ下りたら、待ち人がいた。男だ。親しげに肩を並べて出ていっちまった。まあそれだけのことだがね」

「それって……範彦さんではなかったの」

「違うと思うね。鵜飼さんの息子は、大火傷したんだろう？　出歩けるくらいには、回復してるのか」

「さあ」

母親とさえ絶縁状態では、範彦の現況を知る者はいそうもない。それでもまだ美祢がいたから、キリコはキッチンをふり返った。

「父は電話で連絡をとっています。火事で喉を痛めたそうで長話は控えていますが、思ったより元気だといって喜んでいました」

「でもふだんの生活は？」

「杖を使って散歩くらいできるそうです」

「俺が見た男性は五体ピンピンしてたからな」

首をかしげた兄を、キリコがおかしそうに見た。

「『夕刊サン』風にいえば、佐夜歌さんに不倫の疑い？」

「なんでもかんでもスキャンダルにしたがる新聞だから」

と、智佐子まで遠慮がない。克郎がへの字にした唇にタバコを挟むと、とたんに妹から指摘された。

「兄貴は禁煙したんじゃなかったの、お義姉さん」

「山辺《やまべ》さんにすすめられてまた吸いだしたのよ。彼、お出入り禁止にしなきゃ」

克郎の後輩だが、今は北海道で活動している記者で、通称をべーやんという。

「けしからん。兄貴の命を縮めるつもりかしら」

くわえたタバコを上下に揺すって、克郎が抗議した。

「お前だって高校のころだぞ、ふかしはじめたのは」

「若いうちに一生ぶん吸っておいたの。だから禁煙なんてわけなかった」

「あのう。タバコの煙は、赤ちゃんによくないと思います」

美祢までいいだす。女性から総スカンを食らって、克郎はしぶしぶタバコに火をつけるのを中止した。

「大劇魔団の火災もタバコが原因だってね」

キリコが話題にしたのは、創設以来トラブルつづきの大劇魔団は、「夕刊サン」にしばしばネタを提供していたからだ。

「あそこのネームバリューも薄れたからな。記事の扱いは小さかった。少し気になったのは焼死した劇団員だが。後藤《ごとう》……正己《まさみ》だったか」

「ありふれた名前ね。それ、偽名だったんでしょう」

「ああ。届け出ていた名前も本籍も連絡先も、のこらず出鱈目だ」

「そんな出鱈目な人を入れるんだから、劇団も出鱈目だったのね」

手厳しく片づける智佐子に代わって、美祢が説明した。

「父が佐夜歌さんに聞いた話では、纏まったお金を寄付する条件で入団したみたいです」

「寄付と抱き合わせか。劇団の資金繰りは苦しかったらしいが……うさん臭い男を入れたもんだな」

「そんな男の火の不始末では、元も子もないわね。やっぱりタバコは危ないわ」

奥さんに睨まれた克郎は、とうとうタバコの箱をポケットにしまいこんだ。

「そば杖を食らったのは伸江さんの息子よ。顔の火傷、ひどいんですって」

カウンター越しに、美祢がもう一度情報を提供した。

「両眉から額と、顔の左側に大きな瘢痕がのこったそうです」

「まあ」智佐子が吐息をつく。

「範彦さんて、二枚目だったんでしょう」

克郎は夫婦に会っているからうなずいた。

「美男美女だった。佐夜歌さんは動の魅力、範彦さんは静のムードとタイプは違うが好青年だった」

「……可哀相に」

智佐子がつぶやくと実感がこもり、キリコをはっとさせた。

おなじことを私が口にして、いたわりの真情を伝えられるかしら。

出産という孤独で苦しい、女の人生の試練に立ちむかっているだけに、キリコはいつになくそんなことを考えた。

やはり私は傲慢《ごうまん》なんだ……中学のころからスーパーと呼ばれて、それを当たり前のように受け止めて胸を張っていた。

そんな私の前に、今立ちふさがってるハードルを、お義姉さんたらもう三度も乗り越えているんだもの、お義姉さん偉いよ、尊敬しちゃうよ！　私がスーパーならお義姉さんこそウルトラスーパーだよ。

こんな生意気な私を、天然ぽい笑みですっぽり包みこんでくれる人。感謝です、お義姉さん。

「兄貴」

自分でもひどく穏やかな気分になって、キリコが小声で呼びかけた。

「ん？」

あくびを終えたばかりの克郎は、目尻の涙を拭っていた。

「なにかいったか」

「きみは幸せだね」

「そうらしいな。……あ？　なんだよ、藪から棒に」

「お待たせしました」

カチャカチャと陶器が触れ合う音に重なって、美祢が声をかけてきた。

少し早いが、コーヒーブレイクの時間になったようだ。

「ありがとう……」

食卓にソーサーを並べる少女を見て、改めてキリコは疑念を抱いた。女の子が髪を切る、その行為をどう解釈すればいいのだろう。もしも自分だったら——？　キリコは心中で自問自答した。

い、いかなかの覚悟を定めたとき。もはや後戻りは許されない。標的に突進するだけ。決心した自分の背中を最後にひと押ししようとした？

いやだな……それではカミカゼか自爆テロみたいだわ！

第九章　臨月

1

少女を取り巻く一切が、色彩感をなくしていた。

シンとして色も音もない世界の片隅で、なにやらちっちゃなものがとぐろを巻いている。にょろりというかぬらりというか、それはただぼんやりと視界に映っただけなのに、ひどく気色わるい触感が伝わってきた。

それでいて——まったく理解に苦しむ話だが、そのギロギロしたなにかが、自分にとって決して異質なモノではなく、かつて味わった覚えのないおぞましさに加えて、奇妙ないとおしさまで伝えてくるのは、どうしたことだろう。

ふと、薬品臭さを伝える乾いた風が、少女の額を吹きすぎた。

え、なんなの。ここはどこなの。

「……」

「……」

男と女がごく事務的な調子で、彼女によくわからない言葉を交わしていた。抑えた会話の端々にドイツ語を連想させるイントネーション。

テレビの医療ドラマのワンシーンみたい。そう思ったのだ。もっともドラマでよく見る、生きるか死ぬかのせめぎ合い、そんな切羽詰まった口調ではない。もっと日常的でビジネスライクで、仮にこれが手術の場面としたら、坦々として一日に症例をいくつもこなしてゆく、虫垂炎か白内障くらいの難易度だろう。そんな感じであった。

私の体にメスがはいろうとしているのかしら。

いやだ、やめて。

もがいたつもりなのに、現実の美祢は深海の底につながれ、五体に途方もない水圧がかかっていた。

眠い。

泥にくるまれたように全身が重くなった少女は、やがて泥に同化して沈んでゆく。目は瞑《つぶ》ったままだが、瞼の裏で肉色の渦が回転する。その渦が収縮して——ついに消滅しようとした一刹那。

美祢は確かに小さなものの悲鳴を聞いた。

誰だろう、今の声の主は。

とたんにぽっかり、眼前が明るくなった。

「美祢ちゃん、気がついたか」

最初に少女の視界にはいったのは、心細げにどじょう髭を震わせている養父、醍醐影行の顔であった。

2

「……あっ」

思わず漏らした自分の声に驚いて、美祢は目を覚ました。

牧家で彼女にあてがわれている六畳間だ。布団にはいる前に座り机を相手に文庫本をひろげたのだが、三日前に終わった祭礼の疲れが尾を引いてか、降り積む砂時計の砂に意識を埋もれさせてしまった。

秋の夜は冷える。パジャマに薄手のガウンを羽織っただけだから、風邪をひいては大変だ。急いでガウンを脱ぎ布団にもぐった。すると意地悪なもので、今度はおいそれと寝つけない。明かりは枕元のスタンドだけだから、黒ずんだ天井の一部だけぼんやりと明るかった。

眠れないまま、美祢の思考は一点に集中する。

（スーパーさんの赤ちゃん……大丈夫かしら）

頼りにしていたカリスマ産婆の鵜飼伸江が、この半月にわかに心もとなくなってきた。先週はカレンダーを一日間違えて、もう少しで健診を休まれるところだった。

ふだんは範彦に張りついて世話をしている佐夜歌が、彼の所用を足すため鷹取へきていた。勘当《かんどう》されている範彦が用事に託《かこつ》けて、母の現況を探らせたのだとは智佐子の観測であったが、結果としてそれが幸いした。ひと晩だけ「やすらぎの巣」のゲストルームに泊まった佐夜歌が、義母の思い違いに気付いたからだ。

携帯を持たされても昔気質の伸江は、前夜の就寝時に壁の日めくりを破り捨てている。機械よりも正確に。彼女の言葉を借りるなら、十年一日のように一度だって忘れたことのない習慣であった。

と、伸江は主張した。だが佐夜歌が見た日めくりは前日——一日のままになっていた。

だからその日、起き抜けにカレンダーを見た伸江は、今日を十月一日と頭から思いこんでいた。実際には二日であったにもかかわらず。

佐夜歌に指摘された伸江は仰天した。そんなはずはなかった。よくよく思い出してみると、たしかに一日の暦を破ったはずであった。

旧暦なら八月二十七日、仏滅だが旅行に吉、婚礼や建築・開店には凶。

太い〝1〟の数字の下の記事まではっきり記憶している——にもかかわらず、十月一日の日めくりは二日になっても、厳然としてそこにぶら下がっていたのである。破った暦が再度出現するなんてあり得ない。

いくら義母が言い張っても、佐夜歌が納得するわけはなかった。

狼狽した彼女が呼んだタクシーの中では、さすがの伸江もすっかり考えこんでしまったそうな。

「ボケてきたのかねえ……」

世にも不安げにつぶやいたと聞いて、キリコたちは同情した。

姑《しゅうとめ》を送ってきた佐夜歌は不安を隠そうともせず、健診が終わるまでずっと牧家の食卓に控えていた。寝室とダイニングルームを往来していた智佐子は、彼女から忌憚のないところを話してもらった。

率直にいって、キリコの出産を伸江に全面的にまかせていいものかどうか、という問題である。そのとき佐夜歌が口を滑らせた。

「『やすらぎの巣』のエントランスで、お義母さん転んだことがありますの……ひとりで生活するのが、だんだん大変になってきたみたいで……」

使い慣れたショッピングカートを操作しそこねたのだ、という。

「やすらぎの巣」はシニア向けの共同住宅だが、介護つきではない。常時ヘルパーが必要と認められれば、本人の意志に優先して市営病院に併設された後期高齢者介護センター入所の手続きが開始されることになっていた。たとえ伸江のように一見自立できていても、医学的に見て不安があればその処置をとった方が、本人にも周囲にとってもベターだからだ。

佐夜歌に手を取られて「やすらぎの巣」に帰る伸江を見送って、智佐子は正直な言葉を吐いた。

「あのおばあさんにお願いしていて、良いのかしらね」

そのときはキリコも自信をもって、義姉《ぎし》に返答した。

「大丈夫よ。危なく見えても修羅場になれば、絶対にまかせられるわ。そこがプロのプロたる所以よ」

美祢もおなじ意見であった。

「お役目を取り上げられたら首を吊るくらい、一所懸命に見えますもの」

そんな極論を吐いたことを思い出し、美祢はますます目が冴えてきた。

今週にはいっても、仲江が依頼したはずのタクシーが約束の時間にこず、彼女としては恥辱の初遅刻を演じている。タクシー会社に抗議すると、予定時刻の変更を告げる電話があったといい、そんなはずはないと文句をつけても取り合ってもらえなかったらしい。

「やすらぎの巣」から牧家へ通うのに、健康のため歩いていた仲江だが、風の冷える季節にはいって佐夜歌のすすめでタクシーを使うようになった。常連になってから日が浅いので、間違えられたのだろうか。

立腹した仲江は、好天の一昨日からタクシーをやめ、ふたたび徒歩で牧家を訪問した。……いや、しようとして途中の児童公園でひと休みした。すると日頃手元から離さぬはずのバッグから、札入れが消えていることに気がついた。

捜していては、また遅刻する羽目になる。

健診をすませてから、心もとない気分を抑えかねてキリコたちにぼやいた。

「公園にね、見かけない年寄りがうろうろしていましたよ。ホームレスじゃないかしら。あの人が怪しいわね」

耳をかたむけていた智佐子は、心配そうな表情を浮かべた。仲江が帰ったあと、彼女らしくもなく明言した。

「認知症の兆候じゃなくて?」

今度ばかりはキリコも黙っていた。

舅《しゅうと》の牧秀策に聞いたことがある。「やすらぎの巣」に居住する老女のひとりが、清掃係のおばさんを問い詰めたそうだ。

「私のお財布、どこへくすねたのよ」

ふだん温和な老女だけにみんな呆気にとられたという。管理スタッフがいっしょになって捜してみると、ちゃんと鏡台の引き出しに納まっていて、以後その清掃係は老女の居室にはいるのを拒否するようになった。

「どんなにおとなしいお年寄りでも、不安で不安でやりきれなくなるんだって……可哀相に」

黙っていた美祢は、まったく別な疑問を呈した。

「この町にホームレスはいないはずなのに……」

昨日キリコは、その件で仲江に電話してみた。

「お財布は『やすらぎの巣』の入り口近くに落ちていました……管理の人が拾ってくださいましてね」

恥じ入った様子だったので、ホッとした。ミスを認めず強弁を重ねる彼女でなかったことに安堵したのだ。

そんな話が伝わったとみえる。キリコの携帯に佐夜歌がメールを送ってきた。〝明日、夫を連れて鷹取に参ります〟

勘当が解けたわけではない。伸江の変化を心配する範彦が、陰ながら母の様子を見たいというので、内緒で連れてくるというのだ。宿泊も本町の「ホーク・イン」を予約したそうだ。

大火傷した息子に会おうともしないで……おばあさん、強情なんだから。父が間にはいってあげればいいのに。

つぶやいたが、そんなことができる父でないことを、美祢は知っている。

知るという以上に身に染みていた。私のことだって、そう。あのヒトは臆病なんだ……正面から真実にぶつかるのが怖いんだ。

でも、そうか。

布団の中で美祢は白い顔をゆがめていた。

私だっておんなじだ。疑いながらあえて尋ねようともせず……長い間かかって本当のことがわかったのは、乃々瀬おばさんのおかげなんだから……。

白い細い腕がのびて、スタンドのスイッチを手探りした。煤けた天井で光の輪が不気味に揺れ――ふっと暗闇に溶けた。

3

なん度見てもキリコには、カステラの箱にしか見えないホテル「ホーク・イン」であった。四角四面の外壁が卵色に塗られているから、いよいよそんな気がする。

床から一段高く、円周に沿ってシートが並んだホテル内のコーヒーショップは、お世辞にもゴージャスといえない空間で、本町という地の利を得ながら、ロビーから奥まっているためフリーの客はゼロに近い。

総体に鰻の寝床じみた一階のレイアウトなので、外光が届くこともない。照明は抑えられていて白昼なのに宵闇の昏《くら》さだ。それでもここはビジネスホテルとして省略できない施設——というのは、宿泊客のため朝に限ってパンと飲み物を提供する場所だからだ。朝食の時間が過ぎた今では、みごとなまでに閑散としていた。

薄暗い明かりの下で、天井を支える太い柱にも壁にも、鏡が張りめぐらされている。口の悪いキリコが「キャバクラみたい」と囁《ささや》いて、智佐子におでこを小突かれた。柱の後ろに男性客がひとりいたが、新聞に読みふけっていて咳ひとつたてない。定休の水族館に似た静けさであった。

キリコたちがオーダーをすませたところへ、コツンコツンと杖の音が近づいた。佐夜歌に導かれたチロリアンジャケットの男が、ぶきっちょに体を運んでくる。

「お待たせしました」

控えめな口調だがガラガラ声といっていい。そうだ、この人は火事で喉を痛めたんだわ。立ったまま挨拶をつづけそうな相手に、智佐子はあわてた。

「どうぞ、どうぞ。おかけになってください、範彦さん」

「恐縮です」

杖を小わきに置き、足をかばいながら腰を下ろす。

みすぼらしい雰囲気はない。それどころか第一印象はおしゃれな人物だった。暖かそうなタートルネックのセーターに、カラーレスのチロリアンジャケットを羽織っている。オーストリアが出自のクラシックな民族衣装だが、圧縮されたウールはよく体に馴染《なじ》み、一生着つづけることができるそうだ。穏やかな樺色がシックでもあった。舞台女優出身の佐夜歌が見繕ったに違いない。残念ながら濃いサングラスと大きめのマスクで、顔の大半が隠されている。かぶっているのは、ゴム編みのワッチキャップだ。

「どうも……こんな恰好で失礼します」

あまり外出しないというのも、納得できた。額に炎をかぶったはずだし、視覚にも障害が残ったのでサングラスだ。顔の下半分の火傷跡は、ウェイトレスに注文するためマスクをずらしたとき、はっきり見えた。背後の席で新聞をひろげ直す音が聞こえ、その短い間でも瘢痕の色彩が智佐子の目に焼きついた。

だが本人は、静かな対応を崩さなかった。智佐子から伸江の状況を聞いて、かすかにため息をついただけだ。

「今日、よそながら母の姿を見守りました」

と、彼はいった。

「やすらぎの巣」の近くに停めた車から、住人たちと花壇を手入れする伸江を観察できたという。

「思ったより元気そうに見えました。あれならなんとかお務めを果たせるでしょう」

「範彦はそういうけど、またどんなトラブルが起きるかわかりませんもの」

心配げな佐夜歌にむかって、智佐子が伸江を弁護した。

「予定日が近づくにつれて、伸江さんも慎重になっていますわ。市営病院の院長先生がバックアップドクターを引き受けてくれてますし、いざとなれば産科から助産師さんが応援に駆けつける手筈もできました」

自宅出産とあって、胎児の心音計測をはじめさまざまな器具が必要になる。伸江の一声で準備万端整えた若手の助産師が急行してくれるのだ。

「でも……キリコさんのお宅には分娩台もないんでしょう?」

佐夜歌がおそるおそる尋ねると、キリコは豪快に笑った。

「いりません、そんなの。フリースタイル出産です」

「そうなんですか」

「出産は病気じゃないんですもの。寝た姿だと産道が上り勾配になって、赤ちゃんも生まれるのが大変なんです。背中の血管が圧迫されるから、胎児へ供給する酸素量だって減るし。しゃがんだポーズが骨盤内部の空間もいちばん広くなるんですよ……エへ」

スーパーが舌を出した。

「みんな伸江さんの受け売り」

「ははは」

笑うのもしゃがれ声だった。

「長い間助産院を経営していましたから、説明は堂に入ったものでしょう」

「でもそれは、お義母さんが若いころの話でしょ」

佐夜歌の額の皺は刻まれたままだ。

「本人はプロを任じているんだもの。いよいよ自分の手に負えないと判断すれば、バックアップしてくれる病院に声をかけるさ」

「範彦はこういうけど……経歴の長さが仇になることも……」

いい募りそうになって言葉をひかえた。

「そのあたりのことは、可能さんが気をつけてくださいますわね」

「承知しております」

智佐子は胸をたたかんばかりだ。キリコはこれが初産だし、範彦と佐夜歌夫妻には子供がいない。先輩の女性として少しばかり肩身の広い気分ではあったが、昨日までの伸江の行状を考え合わせると、佐夜歌の不安が伝染してきそうだ。

押し寄せてくる危惧の思いを我慢した智佐子は、鵜飼夫妻と義妹《ぎまい》の双方に自信をもって告げた。

「伊達に三人も産んでいませんよ。一人目も三人目も病院で陣痛が起きて手順通り運んだけど、二人目のときは入院する前でしたもの。夜中に自宅のベッドで破水してしまって」

「まあ、大変」

佐夜歌が目を見張った。

「兆候があるんですか、そんなとき」

「おなかの下の方で小さな爆弾が破裂したみたい。予定には間があるけど、ヤバイ！　そう思ってショーツに手をあてたら、透明な水みたいなものが……」

「それが破水なんですのね。陣痛より早く起きたんですか」

佐夜歌は熱心に耳をかたむける。

「そのとき兄貴、どこにいたの？」

キリコも聞き手に参加した。

「前の晩に呑んで帰って、隣のベッドで大鼾《おおいびき》よ。ひっぱたいてやりたかったけど、両足をよじって漏れないようにしていたから……あら」

男が同席しているのを思い出した智佐子が顔を赤らめると、相手はすぐに気をきかせた。

「ちょっとトイレへ」

独り言のようにいい、杖を手に立ち上がった。

「範彦、気をつけて」

ガニ股気味の後ろ姿に声をかけてから、佐夜歌は智佐子に向き直った。

「それで？　後の処置はどうなさったんですか」

「いちばん最初は、亭主をたたき起こすことだったわ。足を動かせないから枕をぶん投げてやったの。バスタオル持ってこい、タクシーを呼べ、病院に電話して、という騒ぎだったんです。でも入院の予定は決めていたから、一式詰めこんだバッグを玄関に準備してあって、助かりました」

「そうなんですね」

佐夜歌は真剣な面持ちでうなずいた。

「やはりふだんの用意が大切なんだわ……」

「え？」

思わず智佐子は、彼女を見た。

「あなた、もしかしたら……」

まじまじと見られて、佐夜歌はうつむいた。

「できたかもしれないんです」

「すてき！」

声を高める智佐子につづいて、キリコも微笑んだ。

「おめでとうございます」

「キリコさんに負けない高年齢出産になるけど」

「あら、そうなんですか」

彼女の正確な年は知らないが、老いた伸江を思えば遅すぎる初孫に違いない。

「お孫さんができれば、伸江さんも範彦さんと仲直りするんじゃゃない？」

「そうね……それがきっかけになればいいけど」

言葉を濁したところへ、杖の音がたどたどしく近づいた。

「お帰りなさい」智佐子が笑った。

「もう破水の話は終わりましたよ」

「いや、どうも」

マスクの下で苦笑して元の席につく。視線を回したキリコが（おや）と思った。コーヒーショップとトイレの間に階段がある。その階段を下りてこようとした人影が、スッと引き返していったからだ。咄嗟《とっさ》のことだったが、耳聡いキリコはもうひとつの杖の音をとらえた。使い慣れているのかリズミカルにさえ聞こえたが、杖の主を詮索する暇はなかった。佐夜歌が声をかけてきたからだ。

「義母に聞きましたが、キリコさんは予定日が迫っていますよね」

「え……はい」

反射的におなかを押さえた。

「これからは毎日でも健診に伺うつもり。仲江さん、そう仰ってたわ。あと三日でポテトも帰ってくるんだし。範彦さんはご存じないかな。私の亭主のあだ名です」

注釈をつけたら笑われた。

「ファンですからね。十年越し存じあげていますよ」

それはその通りだ。切っ掛けが摑めたので、これ幸いと意気ごんで『戯作の殺人』改訂稿の話をはじめたのだが——どうしたことだろう、なぜか頭から嚙み合わないのに面食らった。

「えっ。ぼくの作品が、キリコさんの手に届いたんですか！」

サングラスの下で目をぱちぱちさせて、佐夜歌と顔を見合わせたのには呆気にとられた。なにを夫妻は驚いているのか。ではいったい、あの原稿はこれまでどこに存在していたというのか。

「その原稿はお手元にあったんでしょう？」

思わずキリコが乗り出したので、テーブルにおなかがつかえた。だが相手の反応は、はかばかしくない。

「え……と」

記憶を探るようなのろのろした答えが返ってきた。

「文英社の編集部と思っていたんですが」

「まあ！」

キリコが憤然とした。

「青ちゃん、原稿をお返ししなかったのかしら。なっちょらん！　いけない」

智佐子につつかれて口を閉ざした。そんなスーパーを見て、佐夜歌が弁解するようにいいだした。

「青野さん……編集長さんですわね。もしかしたらご連絡をいただいたとき、範彦の入院中だったかも」

「あっ、そうか」キリコはうなずいた。

大劇魔団の火災と夫の重体とで、佐夜歌も長らく家に帰れなかったそうだ。

「その間に文英社から郵便物が届いたとすれば……マンションのオーナーなら承知しているかしらね、範彦」

「あの大家はルーズだったからなあ」

コピーはとってあるので、特に原稿の行方は気にしなかったらしい。マンションといっても個人経営のこぢんまりした住居だという。

「今は二代目なんです。七年前なら先代が生きてたころだ」

「東京に帰ったら聞いてみましょうよ！　無責任すぎるわ！」

佐夜歌はむくれたが、彼の方は苦笑している。

「出来のいい作品じゃなかったからな……ただしかし……気味がわるいですね。作者のぼくが知らないのに、幽霊みたいに原稿だけが……いったいその……ひょっとこは何者なんだろう？」

しゃべりつづけるのが苦痛とみえ、切れ切れな言葉になったあげく、はげしく咳きこみはじめた。

「範彦さん、大丈夫?」

佐夜歌が背中を撫ではじめた。見かねたように智佐子が囁く。

「原稿のことは、伸江さんに確かめてからがいいんじゃない?」

「そうね。青ちゃんにも確認したいし」

「そのころにはポテトさん帰国しているから、事情がはっきりするわよ」

「それもそっか」

納得したキリコに、笑顔の佐夜歌が問いかけた。

「北京へご出張でしたのね。お帰りはまだ先ですの」

「えーっと。あと少しの辛抱です。三日後よね、お父さんのお帰りは」

そろりとおなかを撫でてやる。臨月にはいって赤ちゃんの位置が下りてきたのだろう、腹部の膨満は峠を越えていた。

「そのマタニティ……いいお色だこと。團十郎茶だったかしら」

「路考茶だよ」

彼の方が即座に断定したので、智佐子は感心した。ふだんならキリコが一席ぶつところだが、黙っているので代弁してやった。

「團十郎茶は五代目市川團十郎が元祖で、路考茶は範彦さんがお書きになったように瀬川菊之丞の衣装から。歌舞伎の話をお書きになるだけあって、よくご存じだわ」

團十郎茶はくすんだ赤黄色で、路考茶はおなじ赤黄色でも少し明度が低いのだ。

「あら……雨かしら」

智佐子がロビー越しに外を見やった。窓が遠いので少しくらいの雨の音では気がつかないのだ。さいわい両家とも車できているし、駐車場はホテルの地下だから、雨中の行動に不自由はない。今日は午後早くに伸江が顔を見せるので、キリコたちも早々に帰る予定だった。

「範彦さんたちはどうなさいます？」

智佐子に尋ねられた佐夜歌は微笑した。

「彼が懐かしがっていますので、運転してきた車で町をひと回りするつもりですの。その後で私だけお義母さんにお目通りしますわ」

「範彦さん、お母さんとお話しするおつもりはないいんですか」

智佐子に念を押されると、佐夜歌はやや悲しげだった。

「いずれ孫ができてから……」

「ああ、そうでしたわね」

親子といえどもいったん罅《ひび》のはいった関係の修復には、それなりのきっかけが必要だろう。

智佐子はそれ以上なにもいわないことにした。

4

午後の仲江の訪問は順調だった。

時計を見て美祢がいった――

「そろそろ、鵜飼さんがおいでになる時間です」

そのとたん玄関の開く音がしたのだから。約束の十五分前ピタリであった。

今日もタクシーではなく徒歩の来診だ。キリコでも二十分かかるのだから、仲江の足なら三十分みておく必要がある。まして昼前から冷たい雨が降っている。

「タクシーは……」

智佐子がいいかけると、仲江はかぶりをふった。

「老いは足からきますのでね。足弱の嫁にいわれてつい車を奢《おご》ったけど、これからはできるだけ歩いて参りますよ。健康のためですもの」

なみの親子より年が離れている若い佐夜歌を、足弱扱いするのだから、昭和生まれの老人は凄い――と感心ばかりもしていられなかった。タクシーを呼ぶのにミスした仲江が、持ち前の頑固さで今後は自前の足に頼るという。そのかたくなさにむしろ一抹の不安を覚えたからであった。

老女は範彦の原稿についても、あれっきり知らぬ顔を通している。健診が一段落したところで、お茶菓子を運んできた智佐子が、思いきって水をむけた。

「先日は佐夜歌さんと範彦さんの小説について、お話ししたんですよ」

ベッドのキリコと談笑していた仲江が、笑顔をひっこめた。

「おや、そうなんですか」

蠟面となった横顔に、智佐子はひやりとした。それ以上の反応を見せないまま、仲江の話題はもうキリコの体調に移っていた。

「困りますねえ、お義姉さん」

唐突にこちらをむかれて、智佐子は面食らった。

「あの、なんでしょうか」

「義妹さんは、いつ陣痛が起きてもおかしくない時期なんですよ。それなのに今日は車で町へ下りたとか」

「はあ……」

どうやらカリスマお産婆さんは、私を叱っているみたいだわ……。

それがわかったので智佐子はいっぺんに萎縮した。義妹ほど能天気に受け流す才能はないのだ。あわててキリコが弁解した。

「私が義姉に無理をいったんです。新聞のチラシで見て、買いたいものがあったから……」

ただちにお産婆さんの矛先がキリコにむいた。

「それならお義姉さんに買い物を頼めばよろしいのに」

「ええ、まあそうですけど」

いつになくキリコもたじたじとした。勘当中の息子さんに会ってきたとはいえないから、自然に口が重くなるのだ。

（おばさん、息子の原稿のことを完全にシカトする気なの？）

その思いもあるから、よけい智佐子は内心が屈折した。

ダイニングルームにもどった彼女は、美祢を相手どって愚痴ってしまった。

「お産婆さん……忘れているのかしら」

「『戯作の殺人』ですか」

「そうよ」

「おかしいですね。知らぬふりなんて」

美祢も不審げだ。あの几帳面なおばあさんが、勝手に持ち去ったことをシカトしたままとはうなずけない。たとえ勘当という古ぼけた事情の伏在で話しにくかったにせよ、納得できなかった。

だから智佐子は出したくない結論を、つい口にしてしまった。

「伸江さん……やはりボケてきたんじゃない」

「まさか」

美祢の否定も智佐子の耳に届かないようだ。深刻な面持ちで茶をすすっている。ときたまパリンと派手な音をたてて煎餅を齧るところは彼女らしいが、本人としては真剣に頭を悩ませているのだ。

「あと三日よ」

祈りを捧げるようなニュアンスだった。

そう……あと三日で薩次が帰国する。それまでの間、なにがなんでも義妹と、まだ見ぬ姪を死守しなくては。智佐子は必死の思いを抱いているに違いない。

「スーパーちゃん、北京の旦那に電話してるのかしらね」

「はい」

美祢が微笑した。

「ひっきりなしです」

「……電話代が高そう」

主婦らしい感想をこぼした智佐子に、美祢が解説した。

「時間があるときは長電話ですけど、その他はケータイのＳＭＳです」

ショートメールサービスを使えば、対象が海外であっても電話代は格安ですむのだ。それを聞いた智佐子はため息をついた。

「世の中変わった……」

「ごめんくださいい」

インターフォンが聞き覚えのある声を伝えた。佐夜歌である。

リビングに迎え入れた智佐子は、あわや「先ほどは」と挨拶するところだった。昼前に夫ぐるみで彼女に会ったことは、仲江に内緒だから。

いいタイミングで健診をすませた仲江も、居間に顔を見せた。

佐夜歌は鷹取来訪の理由を、もと勤めていた会社の上司に不幸があって高崎へ出た、だから足をのばしたと話したが言い訳でしかない。範彦の代理で様子を見にきたのだと、仲江だって大方察しをつけているはずだ。

(本当は範彦さん本人も鷹取へきているのに……けっきょく対面せずに帰ってゆくのね。じれったい)

夫をホテルに待たせているためか。佐夜歌は辞去しようとした。物足りなそうな仲江だったが、

「大型の台風19号が近づいているんです。東京のマンションも、それなりの用意をしておかないと」

という嫁の弁解に納得した。障害のある息子が留守番をしている心細い図を想像したはずである。台風なら鷹取より早く可能家を襲うはずだが、智佐子はべつだん動じない。主婦は留守でも家庭は万全の構えであったから。

——ところがそうはゆかなくなった。

仲江を「やすらぎの巣」へ送り届けるという佐夜歌を、智佐子はサンダル履きのキリコといっしょに玄関まで見送った。鵜飼家の車は漆黒のワンボックスカーでサンルーフつきだ。頭上

で風に揺れる電話線まで、手が届きそうな車高だった。

「背は高いし、荷物がたくさん積めるわね」

ちょっと羨ましそうだが、智佐子のドライブテクでは手に余りそうな車だ。そのとき彼女の携帯が着信音を鳴らした。

亭主ではなく娘の発信だ。

「なにかしら……すみません」

耳にあてた彼女が、「えっ！」異様な反応を見せたので、みんな——伸江と佐夜歌、キリコと美祢の四人ともが注目した。

「なにかあったの？」

義妹に聞かれたが、智佐子はどうやらお冠だ。

「相変わらずろくな会社じゃないわね。とにかく明日まで様子を見て……うん、うん、頼むわね」

携帯を畳んでから、報告した。

「あのバカ者。ノロに罹《かか》ったみたいなのよ！」

5

今年の日本は秋からノロウィルスが猖獗《しょうけつ》を極めている。高熱を発することはないが、下痢ばかりか嘔吐がひどく、感染力も強い。

「夕刊サン」で呑み会が開かれたとき、社員のひとりが吐いた。そのときは酒のせいと思われたが、実はノロウィルスに罹患していたのだ。介抱に努めた人のいい克郎が、つづいての犠牲者になった。

「時代の先端をゆくマスコミだからって、そんな流行に乗ることないわ」

ワゴンを見送ってから、ぼやくことしきりの智佐子を、キリコがなぐさめた。

「私のことはいいから、兄貴のところへ帰って」

「かまわないわよ。年寄りや幼児ならともかく、うちの亭主はしぶといから」

「でも感染力が強いんでしょう。子供たちだって介抱に困ると思うわ」

押し問答の末に翌日の病状を見極めた上で、帰宅する――という結論になった。その一方で台風19号が関東圏に接近しつつある。低気圧の移動速度によっては、三日後のポテトの帰国に差し支える恐れがあった。

その晩の智佐子と美祢は、刻々と内容が更新される気象予報にかかりきりであったが、肝心のキリコはどんな用件があったものか、しきりと長電話をかけていた。

「もしもし、『蟻巣』ですか？　あら、ママなの。ご無沙汰してまーす」

スーパーのお気楽な声をよそに自室へ引き揚げたので、智佐子はそれ以上なにも聞いていないが、遅くまで翌日の食事の支度に余念のなかった美祢は、それから後の会話まで耳にはさんでいた。

「朝日《あさひ》さんにお願いしたいことができたんです……ひょっとして、そこに朝日さんか水上《みなかみ》さんがきてないかなーって……わあ、ラッキー。ふたりともいる？　今夜の警視庁は暇なんですね！」

聞いていた者が美祢でなく智佐子だったら、克郎も熟知の捜査一課のベテラン刑事たちとわかったろうが、あいにく少女は初耳だったので、右から左へ聞き流してしまった。それでも警視庁という単語だけは印象にのこった。

なんだろう……小袋さんの話かしら。

一瞬そう思ったが、すぐに首をふった。

少女はミステリの熱心な読者である。広域捜査に切り替わったのならべつだが、群馬県で起きた殺人事件を桜田門《さくらだもん》に問い合わせても無意味と知っているからだ。

「電話、つづけます？　暖房はそのままにしておきますね」

ロッキングチェアのキリコに声をかけると、携帯を耳にあてたまま、妊婦はひらひらと手をふってみせた。

その様子からは、臨月となっても急な変化はなく、近々に激烈な陣痛に見舞われる気配など毛ほども感じさせなかった。

……いや、翌日になってもキリコはまだ、のんきなポーズを崩さなかった。どうやら赤ちゃんは当分産声をあげるつもりがないようだ。

そう観察した美祢はホッとしたが、台風はそんなわけにゆかない。夕方にはいって徐々に風が強まるという観測結果に、少女も浮足立った。鷲頭川が氾濫しようと鷹取一帯が停電しようと、牧家を死守できるだけの食材を揃えておかねば。まだ中学生なのに使命感に燃えて本町へ買い物に出ることにした。嵐の前のひととき、しばし雨も風もお休み状態にあったので、ついでに醍醐家にも足をむけることにした。

神社の一部は改築していても、住まいの補修まで手が回らない。影行に代わって雨風の用心をしておきたかったのだ。まるで二軒の家の主婦役を演じるようなものだ。

「行ってらっしゃい。ご苦労さまね」

ねぎらったキリコはタクシーをすすめたが、美祢は断った。

「今から贅沢を覚えては堕落します」

「そうね。お嫁に行ける先が限られるわね」

「はい」

智佐子が笑っても、美祢は大まじめだ。

父を叱咤激励して醍醐家の用はすませたが、買い物のボリュームにはさすがの少女も顎を出した。用意したバッグからはみ出た分を、二重のビニール袋に収納する。鷹取神社から本町は下り坂がつづくけれど、本町から牧家までは長い上り勾配で、慣れた自転車でも息が荒くなる。秋だというのに汗が目に染みた。吹く風が濡れた脱脂綿そっくりに、肌へじとじとまつわりつく。

雨が降りませんように、降りませんように。レインコートは蒸れるので置いてきたし、折り畳み傘は備えていても、本降りになったらその程度の雨具では、役に立たないだろう。

やっとのことで牧家にたどり着いたのは、そろそろあたりが薄暗くなる頃合いだ。急いだつもりでも、醍醐家にいた時間が長すぎたようだ。

「お帰りなさい。大変だったでしょう」

玄関の土間で迎えてくれた智佐子は、びっくりするほど厳重に、レインコートで身を固めていた。足元もとっときのロングブーツだ。

「やっぱり東京にもどるわね」

後ろめたいのか顔を伏せるようにして、美祢に告げた。

これで今夜から明日にかけて、仲江が来診に現れるまで、妊婦のキリコとふたりだけで過ごすことになる。もっともはじめからそのつもりでいた美祢は、驚きもしなかった。

「行ってらっしゃい」

智佐子がタクシーに乗るのと、大粒の雨が落ちてきたのがほぼ同時だ。

間に合ってよかった。ホッとした美祢は、買いこんだ食材を小分けしはじめた。

……やがて夜に包まれた。

風はしだいに強まってゆく気配だが、キリコは平静さを保ちながら、用ありげにダイニングの固定電話に指をかけた。

「川澄《かわすみ》さんのお宅ですね。朝日刑事さん、お帰りになっていらっしゃいます？」

今夜ははっきり刑事といったので、美祢も耳をそばだてた。

「お手数をおかけしました……大劇魔団の失火事件のことで、なにかおわかりになったでしょうか」

洗い物も一段落したので、テレビの電源を入れようとしたが、見合わせた。キリコの声に緊張感が溢れている。

大劇魔団の火災というと、鵜飼範彦さんが火傷を負ったあの事故だわ。そういえば昨夜『蟻巣』というお店に電話したとき、警視庁の名が出ていた。都内の現場で変死体がみつかったのだから、記録がのこっているのは当然にせよ、今ごろになってなにを調べてもらったのかしら。

注意して耳をかたむけたのだが、その後のキリコは「はい……はい……そうなんですか」と相槌《あいづち》を打つばかりで、具体的な内容はさっぱりわからない。それでいて美祢に聞こえるようわざと応答の声を高めている――そんな風に思えたのは考えすぎか。

じきに興味を失った美祢は、薩次の仕事部屋から持参したミステリの新作にのめりこんだ。『体育館の殺人』という第22回鮎川哲也《あゆかわてつや》賞受賞作だった。猛烈な速読ぶりだ。

読書家の常で本の世界にもぐると、目は見えず耳も聞こえなくなる。それでもキリコが電話

を切るときつけくわえた、

「ルパンくん、お大事に」

というひと言だけ耳にのこった。目をむけるとキリコがこちらを見ていたので、お義理に尋ねた。

「ルパン?」

「犬の名前よ。朝日さんの下宿先で飼ってる犬が、おかしな奴なのよね……」

説明しかけたキリコの額に針が立ったので、美祢はびくりとした。

「おなか、痛むんじゃありません?」

「うん……そんな気がした」

「陣痛でしょうか」

「わかんない」苦笑いがもどってきた。

「はじめての体験だもんね。虫歯より痛むのか、首を吊るより苦しいのか」

縁起でもないものにたとえてアハハと笑ったが、美祢には無理をしているように聞こえた。

「今夜はふたりきりです。異状を感じたら、たたき起こしてください」

「ありがとう。心配かけるわね」

柄にもなく殊勝なキリコの返答が聞こえたせいか、雨戸を乱打して風が笑った。

台風に備えて、美祢はすべての雨戸を閉ざして回った。足を踏み入れなかったのは、完全防水仕様の二階の書庫だけだ。ふだん使わない部屋の開口部なぞ、雨戸を滑らせる溝がささくれており、全力をふりしぼってようやく締まった。

「間違いなく明日はパニック映画のクライマックスだわ」

キリコの声が無闇と明るい。

「明日いっぱい、内も外も嵐がつづきそうね」

「カリスマお産婆さんさえいらっしゃれば」

ときには敬遠したくなる仲江だが、こんなときは傍にいてくれるだけで頼もしい。

「そうよね。大船に乗ったつもりでいましょうよ」

キリコは、ロッキングチェアの肘かけに手をついて、どっこいしょと立ち上がった。

「横になるわね。美祢ちゃんも早くおやすみなさい。明日は明日の嵐が吹く」

冗談まじりでも、彼女の額に刻まれた皺は消えない。美祢ははっきりと不穏なものを感じていた。

6

明くる日。

美祢は手荒な屋台骨のきしみに目を覚ました。

「お姉さん」

スーパーの部屋に声をかけると、すぐに元気のいい返事があった。

「はあい」

直後にそれはカラ元気とわかるが、このときはひと安心してキッチンへはいった。ボイラーに火を入れる。鷹取もこのあたりまで都市ガスがきているのだ。出産準備の必需品だから、魔法瓶やポットを動員して湯を大量に用意した。

いくら嵐でも暗すぎると思ったが、中庭に面した雨戸まで閉ざしておいたのを忘れていた。いそいで開けながら、ケータイの気象予報をチェックする。19号は伊豆《いず》半島の付け根に上陸していた。

その直後にわかに移動の速度が落ちたらしい。

交通機関は予想以上に混乱していた。東海道新幹線も上越・長野新幹線も一番列車から運休だ。東海道線は在来線もアウトである。根府川《ねぶかわ》付近で土砂崩れがあったそうだ。中央本線も先ほどから動かない。辛うじて上越の在来線が機能しているが、台風北上に伴い、この方面の交通途絶も容易に想像される。

(あ！　牧先生……)

今日の深夜に帰国して、明日早朝に鷹取へ帰るスケジュールだったが、確かめる必要もない。成田・羽田《はねだ》空港の空の便は全面的に欠航していた。茨城・静岡・中部・名古屋もおなじだ。辛うじて関西・伊丹《いたみ》空港が機能を回復していたが、かりに遅い時刻に阪神の空港へ降りられても、東海道線が不通では薩次は鷹取はおろか首都圏にもはいれまい。明日中に帰宅できれば幸運な部類であった。

「大変……」

よけいな口をきくタイプではない美祢も、このときばかりは声を漏らした。だが事態はそれ以上に差し迫っていたのである。

「お姉さん！」

少女の声が半ば悲鳴になった。

あやうい足どりではいってきたキリコが、精根尽き果てたという有り様で、定位置のロッキングチェアにどっと全身を埋めたのである。しばらくはハアハアと荒い息をつくばかりだったが、おろおろする美祢に気付いて薄く笑ってみせた。

「うー……参った」

「生まれるんじゃない？」

声を裏返した。この少女にしては、めったにない狼狽ぶりだ。

「……と、さっきは思ったけどね……まだらしいよ……おしるしもないし……痛みは少しひいてきたし」

そういうキリコは、ちゃんと新しいマタニティに着替えていたから、そこに白い大輪の花が投げ出されたみたいだ。

そんなに痛くても着替えられたの？　多少の違和感を抱いたのは事実だが、すぐまた妊婦が「いててて」と哀れっぽい声を絞ったので、疑問なんか吹っ飛んだ。

「ベッドに寝ていれば？　お湯でもなんでも運びますから」

「ううん。まだ、お姫さまは外に出ないって」

キリコがかぶりをふると、膨隆《ぼうりゅう》した下腹部がおなじリズムで揺れるようで、美祢が息を呑む。

だが本人はやや落ち着いてきた。

「白湯《さゆ》でいいわ……一口頂戴」

「あ、はいっ」

ようやく美祢がてきぱき動きはじめた。

「鵜飼さんに電話しておきます」

「この天候だもんね……」

ガラス戸に打ちつける雨の勢いに、キリコは自棄《やけ》気味で笑った。

「あのお産婆さんなら、昨日からタクシーを確保していますよ、きっと」

「ドラマティックな誕生になるね、キミ」

おなかをさするキリコに、湯飲みを渡しながらそっと尋ねた。

「今は痛くないんですか」

「うん……さっきはこの程度じゃなかった。おなかの底が張ったと思うと、ぐうんと突き上げるような痛みがあって……こりゃあいよいよだと思ったけど、また潮が引くみたいに楽になったわ」

キリコの笑顔はたしかなものになってきた。

ネットで検索した程度だが、美祢も少しは出産を勉強している。だから彼女を襲った痛みを前駆陣痛と解釈した。

今日はあと一時間足らずで伸江の約束の時刻だが、出産が近いとあれば、市営病院から助産師に器具一式を携えてきてもらう必要がある。この荒れ模様では、到着まで時間がかかる恐れがあった。伸江が顔を見せてからでは遅いかもしれない。

「おばあさんに電話して、指示してもらいます！」

おばあさんでしょ、とキリコがいわなかったのは、それだけ彼女にも余裕のない証拠だろう。

固定電話に飛びついた美祢が、小さな悲鳴をあげた。

「つながらない！」

「えッ、どういうこと」

さすがにキリコも驚いた。

いそいで体を起こそうとするのを制して、美祢が報告した。

「電話線が切れたみたい。いいんです、ケータイでかけます！」

ところがそれも甘かった。受発信の殺到でサーバに負担がかかりすぎたらしく、おいそれとつながらないのだ。「混雑しています、かけ直してください」の決まり文句を無機質な声で返され美祢は青ざめた。

こんなことって……！

去年初頭の大雪で騒いだことがあったが、そのときでも携帯は簡単につながった。だが――

たった一年あまりで、情報機器は各種タブレットまであわせると、爆発的に契約者が増えている。このごろでは固定電話をいれずに携帯で用を足している若者も多い。そんな人たちがいざ災害となれば、大挙して救いを求める。去年つながった携帯が今年はつながらないのに、なんのふしぎもなかったのだ。

美祢は薩次の仕事部屋のパソコンに走った。

メールで市営病院に急を知らせよう。これならなんとかと思ったが、集中するメールを捌《さば》く当の病院に、どこまで早期のリアクションが期待できるだろうか。

「……」

送信し終えた美祢は、目を閉じた。ITだの情報時代だのといっても、いざとなれば神頼みしかないのかと、滑稽な気持ちになるほどだ。こんなことなら首に縄をつけてでも、キリコさんを昨日のうちに市営病院へ連れてゆくべきだった……。

ありがたいことに陣痛は切迫していなかったようだ。パソコンからもどった美祢は、ロッキングチェアでのんびり五体をのばしているキリコを見て、肩の力を抜いた。

「お産婆さん、電話がつながりません」

報告を受けても、キリコはニッと笑っただけだ。

「あの伸江さんなら、間違いなく駆けつけてくるわよ」

きっとそうだと美祢も考えたい。しかし彼女には認知症発症の疑いがあり、まして今日は台風の直撃を食らっている。

万一お産婆さんの来訪が遅れて——その間隙を縫って、キリコが本格的な陣痛に苛まれたら？　いくら年より老成していたところで、美祢が対処できる修羅場ではないのだ。

お願い、キリコお姉さんの赤ちゃん。もう少しだけ待ってて！

第十章　陣痛ふたたび

1

「雨戸、締めましょうか」

美祢は声をかけたが、答えがない。

「……」

背後で立ち上がった牧キリコは、なにかつぶやいていた。つい三十分前に陣痛を訴えた当人とは思えない穏やかさだが、口にする内容は穏やかといえない。

「嵐の山荘ものはミステリの定番のひとつだわ。クローズドサークルといってもいい。外部と連絡が途絶したせまい空間で、殺人が起きる物語なの」

「……？」

美祢は呆気にとられている。ふだんあまり感情を表に出さない少女だけに、キリコもその反応を目にとめたようだ。

「気にしないで」

「気にします」

美祢は睨んだ。

ベテラン助産師はまだ顔を見せない。智佐子も不在だというのに、あのカリスマおばあさんは、どうしたんだろう。約束の時間は十時だが、いつもの伸江なら正確にその十五分前、九時四十五分には到着している。

壁の時計を見ると九時四十分を回っていた。携帯がつながらない以上、手の施しようがない。せめて固定電話が使えるなら、「やすらぎの巣」に確認することも、市営病院に状況を報告することもできるのに。

電話線が切れているのはうちだけだろうか。

むろんここは嵐の山荘ではなく、バス通りに出れば至近距離の隣家がある。もしかしたらよその家の電話は生きているかも……だったら今のうちに牧家を飛び出して、近所を尋ねてまわろうか。

いったんそう思ったが、それではいくら短い時間といっても、キリコをひとりにすることになる。万が一陣痛が再開したらと思うと、美祢は家を出る気になれないのだ。

少なくともいま現在、古ぼけてだだっ広い家には妊婦と自分しかいなかった。出産の準備は寝室に整えられているが、頼みの助産師が顔を見せるまで、十五歳の小さな肩に牧家二世誕生の全責任がのしかかっていた。

表情を消したつもりでも、キリコはちゃんと察していた。

「心配しなくていいのよ。赤ちゃんは明日まで待ってくれるわ」

妊婦に慰められてしまった。

予報によれば台風はいよいよ目前に迫った。まだ昼前というのに、庭は薄墨色にけぶっている。

中庭のぬし然としたキンモクセイは、牧夫婦がこの秋に咲く花を楽しみにしていた。風の強さに不安を覚えた美祢が庭を覗くと、少し葉を吹き散らされた程度で、しっかりと大地に根を張っていて安心させてくれた。

「頑張ってますよ、あのコ」

背後のキリコに声をかけると、またひとしきりガラスが鳴ったので、「雨戸、締めましょうか」と気をきかせた矢先である、立ち上がったスーパーが「嵐の山荘」を独白したのは。もおッ、冗談じゃない！

撫子《なでしこ》色のマタニティドレス姿で動物園のシロクマみたいに歩き回っていたキリコは、美祢に睨まれてもどこ吹く風だ。

「怒った？」

「怒ってないけど、お姉さん、いま〝殺人〟ていわなかった？」

「いったわよ。そっか、時と場合を考えろって？　あははは」

妊婦は豪快に笑った。

美祢にはこのお姉さんが、なにを考えているのかときどき見当がつかなくなる。天然と呼ぶにはトシがいってるもんね……。

またひとしきり、ガラス戸が揺れた。雨戸を締めては気分まで陰鬱になると美祢は思い、バスタオルを巻いて敷居際に押しこんだ。風圧で雨水が侵入するのを防ぐためだ。キリコが褒めた。

「台風慣れしてる」

「うちはここよりずっと古いんです。雨漏りの染みなんてもうしょっちゅう」

美祢は天井を見上げた。

「雨が漏ってないかしら」

ゆうべのうちに雨戸を締めて回ったが、二階の書庫には行かなかった。「あそこなら安心よ」とキリコは平然としている。

防水の準備をすませて厚手のカーテンを引くと、いくらか雨音は低まったが、風の勢いは衰える様子がない。天空から舞い降りる唸り声が、ひっきりなしに牧家の屋台を打ちのめした。ギギギという低く鋭い音にまじって、ガタンと異質な人工音が二階から聞こえたようで、美祢をはっとさせた。

「見てきましょうか」

「大丈夫」

ふしぎなほど自信たっぷりに、キリコは手をふった。

「いいからここにいらっしゃい」

「はい……」

素直に腰を下ろそうとして、薄暗くなった居間のスタンドの明かりを入れる。

「寒くありません？　石油ストーブ運んできますけど」

「ありがとう。父子家庭で育つと気がきくんだ」

美祢はビクリとした。父ひとり娘ひとりの暮らしなのに、なぜあなたは、住みこみのメイドを志望したの。

当然な疑問を投げつけられるかと、体を硬くしたのだ。だがキリコはそれ以上なにもいわずに、シロクマ運動を再開している。

「……」

少女は胸の内で、べつな不安をかきたてていた。

鵜飼範彦のミステリ『戯作の殺人』改訂稿。

誰が、なぜ、どんな理由で、キリコの許へ届けさせたのか。ユーちゃんの話では、そいつはひょっとこの面を被っていたとしかわからない。

さらにどういうわけで、あれっきり範彦の原稿は消えてしまったのだろう。……いや、それについては牧家を守る三人の女性の意見が一致していた。『戯作の殺人』を持ち去ったのは伸江に違いない。

彼女なら麻寺皐月は息子の筆名と知っている。目についたから思わず持ち出してしまったと、そこまではわかる。だからといってそれ以後ずっと知らぬ顔で通すなんて、あのおばあさんにはあり得ない行為だと思うのだ。

そこにはなにか、美祢が思いもよらぬ理由がありはしないか。伸江がキリコや美祢に、どうあっても告げられない事情が。

それはなに？

それはたぶん……あのお産婆さんが牧先生を憎んでいるから……。

こんなことを考える私って、いやな女の子だ。そう反省するのだけれど、苦い実体験が美祢に汚れた想像を強いていた。

2

小学四年のときである。小中学生対象に全国的な作文コンクールが開かれた。通学していた御剣小学校から美祢と、級友の男子生徒の作文が最終選考にのこった。その結果教頭の判断で、美祢の作文が推薦の内定を受けた。

すると男子生徒の両親が猛然と抗議した。内容は未詳だが校長宛てに手紙を書いたという。父親は名の知られた教育評論家で、コンクールを主催する進学教室チェーンにも顔がきいた。けっきょく校長の裁定で、美祢ではなくもうひとりの男子生徒の作文が推薦された。

学校としてはコネの力で、コンクールの上位入賞をもくろんだに違いないが、少年はようやく努力賞の次席を得たにとどまった。

「惜しかったね！」

結果が発表されたとき、美祢は力いっぱい友人を慰めてやった。べそをかきそうだった男の子は、彼女の笑顔にホッとしたようだ。

演技を見抜いた者はいなかったと思うし、美祢本人にしてもまったくの嘘をついたわけではない。だが校長の一声で内定が覆った日の夜の、彼女の慟哭《どうこく》はすさまじいものがあった。

感情の波がフラットすぎ、女の子らしい情緒に乏しいと思いこんでいた両親にとって、青天の霹靂《へきれき》だったに違いない。美祢にしてみれば、ただ悔しくて泣いたのではない。大人が大人の都合で子供をいじりまわす、強引に正当化した欺瞞《ぎまん》を「きみたちのためだ」と猫撫で声で押しつける。そんな権威の理不尽さが世の中を動かしており、これからも私は権威に抵抗する力はあるまいと、痛切に思い知ったためである。

それっきり美祢は、泣くことを忘れた少女に育った。二年後に、かけがえのない家族を失う羽目になったときでさえ。

そんな美祢だから、いやでも想像してしまう。

伸江おばあさんは、心の中では作家としての息子の成功を夢見ていたはずだ。親ならそうだ、きっとそうだ。さらにもっと深い心の奥底では、牧先生を憎んでいる！

……。

そんなことが、と思いたい。

だが牧薩次が「ざ・みすてり」新人賞の、たったひとりの選者であるなら、最終候補作の生殺与奪の権限は彼にあった。

牧先生が範彦の小説を入選させてくれれば、あの子はちゃんとした作家になれたのだ。仲江がそう信じていたとすれば。権威の具現者である牧薩次を、無意識のうちに憎悪しても当然なのだ。

勝手極まりない大人の思考経路を、美祢は作文コンクールのどんでん返しを契機に、幼い目で見切っていた。親とはなんと得手勝手な人種であることか。

わが子のためなら死んでもいい！

昭和時代に比べれば減ったかも知れないが、そんな親馬鹿ぶりが平成の今も美徳のひとつとして生きている。

その論理を裏返せば、他人なんぞどうでもいい、わが子の前に立ちふさがる他人なんぞ殺してもいい——そんな結論になりはしないか。

種が繁殖するためには、それも必須の心構えだろう。親のエゴイズムとは、種が繁栄を図るための必要悪かもしれないというのが、少女のクールな考えだ。

だがもしそんなエゴに、仲江が取りつかれていたら？

最終候補になっただけあって、範彦の筆力はそこそこあるといえた。その彼が牧先生に読んでもらおうと懸命に改訂した原稿である。読解力に自信のある美祢だ。ミステリとしては奇妙な齟齬《そご》が目立つものの、わが子が書いた作品とあれば、仲江の目がくらんだとしてもふしぎはない。人が殺される話なんてと毛嫌いしていた彼女でも、息子の作品が歌舞伎を舞台としたことで加点したはずだ。

範彦がここまで書いたのに、牧先生はなぜ息子を推してくれなかったのだろう?

カリスマ助産師も人の親である。ひとり息子の願いを無にした作家の赤ん坊を、無事安産させようとどこまで熱意を燃やせたというのか。

『戯作の殺人』の原稿を持ち去ったあと、それについて説明ひとつしなかった伸江の態度が、彼女のそんな真情の傍証といえないだろうか。

……。

大人に対して親に対して、含むところのあった美祢だから、宙で台風が絶叫する毎に、脳内では黒い推測が膨れ上がりつづけた。

ふたたび三度、

(イヤな私!)

自分の膝に爪を立てたくなった——だが。

チン。

ひそやかな音と共に、壁の時計が十時を示した。

最悪の想像が的中していた。

鵜飼伸江はまだこない。

遅れているだけか、それとも台風を理由に、牧家二世誕生に立ち会うのをやめたのか。

そんなことない！　そんなおばあさんじゃない！

わめき散らしたくなった。

「変だわ……」

キリコも内心では待ち侘びていたに決まってる。ぼそっと漏らしたひと言に、妊婦の焦燥を美祢は嗅いだ。身を翻《ひるがえ》して薩次の仕事部屋に飛びこんだ。

病院の返信メールはまだきていなかった。

口を結んで、キリコの傍に駆け戻った。

ごオ！　天が咆哮した。

ガラスが軋《きし》んだ。

どこからはいる隙間風か、重量感のあるカーテンの裾までが持ち上がった。

唐突に電気が切れた。

気象状況をしゃべっていたアナの声が中断した。天井にじかづけの照明が光を失った。

「停電……」

わかりきったことを口に出す美祢ではないのに、このときばかりは、確認を求めるようにキリコを見た。

定位置のチェアに体を休めたスーパーは、それでも落ち着いていた。蒼白な少女を手招きしてやる。マタニティからすんなりのびた足。彼女は穏やかに、膝のあたりに手を置いていた。

「怖いわね。いいのよ、こっちにいらっしゃい。娘のお守りをしてて頂戴」

ああもう、のんきなお姉さん！

美祢がなにかいおうとしたとき、キリコの顔からさっと笑いが消えた。額に深く縦皺が刻まれ、痙攣《けいれん》したように妊婦の全身が引きつった。

「うお……っ」

人間の声とは思えない。美祢がはじめて聞く雌獣の絶鳴であった。

瞬間的に少女は理解した。

（陣痛！……生まれる！）

キリコは声もなくのたうっている。もたげた両の手の指が、空中をまさぐっていた。十本の指が釘抜きさながらだ。青竹もへし折ると聞く出産時の力に摑まれたら、華奢《きゃしゃ》な美祢は動けなくなるだろう。

おしるしはまだないようだが、人によっては皆無の場合もある。一気に出産へ飛ぶケースだって稀ではないそうな。この急場、美祢の独力では、産婦を寝室に移動させることはできなかった。

「お姉さん、しっかりして！」

ひと声かけておいて、隣の部屋へすっ飛んでゆく。準備してあったタオル類を抱えこむ。床に落ちかけたガーゼや鋏《はさみ》を顎で押さえ、リビングにとって返す。

キリコの絶叫が嵐を圧した。

妊婦の上体を起こしてやりながら、美祢は必死に考えをめぐらせた。産道を確保する、清潔を保つ、出産の姿勢をとるにはどうすれば――そうだ、それ以前に、赤ちゃんを包む卵膜が破れる。破水が起きる、用意しなくては！

そのとき、玄関が開く音が聞こえた。

いつ伸江が駆けつけてもいいように、どの戸口の鍵も開けてあった。

ああ良かった！

貧血寸前だった美祢は、ようやく立ち直った。

「お姉さん、もう大丈夫。お産婆さんが間に合ったわ！」

それは少女の早合点であった。廊下に面したダイニングのドアが荒々しく開いた。そこに立っていたのは――嵐をそのまま持ちこんだようなずぶ濡れのレインコート姿。ひょっとこの面を被った男であった。

3

明かりは消えたままである。滑稽なはずのひょっとこも、夕闇に似た光と影の悪戯で、不気味に歪んだ顔としか見えなかった。

驚くべきことだが、悲鳴さえ省略した美祢は必死の立ち直りを見せていた。

「あんた、誰！」

呻吟《しんぎん》するキリコを背に両手をひろげた少女は、ひょっとこ面の侵入者にしてみれば、健気《けなげ》だが笑止な存在でしかなかったろう。

「そこをどけ」

面を隔てて聞き取りにくいが、奇妙なことに、それは美祢がはじめて耳にする声ではなかった。

この男に会ったことがある。そう確信した。だが、それはいつ。どこで。

美祢の意識から雨も風も消滅した。――まさか、あのときの！

もう一度聞かせて、お前の声を。

「くくっ」

男の喉が鳴った。――ああそうだ。このいやったらしい含み笑いにも記憶がある。

「いっしょに死ぬか」

手袋を嵌めた男が摑んでいたのは、美祢がはじめて見る形状の刃物であった。ペンチだろうか。やや歪んだ形だが、鋏に見えないこともない。

「へその緒をカットする、鵜飼伸江の愛用品だ」

傍若無人に雨滴をふりまいて、ひょっとこは大股に近づいてきた。靴さえぬいでいない。

「こいつで殺せば、犯人はあの女だと思われるさ」

もう間違いなかった！　これだけ声を聞かせてもらえば十分だ。

歪んだ鉄の刃先が光ったが、美祢は断じて逃げようとしなかった。少女はすでにこいつの正体を悟っていた。逃げるどころか襲いかかる覚悟であった——その決意表明のための断髪であったから。

男と対峙するのに全精力を集中させていた美祢は、背後で荒い息をついていたキリコが、いつの間にか静かになったことに気付かなかった。

勝ち誇ったひょっとこ面が得物を翳《かざ》そうとした。とたんに、美祢の後ろからカン高い声があがった。これまた聞いたことのある声音であった。

「ドールちゃんン」

語尾がきゅんと甘くのびる。そんな癖の持ち主は歩くツイッター小袋宗子に決まっていた。ええっ、生きてたの、小袋さん！　美祢でさえ騙されて、背筋をつゥ……と冷たいものが走ったくらいだ。

ひょっとこの驚愕ぶりは、目もあてられなかった。

「なにっ……」

瞬時に美祢は悟ることができた。

そうか、彼こそが小袋を殺害した犯人なのだ。だから突然聞こえた小袋の声が、理屈ぬきで彼を、恐怖の嵐へひきずりこんだに違いない。陰鬱な光と影、狂奔する音響効果。そんな道具立てもあったろう。刃物を手にした男はその場に硬直してしまった。美祢の後ろには陣痛に苦しむキリコがいるだけで、小袋の声色を演ずる者なぞいるはずがなかったのに。

茫然とする美祢の正面にもうひとつの影が現れた。

ひょっとこが開け放したままの廊下に通ずる戸口。そこに立ったのは誰？

目を凝らすより早く人影は突進してきた。そのときになってやっとわかった。影の主は——

牧薩次であった。

いつものポテトのスローモーな動きを思うと、目ざましいまでのスピードであったが、にぶい運動神経はどうにもならない。

スタンドの脚につまずいて、

「とっ、とっ、とっ」

だらしなくよろけたが、後生大事に突き出していた黒い板の先端は、ダイニングから居間へはいろうとしたひょっとこに届いていた。火花が飛び、呻いたひょっとこ面が体を折った。スタンガンはどうにか相手の戦闘力を奪ったようだ。

「下手くそ」

美祢の後ろでつぶやいたのはキリコだ。

ふりむいた美祢の呆れ顔に、妊婦は照れくさそうだった。

「ごめんね、美祢ちゃん。生まれかけたのはウソ」

「ええーっ」

ひょっとこ面以上のショックを、脳天に食らった。さすがに額に汗を浮かべながら、キリコは頭を下げた。

「悪い。後でちゃんと謝る」

近づいてきた薩次をまのあたりにして、美祢はもう一度絶句する。

「どうして先生が……空の便は全滅なのに」

「うん。それを計算にいれて、北京の日程を一日端折ってもらった。歓送パーティぐらいサボっても、日中交流の妨害にならないだろ」

美祢にはわからない台詞《せりふ》を吐いて、白い歯を見せた。

「じゃあ先生、ここへはいつ」

申し訳なさそうに先生が頭を下げる。

「昨日のうちに着いた。ちょうどきみは鷹取神社に出かけていた」

「あ、それなら智佐子さんは」

「うん。ぼくが顔を出したから、やっと安心して可能家にもどってもらえたよ」

納得。……それならわかる。あの義妹《ぎまい》思いの智佐子さんが、無情なほどあっさり東京へ引き揚げた理由。

「ゆうべはひと晩、書庫にこもっていた。美祢ちゃんに気付かれないよう、できるだけ静かにしていたんだが」

「はあ……だからキリコさん、二階は見なくていい、そう仰ってたんですか」

なにもかもポテトとスーパーの連携によるお芝居だったのか。

「ポテトがいないまま、私が陣痛になる。他にもまだ犯人を釣り上げる餌はいっぱい撒いておいたの。かかるかどうか危ない橋を渡ったけど」

頭の回転の速い美祢である。衝撃から立ち直ると少しずつ全体の絵が見えてきた。自分がその芝居に参加できなかったのは悔しいが、だからといってキリコの臨月は決して芝居ではないのだ。

「でも、でもっ」

舌がもつれた。

「無茶です、お姉さん！　ずっと痛かったんでしょう、もしお芝居の最中に生まれたらどうしてたの！」

「いや……それはまあ、その際は臨機応変」

少女の剣幕に押されたキリコが口の中で弁解した。

「美祢ちゃんを騙した結果になってすまないけど」

「私のことはどうだっていいんです。大事な赤ちゃんにまでひと役買わせて！　生まれる前の子供が可哀相よっ」

ほとんど怒号を浴びせられて、薩次とキリコも当惑した様子だ。子をなしている智佐子ならともかく、母親になる日が遠い美祢が、ここまで血相を変えるとは思いも寄らなかったのだ。

だが——次の瞬間。

少女の肢体がはね上がった。

ポテトは油断していたが、ひょっとこの男は早くもスタンガンの電撃から回復して、逆転の隙を窺っていたのだ。

フローリングに落とした凶器を摑んで、猛然と立ち上がるのを、視界の隅に捉えた美祢の反応は目ざましかった。

若い美祢の瞬発力は、ひょっとこ面の動きをはるかに上回っている。宙に舞った少女はトンボを切って、一気に居間を横断した。床に投げ出されていたガーゼが、空間を白々と走ったと思うと、美祢の手には鋏があった。

「がっ」

立ちすくんでいた男が悲鳴をあげた。

鋏を右胸に深々と突きたてたまま、棒きれのように倒れた。全体重を乗せて後頭部をキッチンカウンターにぶちつけたが、美祢はそんなことでは許さない。

「死ね！　死んじゃえっ」

涙声であった。いったん抜いた鋏をもう一度相手に突きたて、えぐった。さすがに薩次もあわてた。

「美祢ちゃん、もういい。動かなくなってる」

羽交い締めにしたのに、それでも美祢は形相を変え身もだえした。童女のように短くなった髪が左右に揺れた。

「お願い、先生、こいつを殺させて！」

狂気の少女を必死に押さえこみながら、薩次はまだ事情を理解できていない。キリコもおなじだ。泣きながら美祢はわめいた。

「こいつよ、こいつが私を孕ませたのか！　この饗庭光昌が！」

4

美祢が醍醐家の養女になった直後のことだ。借金まみれの光昌が鷹取神社に転がりこんできた。放漫経営の呉服店を立て直すどころか大博打に破れ、身一つで弟が婿入りした家に現れたのだ。

人のいい影行は暴力団に追われている兄を、しばらく匿《かくま》ってやることにした。古いが格式高い神社には、使われていない建物が境内にいくつかあり、当座の雨露を凌ぐのに不自由はなかった。

逼塞《ひっそく》していても生来の女癖は治りようもなく、光昌の目を引いたのが美祢であった。兄弟だから雰囲気は似ていたし、影行の特徴であるどじょう髭の偽物を鼻下に飾った光昌を遠目にすると、美祢は気がつくことがなかった。刃傷沙汰で足に傷を負ったことのある光昌は歩行がスムーズといえないが、影行にしても癖の強い歩き方の男であった。似た者兄弟といえただろう。

弟の留守を狙った光昌は、下校する美祢を校門まで出迎えた。影行は寄生している兄の話を伏せていたので、美祢は光昌の存在をまったく知らなかった。だからその日、雨中に傘をさして本町の中学へ迎えにきた光昌を、養父とばかり思いこんでいた。図々しい上に如才ない光昌は、中学の職員とまで挨拶を交わしている。雨の中、傘の下。粉飾に最適な舞台装置。仮に美祢が相手にいくらかの疑いを抱いたとしても、早々にビジネスホテルでお茶——睡眠薬入りの——を飲まされた少女は、意識を失っていた。

その後の記憶は曖昧な部分もあり、昨日のことのように鮮明な部分もある。

ビジネスホテルは、十年前までラブホテルとして使われていた。その一室へ父娘として光昌はチェックインしていた。

彼にとっては女性に飢えた日々であったろう。まだ幼いといっていい美祢の肉体を、光昌は折れんばかりに抱きしめた。朦朧《もうろう》とした意識の中で、美祢は相手の襟首に毛を生やした痣《あざ》を発見している。滑稽で不気味で生臭い記憶であった。もうひとつ覚えているのは、いやらしく蠕《ぜん》動《どう》する男のどじょう髭だ。

やがて彼女は、体の内奥を貫く痛みに耐えかね、ふたたび失神している。

次に思い出すのは、

「美祢ちゃん、気がついたか」

おなじどじょう髭を震わせて、声をかけてきた影行の顔であった。顔立ちはたしかに似ているが、美祢を押し倒した男より、ずっと気が弱そうだ。女子中学生の養女に慣れず、名を呼ぶのにいちいちちゃん付けしていた父は、夢うつつであった自分にむかって、

「頼む、忘れてくれ。なにもなかったことにしよう」

繰り返しかき口説いた。

おぼろげながら事情がわかってきた……優柔不断の養父は、娘を土足で踏みにじられながら、兄を神社から放逐するに止めたらしい。それからの光昌については、本当に行方を知らなかったようだ。

不幸が連続した。影行の妻はほどなく死病の床についた。枕元に美祢を呼びその頭を抱きしめて、「お父さんと仲良くね」そう言い残して養母は死んだ。そんな騒ぎに取り紛れていたものの、美祢の体に蒔かれた種は着実に生育していた。

影行も決して兄の愚行を忘れたのではない。むしろ美祢の体の不調にいち早く気付いたのは彼であった。

鷹取の町外れに住む旧知の婦人科医師に内情を打ち明け、美祢に中絶手術を施してもらった。ぎりぎり妊娠十一週に滑りこんだ。この時期をすぎると、死胎はひとりの死者として扱われるが、そんな法律とは関係なく、子宮搔爬《そうは》による一連の人工流産は少女の心に深い傷跡をのこした。

私は子供を殺した、という事実。

養父が当事者ではないと頭では理解していながら、どうかしたはずみに影行のどじょう髭が激烈な憎悪の対象になる。台所で包丁を握っているときテレビが赤ちゃんの産声を流した。座敷では氏子総代をもてなす影行が、空虚な笑い——美祢にはそう聞こえた——を爆発させたそのとき思わず彼女は包丁を握り直していた。

そんな自分がこわかった。だからといって、誰にその悩みを話すことができるだろう。中絶手術のあとしばらく学校を休むと、いじめを受けたのではと心配した教師が、家を訪ねてきてくれた。美祢は父といっしょになって笑って否定するほかなかった。

今にも私は、なにか途方もないことをしでかしそう。不安が鑢《やすり》のように神経を削って、美祢は牧家に住みこんだ。

もっそりした薩次、パキパキしたキリコ。およそ似合いそうもないのに息の合っている夫婦をまのあたりにして、安らぎの念に満たされた美祢であったが。

乃々瀬の語りで、自分を犯した男のイメージが鮮烈に蘇っていた。今さら父に聞くまでもない。男の名は饗庭光昌と完璧に証明されたのである。

今度こそ光昌は力を奪われた。フローリングに大の字となったまま、

「いてえよ……いてえよ……」

べそをかいていた。

鋏で二度えぐられた右胸部から、鮮血が溢れていた。本人はもうその傷口を押さえる気力もない様子だ。そんな哀れな有り様を、真上から睥睨《へいげい》しているのが、仁王立ちのスーパーであった。

「痛いのは当たり前」

彼女は宣告した。

「当然の罰だ。美祢ちゃん」

「……はい」

少女は床にへたりこんでいる。

狂気を孕む声と共にのしかかっていた彼女は、薩次に光昌の体からひき剝がされて、そのまま床で動かなくなっていた。

「腹が立つだろうけど、止血だけでも」

「いてえよ……」

また光昌が情けなく呻いた。その声を弾き返すように、

「イヤです」

美祢はいいきった。

「さっさと死ねばいい」

「ごもっともね……」

そういいながら、キリコはガーゼや綿を大量に抱えて、「どっこいしょ」と光昌の横に正座した。ふうう……大きな息を吐きながら、犯人の右胸に手をのばす。薩次があわてて声をかけた。

「その姿勢、無理じゃないか」

「無理だよ」

「手当ならぼくがする」

「バーカ」

肩で息をつきながら、スーパーが笑った。

「ポテトに手当されたら、こいつ即死よ」

「……キリコさん、どうぞ椅子にもどってください」

唇を震わせながら、美祢はスーパーの両腕をとって立たせた。

「私がやります」

ちらとキリコは少女を見た。青ざめた顔だが、その目にもう狂気の色はない。

「やってくれるの。ありがとう」

「お礼なんかいわないで」

キリコに代わって光昌の右側にしゃがんだ美祢が、傷口に綿をあてがった。ひと思いに鋏を引き抜いた。「ぎゃあっ」光昌は絶叫した。

「し、死ぬ！」

「死ね」

そりゃあんまりだ。そういおうとした薩次が口を閉ざした。美祢の頬は涙でびしょ濡れだったからだ。

よたよたとロッキングチェアにもどろうとして、キリコは丸いおなかに手をあてながらも、安堵の笑顔を取り戻していた。これでひと山越えたとでも思ったのか。しかし嵐はまだ終息していなかった。

ゴオッと挑みかかる強風に、リビングのドアが音高く閉じられた。風は玄関から舞いこんだのではない。キッチンのむこうにある勝手口が開かれたのだ。

「返して頂戴、私の光昌を」

風の唸り声を伴奏に、女の硬い声がダイニングルームから居間へ走り抜けた。

5

「佐夜歌さん!」

驚きの声を放ったのは、光昌の止血をしていた美祢ひとりだ。スーパーもポテトも黙って新しい犯人の登場を迎えていた。

勝手口を背にした佐夜歌は、小わきにぐったりとした老女を抱えていた。伸江である。精気あふれていたときのカリスマお産婆さんは、見るからに大きな存在であった。それが今は別人のように萎《しぼ》んで見える。

一度は戸惑った美祢だが、すぐに状況を呑みこんだ。

「あなたなの、真犯人は!」

「動かないでね、お願い美祢ちゃん」

上がり框《がまち》に伸江の体を放り出す。荒っぽい扱いを受けた老女が「うう……」ひくく呻いて体をよじる。キリコはかっとした。

「おばさんをどうしたの!」

「せっかく乗せてあげた車の中で暴れたんですよ、キリコさんの赤ちゃんを取り上げるのは私だって。運転席にむしゃぶりつくから、急ブレーキをかけてあげたわ。フロントガラスにおでこをぶつけたのね。痛かったでしょうお義母さん」

仲江の額にかかった白髪が、べっとりと濡れている。薄暗いから黒っぽく見えたが、血が吹き出しているのだ。

「あなたの息子は牧薩次を恨んでますよ……噛んで含めるように教えてあげたのにねえ。それとこれとは別だ、私は産婆なんだから……この人ったら、立派なプロでいらっしゃる。おかげで私たちの計画は大きく狂ったわ」

キリコが動こうとした——が、いくらスーパーでも、陣痛にさいなまれた体で素早く動けるはずがない。しかも彼女と佐夜歌の間には、食卓と椅子が並んでいる。

佐夜歌は余裕を見せていた。

「せっかくお膳立てして、じかに刺してもらおうとしたのに、惜しかったわ。でもあの道具で殺せば、認知症患者の錯乱と考えてもらえるって、彼がいいだしたの。まさかあんな子に邪魔されるなんてねぇ」

美祢と彼女の間には光昌が横たわっている。

「美祢ちゃん」

佐夜歌が命じた。

「光昌さんを連れてらっしゃい。あなたのはじめてのオトコですもの、丁寧にね」

「……！」

ぎりっと歯を噛む音が聞こえ、薩次が叫んだ。

「美祢ちゃん、やめろ」

「探偵おじさんのいう通りよ。ほら」

佐夜歌が翳した手にナイフがある。放せば伸江の後頭部へ落下しそうな位置。

「あなた、もうひとり殺すつもりなの？　自分の赤ちゃんを殺したあなた、今度はこのおばあさんを見殺しにするって？」

「……」

少女は片腕を使って、光昌の半身を起こした。なすがままの彼は失神しているらしい。

「そう、その調子よ。そのまま連れてきて。いい子だから……」

美祢は憎悪をこめて佐夜歌を見た。

「わかってない」

「なにが。なんのことよ」

「あなたにはこの男が大切よね。でも私にはお産婆さんなんか、どうだっていいの」

「え……」

「この男はあなたの彼だけど、おばあさんは私と無関係な人なんだよ。試しに一二三で殺そうか。あなたがいっぺん殺す間に、私はこいつを三回殺してやる！」

「な……」

佐夜歌は明らかに気押されていた。

「なんて子よ！」

「こんな子にしたのがこいつなの！」

ごおおおと、次から次へ勝手口から躍りこんで、19号の先兵は吼え猛る。

美祢に先駆けされたおかげで、キリコはいつものスーパーにもどることができた。

激越な言葉に似ず、少女は決して狂気に支配されていなかった。醒めた目で、佐夜歌越しに開け放しの勝手口を見つめていた——その視線の先をまさぐって、キリコはあわや笑みをこぼしそうになった。

同様に薩次も余裕を取り戻している。

「饗庭光昌の後ろにあんたがいることはわかっていた。そんなぼくが、なんの手も打たなかったと思うかい？」

わざとゆっくり、一語ずつ嚙みしめるようにいって聞かせる。美祢もそうであったが、薩次の言葉も明らかに時間稼ぎだ。嵐の伴奏はいつやむとも知れず、だから佐夜歌は、背後に接近する者の気配をまったく察知できなかった。

「危ないよ」

手首をぐいと捻りあげられた悪女は、驚愕してふり返った。無骨な登山ナイフは、見知らぬ若い男に無造作にもぎとられていた。

「こんなものを振り回したら怪我するからね」

唖然とする佐夜歌の両手を背にまわして、テープでがっちり縛り上げた。一連の無駄のない動きは、女につけいる隙を与えない。上がり框にドンと両膝を突かされたとき、もうおしまいと覚悟したらしく、彼女は涙声で叫んでいる。

「光ちゃん、ごめん……助けられないよ……」

光昌のことに違いない。この女は、凶悪な殺人者饗庭光昌を、ちゃん付けで呼ぶほど仲睦まじかったのだ。

事件の収束を目の前にしながら、スーパーは憮然としていた。

彼女とポテトが交わした度重なる長電話の内容をかいつまむと、こうだ。

熱意をこめて推敲にあたった範彦が、退院後はまったく文英社に連絡をとらなかったことが不審であった。薩次にしてみれば不審という以上に不可解だったのだ。

「率直にいって別人になったみたいだ」

薩次はキリコにぼやいたものだ。

「二度めの注文にすぐ反応できなかったのは、入院のせいとしても、回復したらいちばんに連絡をくれる。そう思っていたのはぼくの思い過ごしかねえ」

「別人もなにも、そもそも本人の顔を見たことがなかったじゃない」

「そういえばそうか。青ちゃんだって会っていないんだ。仕事をやめて、家に籠もって、勘当《かんどう》されて、ろくすっぽ周囲に顔を見知った人がいない……」

するとこのとき、スーパーが実にスーパーらしい発想をしてのけた。

「アレだね、入れ替わりのトリック！　陳腐だけど道具立ては揃ってる」

「はあ？　入れ替わりの……」

反応の鈍かった薩次も、だんだんに愛妻の言葉を理解してきた。

「顔も声も火事の被害を受けている……焼け死んだ人物は身元不明……なるほどね。どっかで読んだようなミステリだな」

「手垢のついた替え玉話なんて、今ごろ時代遅れだけどさ」

そのゆるい推測が真実味を帯びたのは、「ホーク・イン」で鵜飼夫妻と会見したときだ。智佐子は気付かなかったが、あのときの範彦はしばしばミスを犯していた。致命的であったのは、六年前の「ざ・みすてり」新人賞を七年前と口走ったことである。真剣に小説賞と格闘していた範彦が、そんな間違いをするだろうか。

もうひとつ。キリコが着用したマタニティドレスを團十郎茶ではなく、路考茶と断定したのも奇妙であった。どちらも赤黄色で明度に差があるだけなのに、視力に障害がありサングラスをかけた範彦に、微妙な違いがわかるとは思えない。『戯作の殺人』は歌舞伎が舞台なのだから、それに相応しい知識を披露しようとして、かえって墓穴を掘ったのではあるまいか。

不審の念をそのままに、キリコは北京の薩次とさらに相談し、朝日刑事を煩《わずら》わせて大劇魔団失火の状況を問い合わせた。その結果、スーパーの推測を積極的に否定する材料は皆無とわかった。

妻の佐夜歌が、火傷を負った男性を自分の夫と認定したのである。小説で扱われるような旧家の息子でも富豪の一粒種でもない。引きこもり同然の作家志望者と中小劇団に寄生していた男の間に、入れ替わりの疑念など生まれるはずもなかった。

だが事実は大劇魔団火災以後、饗庭光昌は範彦の替え玉を演じつづけていたのである。

ひょっとこ面こと鵜飼範彦こと光昌は、もはや愛人の呼びかけに応じる力もない。美祢がさっさと手を放すと、ゴトンと石ころに似た音をたてて、再度ダイニングの床に長くなっている。

「光ちゃん」

哀しげな佐夜歌の声に、キリコは思い出した。あのときのホテルの会話が嘘でないのなら、彼女のおなかには自分同様赤ちゃんが宿っているはずだ……。

「ありがとう」

薩次にねぎらわれた若者は、にこりとした。

「弟子が先生のお役に立つのは、当たり前ですよ」

女が戦闘力を失ったことを確かめてから、勝手口を閉じる。それまで強風の坩堝《るつぼ》だった空間が嘘のように静まり返った。後に幼児みたいに泣きじゃくる佐夜歌の、細い声だけがのこった。

上がり框に立った若者は、伸江を抱き上げようとして躊躇《ためら》った。嵐の洗礼をうけた全身は、コートを脱いだ下までぐしょ濡れだったのだ。

「この人を手当しないと」

「私のベッドを使って」

キリコにうなずいた若者は、美祢に呼びかけた。

「きみ、頼める？」

「はい」

上がり框に近づいた少女は、そっと仲江の体を起こしながら若者に名乗った。

「醍醐美祢です」

「あ、ども。俺、瓜生竜《りゅう》。牧先生の押しかけ弟子」

ミステリ作家志望のこの若者の父親は瓜生慎《しん》といえば、思い出す人がいるかも知れない。文英社発刊「鉄路」誌の常連ライターである。

借りたタオルで頭から肩にかけて拭きながら、竜が報告した。

「警察も病院もすぐ駆けつけます」

若者に力を借りて、壊れ物を扱うように老女を運んでいた美祢が、ちょっと目を見開いた。

「ケータイ、つながったんですか」

「俺の電話は、ワイドスターだから」

竜が答えた。静止衛星利用の携帯電話なら、災害時でも難なく通信可能だ。わざわざアンテナを立てる必要のない、可搬タイプを持参したのだろう。しがないトラベルライターの瓜生慎が、息子に新鋭機器を与える余裕があるとは思えないが、祖父の三ツ江《みつえ》通弘《みちひろ》はかつての三ツ江コンツェルンの総帥だったから、スポンサーはたぶんそちらだろう。

「竜くんに教えてもらった盗聴発見器も、役に立ったわ」

キリコがいい、薩次がぶきっちょな手つきで、ダイニングルーム壁際のコンセントを開きはじめた。

「位置がすぐ特定できたもの。この部屋にひとりでいられて、盗聴器を組みこむ時間があったのは、智佐子さん、美祢ちゃん、私……でもみんな盗聴なんてする理由がない。ひとりだけ怪しいのが佐夜歌さんだったから」

縛られたまま食卓の脚にもたれていた佐夜歌が、悔しそうに顔をゆがませた。

「おかげで彼女の容疑が確定したの。会話も固定電話の声も筒抜けになるのを利用して、犯人たちを騙すことができたわ。わざとここの電話で朝日〝刑事〟さんと話して、大劇魔団の火災を疑ってると仄めかしたのも罠よ。なにがなんでも、薩次の帰国前、智佐子さんが留守の間に決着をつけなくては。犯人にそう焦ってもらったの。電話線を切られるのも想定内よ」

これには美祢も意外だったらしい。

「え、そうなんですか」

「黒いワンボックスカー、サンルーフ。範彦さんに扮するときに使った杖。杖の先に鋏でもつけて、深夜にうちの前へ車を停めればそれでOK。大劇魔団に隠れていたときは、営繕の仕事をこなしていた男だもん。……あ、着いたみたい」

風と雨の音を劈《つんざ》いて、パトカーの電子サイレンが近づいてきた。

6

パトカーとほとんど同時に、市営病院から医療機器を積んだ車が駆けつけると、大きなおなかを抱えた妊婦が指示した。

「私より伸江さんの手当をしてください。こちらです」

先に立って寝室に案内する有り様に、若い助産師は呆れ顔だ。産婦のためのベッドでは、伸江が意識を取り戻したばかりであった。枕元の美祢から事情を聞く暇もない彼女だったが、壁にもたれて耐えているキリコを見て奮然とした。

「キリコさん！　このベッドにはいるのはあなたでしょう。私のことなんかうっちゃっておけばいいの！」

怪我人に頭ごなしにされて、さすがにキリコも鼻白んだ。

「だっておばさんですよ。ひどい目にあわされたのは」

結果として伸江まで罠のひとつにしたことを、キリコは申し訳なく思っているのだ。だが孤高のお産婆さんは、断固として主張した。

「陣痛で苦しんでいたのは、あなたなの。佐夜歌の車の中で唸っているのを聞きましたからね！」

あ……そうか。キリコは苦笑した。

コンセントに仕掛けられた盗聴器が発する電波を、佐夜歌は車の受信機でキャッチしていたのだ。今ごろあれはお芝居まじりでしたともいえないし。もじもじしているキリコを、今度こそ正真正銘の衝撃が襲った。

腹腔の深部に鉄槌《てつつい》の強襲。

「つゥ！」

キリコが体を折った。いや、折ろうにも膨満したおなかが許さない。

「お姉さん！」

咄嗟《とつさ》に彼女を支えたのは、美祢だ。

やっと顔を見せる気になったわ、うちの子が。

そういおうとしたのに声が出ない。心配しなくていいと笑いたくても、そんな余裕を作れたのはいままでが演技で上乗せされた程度の陣痛だったからだ。

ついにキリコは絶叫した。

いつの間にベッドを下りたのか、負傷したはずの伸江が、予想外の急場に動転した助産師と美祢を叱咤している。

「早くここへ！　仰向けにしなくていいの、素直な姿勢をとらせて！　キリコさん、かまわず叫びなさい、苦しいのは当たり前です、泣いても吼えても漏らしても、なにをしたってあなたの自由！　私がちゃんと受け止めてあげますからね」

包帯姿のカリスマ産婆は、とっくに自分の怪我など忘れていた。

そしてキリコも、自分がスーパーであることを忘れていた。

ずん……ずん……なにやら巨大な質量が体内を下降してゆく感覚があった。自分の体の一部が剝落して新しいイノチを包みこみ、外気を求めてまさぐり下りるのだと、頭では理解するのだが――キリコの口から迸《ほとばし》るのは子を産む女の、身も世もあらぬ苦鳴のみであった。

「キリコ！」

美祢に呼ばれた薩次が、飛びこんできた。紅潮した顔を愛妻にむけたが、自分の手や足がどこにあるのか判らないほど、上気している。

「キリコさんの手を、つかみなさい！　しがみつくようなら、させてあげて！」

つづけざまに伸江は指示を飛ばしたが、薩次はおろおろするばかりだ。

「こっちです、先生！」

美祢が夫妻の手をつながなかったら、ポテトはまだ棒のように立ちすくんでいただろう。そんな気死寸前の彼が我に返ったのは、愛妻がしがみついてきたときだ。

「どこ、ポテト！」

「ここだ！」

スーパーはポテトのジャケットの袖を全力で摑んでいた。ボタンがひとつ、ちぎれて飛んだ。ぶざまでも懸命な形相で、妻を支えた夫はまぎれもなく見た。波打ちうねる彼女の股間から、小さな黒いものが出現しつつあるのを。

第十一章　出産

1

おぎゃあっ。

2

(生まれた！)

わかった途端、薩次の腰が砕けた。

伸江や助産師の背中が屏風《びようぶ》となって、産声の主を直視できない。子供は五体満足か、早くこの目で確かめなくては！

そう思いながら動けなかった。これが亭主の正念場だというのに、男とはなんてだらしのない生き物だろう。

どんなときでも沈着冷静のつもりだったのに、ぼくの看板はメッキだったのか。歯噛みしたい気持ちでも、全身の震えはとまらない。これなら殺人犯と対峙する方がよっぽどマシだ。

犯人？　推理？　探偵？

知るかそんなもん！

長編ミステリで人間を一ダース殺すのは簡単だ、だがたったひとりを生み出す力さえ、ぼくにはないんだ、畜生め。

「おめでとうよ、牧先生！」

頭上から仲江の声が落ちてきた。

え、頭上から？　どうしてそんなところから聞こえるんだ。……見回してやっとわかった。いつの間にか彼はベッドの足元にひれ伏していた。

「母子共に健全ですよ、先生の奥さん頑張ったね」

「ありがとう！」

薩次は絨毯に額をすりつけた。誰に礼をいっていいのか、キリコにか元気に生まれた子供にか。もちろん仲江にも美祢にも、誰にも彼にも感謝したい！

「ああ……よかった……」

ようやく美祢は務めを終えたことを実感する。熱い祝福の空間を後に、がくがくする膝をなだめながら廊下へ出た。ダイニングの戸口では、若者が噛みつきそうな顔で報告を待っている。瓜生竜と名乗った青年だ。彼に向かってVサインを作ろうとしたが、それより早く足元が崩れた。廊下が怪物のはらわたみたいに歪んだ。

柱にすがりついて、ようやく立ち上がると、竜が少女の腕をとって食堂の椅子に誘導してくれた。

「活躍したね。きみ、凄いよ」

上背があるので二十代と思ったが、心配そうに近づけた顔を見ると、せいぜい大学一年の少年であることがわかった。

「ありがと」

美祢は素直に返事した。

犯人たちが警察に連行されたあとは、キッチンもダイニングもガランとしている。気がつくと嵐の咆哮も下火になってきた。

もっとも嵐が最大限に吼え猛ったのは、外ではなく牧家の内であったはずだ。疲れるのは当然と、美祢も自分をいたわる気持ちになっていた。

「……牧先生、泣いてたわ」

ぼそっと美祢がいう。

竜は微笑した。少年らしい邪気のない笑顔だ。

「元気のいい産声だったなあ」

「おでこをすりつけて、ありがとうといってらした……あんな先生、はじめて見た」

ふだん言葉に感情をこめない美祢が、今日に限ってしみじみつぶやくと、竜は率直に舌を巻いてみせた。

「落ち着いていたね」

「そうですか」

「まだ中学生だろう？」

「はい。台風の臨時休校、その後が三連休で助かったわ……」

生徒の本音を漏らしてしまった。そんな少女を少年は驚異の目で見つめた。

「赤ちゃんの誕生に立ち会うなんて、はじめてなのに」

「……そうでもないんです」

「はじめてじゃない？」

「はい」

みじかく答え、目をそらした。

強制的に私の体内から掻き出されたモノが、赤ちゃんといえるなら。それでも私の子供に違いない……。この目でじかに見るのは叶わなかったが、それはちっちゃな赤黒い肉塊のはずであった。

あれ以来出産とは美祢にとって、男と女の醜猥《しゅうわい》な営みの結果でしかなかった。このままでは私は、死ぬまで男を好きになれないだろう……まして子供を産みたいなんて気持ちになるわけがない。

そう思いこんでいたのに、赤ちゃん誕生の現場に居合わせた今の美祢は、ゆるやかに氷が溶ける春の気配を覚えていた。

第十二章　誕生三日目

1

「……さて」

克郎が第一声を発した。

ダイニングテーブルを囲んだみんな——ポテト・可能克郎・智佐子・美祢の四人である。リビングのロッキングチェアは空っぽだ。いつもなら腰を下ろしているのはスーパーだが、平和な昼下がり、彼女は隣の寝室で赤ちゃんに添い寝している。可能夫妻はつい今まで、牧家二世のご機嫌を伺っていたところだ。

今日の秋空はよく澄み渡っており、ガラス戸越しに射しこむ西日が、窓枠の十字の影をくっきりと床に刻んでいた。

「三日遅れの絵解きを聞かせてもらおうかな」

「ああ」

返事をしたものの、薩次はあまり乗ってこない。ふだんなら喜んで解説役をひき受けるスーパーが不在で落ち着かないとみえる。

義弟の気性を熟知する智佐子が気をきかせた。

「ひとりで話すより、私からあれこれお尋ねするわ。ポテトさんは返事するだけにして頂戴」

「助かります」薩次が笑顔で一礼した。

「えっと。まず第一問。なぜ、あの人たちを怪しいと思ったわけ？」

「だんだんと、それは、まあ、なんとなく……ですが」

答えてから、ポテトは頭に手をやった。

「これでは説明にならないな」

見かねたように、美祢が智佐子に助言した。

「キリコさんと体験なさった事件からでも……」

「あ、そうね。小袋さんの家でなにを見たか、スーパーちゃんから聴いてるんでしょう？　お役に立ったのかしら」

「もちろんですよ」

ようやく説明の端緒をみつけたようだ。

「脚立に上がったキリコが浴室を覗いた。そのときの情景が、謎解きの大きなヒントになりました」

「というと……」

克郎が復習するようにシーンの状況を並べ立てた。

「現場は内部から施錠された浴室だったな。被害者はカランと湯船の間に倒れていた。片手で紙幣を突き出していた。トートバッグから、デジカメとスタンガンが転げ出ていた。その現場は水浸しになっていた……」

「キリコさんの観察では、湯気抜きの小窓からホースを突っこんで、水を浴びせたんじゃないかというんだけど」

「被害者に水をかけたのは、彼女の生死を確認したかったから?」

「ううん。それならホースの口をしぼって強い水流を小袋さんに当てたはずと、キリコさんは考えたわ」

薩次がうなずいた。

「そうですね。ぼくはむろん北京にいましたが、電話で聴いた情景を反芻《はんすう》してみると、疑問がふたつ生まれました。ひとつは紙幣がダイイングメッセージであったのなら、それはなにを意味していたのか。もうひとつ、ホースでかけた水の本当の意味はなんであったか」

「はい」

少女が手をあげて発言を求めた。

「なんだい、美祢ちゃん」

「さっきの話だと、バッグからスタンガンが転がり出たみたいに聞こえましたが、本当に小袋さんのものだったんですか」

「あ、訂正するわね」

智佐子がフォローした。

「デジカメの横に転がっていたのは確かでも、そんな防犯グッズを買ったのなら、小袋さん、きっと見せびらかしたはず。スーパーちゃん、そういってたわ」

「てことは、スタンガンは犯人が持ちこんだのか？　被害者を脅すなりショックを与えるなら使い道はわかるが。それが犯人のものなら、なぜ浴室に落ちていたんだ」

ふしぎそうな克郎に、薩次が答える。

「その通りですね。犯人がはいれなかったのに、スタンガンだけ浴室にあるのはおかしい。とすればそのグッズは、犯人が投げこんだのでしょう、換気窓から」

さあわからない、というように智佐子が自分の頰をぺたぺたと叩いた。

「なんの必要があって、そんなことをしたのかしら」

「義兄さんが指摘した使い道——脅すのでも戦闘力を奪うことでもないようです。被害者の抵抗にあった犯人は、スタンガンで制圧するより先にナイフで刺してしまい、しかも深手の小袋さんを浴室へ逃げこませた。もはやスタンガンの出番はないように見えます。それなのに犯人はなぜか投げ入れた……これはキリコが後で思い出したのですが、スタンガンの胴体にテープが巻いてあったそうです」

「テープ？」

「ええ。機器は全体が黒いはずなのにツートンカラーに見えました。それはスタンガンに焦げ茶のテープが巻き付けてあったから——キリコはそう考えたんです」

可能夫婦が顔を見合わせるうちに、回転の速い美祢がまた手をあげた。

「絶縁テープでしょうか」

「電気器具から連想されるのは、それだろうね。ではなんのためテープが巻かれていたんだろう。美祢ちゃん、想像してごらん」

「スイッチを入れっ放しにするため……かしら」

克郎ははっとした様子だ。

「それならわかる。スイッチはスタンガンの横腹についてるが、指を離すとすぐ電源が切れる仕組みだから」

防犯グッズに無縁な智佐子は、わからない。

「なぜそんな仕掛けなの」

「入れっ放しでは、たちまちバッテリーが消耗するじゃないか。相手をビビらせるだけなら、短い時間に火花を発するだけでいい。ショックを与えるにしても、一瞬で終わるからね。……ということは」

克郎がこめかみを押さえた。

「浴室に投げ入れたスタンガンは、バッテリーがあがるまで電撃を続けていたことになる。なんのためだ？」

「傍に小袋さんのデジカメが落ちてました。それをどうにかしたかった……？」

美祢が探り探り口にすると、笑顔の薩次が賛成した。

「放水はそのためだったと考えられるね。電気の良導体を媒介にして、デジカメになんらかの影響を与えようとした」

「そうか！」

智佐子が指を鳴らそうとしたが、かすったきり無音で終わる。それにもめげず、彼女はいった。

「カメラには画像データを保存するカードがはいってる」

「すると犯人は、スタンガンの電撃でカメラに干渉しようとしたのか……いや、最初から画像抹消が目的だった？」

「でもそんなこと実際にできるの」

メカに弱い智佐子が睫毛をしばたたかせる。薩次は苦笑した。

「スタンガンでカードの情報を消す……電子的なノイズを加えて、データをリセットする……これまでそんな使い方をした人はいないけど、理屈の上ではあり得ると、ぼくがスタンガンを買った店ではそう説明してくれました」

「そうか。ポテトさんも購入してたんだ……」

智佐子が納得した。

「私も使ってみたいな。いつか貸してね」

「夫婦喧嘩に使うなよ」

もう克郎は逃げ腰になっている。

「ぼくが買ったのは八万ボルトクラスですが、パスポートを呈示して正規に買いましたよ。高いものだと数百万ボルト以上の出力があるけど、アンペアが少ないから、ドラマみたいに気絶させるまでゆかないそうです」

と聞いていながら、犯人の回復を許したのは彼の油断だ。説明するのが照れくさそうだった。

「事件が解決したので、警察に無理をいって教えてもらいました。カメラのデータは使い物にならなかったそうです。……でもそれはスタンガンのためではなく、小袋さんのミスでした。カードが所定の位置に挿入されていなかったから……」

2

「なんてこった」

「あのおばさんらしいわ」

克郎も美祢もそろって脱力気味だが、智佐子は同情の面持ちだ。

「可哀相に……無駄に殺されたってことなの、ツイッターさんは」

「それはどうかな」顔を曇らせてポテトがいう。

「犯人――饗庭光昌は、一瞬にせよ被害者に顔を見られていました。カメラデータの破壊と共に小袋さんも殺す。そう決めていたはずです」

「ポテトくんがいう一瞬とは、いつのことだい。子供に『戯作の殺人』の改訂稿を預けた、そのときの話だね？」

「そうです。竹富ユーちゃんはいったそうですね。ひょっとこのおっちゃんに、小袋さんがデジカメをむけていた。そのときのことです。まったく見知らぬ相手では、いくら彼女でも黙ってカメラをむけないでしょう。風が強かったからひょっとこの面が外れたか、それとも目にごみがはいって面を外したか。それはわかりませんが、面の男の正体を小袋さんは見たのでしょう。その下に旧知の顔があったから、被害者はカメラをむけた……犯人にしてみれば、絶対に見られたくない顔だったのに」

大人同士の短い交流を、駆け去るユーちゃんはチラと眺めたに過ぎないが、犯人が被害者に動かしがたい殺意を燃やしたのは、その一瞬であったのだ。

「学生時代の小袋さんが、饗庭光昌にひそかな思いを寄せていた。それについては智佐子さんもお聞きになっていますね」

「ええ、聞いてるわ。鷹取神社の神主さんから。あの席には蔀さんもキリコさんも、それに」

視線を美祢にめぐらせたが、すぐ元にもどした。光昌に抱きすくめられた蔀乃々瀬は語っている。光昌のうなじにある痣《あざ》と毛の特徴を。そのひと言があったから、美祢はまざまざと確認することができたはずだ、自分を強姦した男の正体。

この場で話を蒸し返す必要はあるまいと、智佐子も美祢も素知らぬ顔で通りすぎ、深くは知らない克郎だけ、なんの蟠《わだかま》りもなく話の接ぎ穂を拾っている。

「被害者にとって犯人は、初恋の相手だったもんな。いつもの調子で彼女は光昌になついたんだ。おひさーってな調子でね。犯人にとっては迷惑この上もない。よりによって町いちばんの金棒引きに出くわしてしまった……と。待てよ」

克郎が唸りながら腕組みした。

「どうもまだちぐはぐなんだが。犯人はなぜその坊主に原稿を預けたんだ？　それもキリコに渡せといって」

「そこにユーちゃんとキリコのとんだ勘違いがあったんですよ」

と、薩次が微笑した。

「勘違い？　ふたりそろってかい」

「そうです。『戯作の殺人』を受け取って、キリコはさぞ目をパチクリしたでしょうね、義姉さん」

薩次に尋ねられて、智佐子はなん度かうなずいた。

「パチクリしたのは私もよ。意味がわからない。シャイなファンが自分の原稿を、牧先生に読んでもらおうとした。はじめはそう思ったわ。だけど原稿が古びてる。そんな作品を今になって、届けてきたというのがわからないの」

「キリコもちんぷんかんだったそうです。ところで先日、『ホーク・イン』で義姉さんとキリコは、鵜飼夫妻に会いましたね。もちろん偽物の範彦、つまり光昌との間で、原稿についてやりとりがあったと思いますが……」

「ええ、あったわ。『戯作の殺人』が私に届いた。キリコさんがそう話したとき、あのふたりはひどく驚いていたわね。それまで私は、もしかしたら範彦さんがひょっとこの面に隠れて、原稿を渡したのかと思ってた。でもあの驚きようは本物だったわ。それでいっそう、渡した面の男の正体がわからなくなったの」

「そう……そのちぐはぐさを解きほぐす唯一の解釈は、原稿の届け先が間違っていたと考えればいい」

「え?」

それこそ智佐子は目をぱちくりした。

「よくわからない……」

「つまり、こうです。ひょっとこがユーちゃんに依頼したのは、鵜飼伸江さんに届けることだった」

「あら」

「ところが『戯作の殺人』は、キリコに届いてしまった」

「それであのとき、犯人は本気で驚いたってこと?」

「だがそんな食い違いがどうして起きたんだ」

ポテトの答えは明快であった。

「面の男はユーちゃんに『牧家へ行っておばさんに届けろ』といった……その時間帯なら、鵜飼伸江が在宅している——健診にきているはずだから。だが」

亭主としては苦笑を浮かべながら、注を付け足した。

「偽範彦にしてみれば伸江さんは〝おばさん〟でも、ユーちゃんにとって〝おばさん〟はキリコであって、伸江さんは〝おばあさん〟でした」

「ああ……」

智佐子はしばらく口を開いていた。

「あの日のお産婆さんの健診は、午前中に変更されたわね。偽範彦はそんなこととは知らないから……」

「彼にしてみれば、お歳暮さえ突き返してくる伸江さんに、確実に原稿を渡そうとすればあの方法がベターだった。第三者であるキリコや智佐子さんの前で、それも子供が運んできた品です。たとえ中身が息子の小説とわかっても、即座に処分するとは思えない。ユーちゃんに返してこいともいえません。まあ、そういいかねない伸江さんだったから、偽範彦もあえて名乗らなかったのでしょうが」

「すると、キリコが『戯作の殺人』を受け取ったのは、犯人にとって予定外だったのか」

「最終的には克郎が酔っぱらったおかげで、伸江さんも見ることができたけど」

智佐子に指摘されて、あわや克郎はいばるところだ。「俺だってちゃんと一役買っただろ」――そんなことを口走れば「犯人に協力したことになる」と突っこまれそうなので、いそいで言いなおした。

「なんのために犯人は、あの小説――本物の鵜飼範彦作品を、お産婆さんに読ませようとしたんだ」

「仲江さんに、ぼくを憎ませるためです」

「え……」

その場の三人が、薩次を注視した。だが彼はいつものようにいたって平和的な表情で、解説を加えた。

「犯人のひとり佐夜歌は、仲江さんの心のうちを見抜いていたと思います。息子がすべてを擲《なげう》って作家修行に取り組んでいる。内容は彼女の美意識にそぐわなくても、ひとり息子の夢が実るのを歓迎しないはずがない。新人賞の最終候補にのこったと聞いて、仲江さんは嬉しかった。その夢を、牧薩次という男が粉々にした」

「おいおい」

克郎が口を挟もうとする前に、智佐子が腹を立てている。

「でもポテトさんは、落選した仲江さんの息子を、ちゃんとフォローしていたじゃないの！」

「そう……範彦氏は熱心でした。ぼくのリクエストに応じて『戯作の殺人』一二〇枚を書き直した。だが、まだアイデアが十分生かされたとはいえない。そう電話で伝えて、とりあえず前後編だけを返却しました。その直後です、大劇魔団に火災が起きたのは……彼はさぞ無念だったに違いありません。でもそんな裏を知るはずのない仲江さんが、ぼくを範彦氏の恨みの対象に擬したとすれば？」

大劇魔団に寄生した後藤正己と名乗る男が、偽範彦となって佐夜歌と同棲をはじめた。その正体が饗庭光昌ということになる。

「佐夜歌はいつから光昌と親密になったのでしょう。それは彼らの自白を待つほかありません。彼女は大劇魔団の事務や経理まで担当していたし、光昌はもとの職業を生かして衣装係から照明、営繕など小器用にひきうけるので評判がよく、マル暴がらみで世間に顔を出せない男とは、誰も知らなかった。いつ芽が出るかわからない夫を抱えた佐夜歌と、自身の存在が重荷になっていた光昌が、人知れず結ばれていたんですね」

性格破綻者で女に目のない光昌が、佐夜歌を口説き落としたのか、原稿の一字一句にまで神経を消耗させていた夫に飽き足らず、佐夜歌の方から光昌に接近したのか。いずれにせよ炎から救出されたあの状況で、包帯姿の光昌を範彦と決定できたのは佐夜歌だけであった。

実際に範彦がどんな方法で殺害されたのか——残酷な想像だが失神させられている間に焼かれたのか——失火として処理されていた事件のディテールが明らかになるのは、まだこれからであり、光昌の怪我も実は無傷に近い軽いものだったようだ。

「血をわけた母親と長らく交流が途絶えていたのも、ペテン成功の大きな要素でした。替え玉の計画がスムーズに運び安堵した犯人たちは、本来の目的達成のため動きはじめたんです」

「本来の目的？　なんだそりゃあ」

克郎はまだ先が見えないらしいが、耳慣れた話題に限れば女性は男に数倍する理解力を発揮する。

智佐子が断言した。

「そうか。動機は仲江さんの遺産なのね！」

美祢にも想定内だったようだ。不満げにつぶやいた。

「平凡」

薩次がくすりと笑った。

「わかりやすくていいだろ」

「はーあ」

こちらはやっとわかった、というような克郎の吐息だ。

「遺産かあ……確かにあるよ、彼女なら。この屋敷を売り払ったときの金だって、まるまる通帳にのこってるだろう。バブルでひと儲けなんて考える人じゃないし、産院を処分した金も手つかずだ、きっと」

今は鷹取市営の「やすらぎの巣」居住者だから、月々の家計も身軽なはずであった。

「仲江さんを認知症扱いして世の中から切り離せば、犯人たちの計画は完成です。そのため打った手のひとつが、鵜飼家にもどっていた『戯作の殺人』の利用でした」

「苦労してお産婆さんに読ませたのに、反応は今イチだったんだろう」

「カリスマ助産師の仲江さんですからね。仮にぼくを憎悪したところで、キリコの出産立ち会いを拒否することは、彼女のプライドが許さない。その程度は犯人たちも予想したと思います。それでも息子さんの労作を読ませた、という証明だけはしておきたかったでしょう。人によっては、彼女がぼくを恨んでいたと考えますから。その一方では認知症発症の演出を怠りなかった。万一憎しみが堰を切ったらなにをしでかすかわからない女。そう思わせたかった……」

「演出って、じゃあ仲江さんのいくつかのミスも、犯人の計画だったの？」

「もちろんです」

「だけど破ったはずの暦が、ちゃんとのこっていたんでしょう？　だったらそれ、仲江さんのカン違いでは？　本当に破ったのなら、日めくりがのこっているわけないもの」

「それがのこっていたらどうします？　六年がかりの犯人の計画です。仲江さんが買ったおなじ日めくりを、佐夜歌も予《あらかじ》め買っておけばいい」

「あ……彼女の目を盗んで掛け替えたのか。頼んだはずのタクシーがこなかったのも？」

「佐夜歌が直後に取り消しただけのことです」

「仲江さんが転んだのも」

「カートが原因だったんでしょう。車輪に細工しておけばすむ」

「範彦氏の作品を黙って持ち去って、なんの挨拶もなかったけど、それについては？」

「彼女のことです。きっと嫁に頼んでいたと思うんです。勘当《かんどう》した息子の原稿を持ち帰って読んだなんていいにくいから、佐夜歌に弁解させてもふしぎはない。ところが下心のある嫁は、キリコやお義姉さんにむかって、一切口を閉ざしていた……」

　ああそうか。それならお産婆さんが素知らぬ顔でいたのも、理解できる。合点しながら智佐子はさらに念を押した。

「公園で財布を盗まれた騒ぎもあったわね」

「そのときのホームレスは、光昌が扮したのだと推測します。財布を抜いたのは光昌、『やすらぎの巣』の門前に落としたのは佐夜歌でしょう」

美祢を見た薩次がいった。

「この町にホームレスはいないはずなのに……きみ、そういったんだって？　鋭いよ」

美祢はにこりとした。あれ以来少女は少しずつだが感情を表に出しはじめたようで、薩次をホッとさせている。

「最終的な犯人の目的は、伸江さんが認知症により著しく判断能力を失っていると、周囲に思わせ、彼女から財産管理の実権を奪うことにあった……その一環として、キリコとおなかの子を見捨てさせようという計画でした」

ポテトもさすがに憤怒の色を抑えかねたが、すぐ平常心にもどっている。

「……ここまでのところは、よろしいですか義兄さん」

克郎は腕組みしたきりだ。

「説明の順序が違ってるぞ……あのふたりに容疑を絞った契機がわからんのでね。キリコから電話の報告をもらっただけで、北京にいたきみが鷹取の事件を解明するなんて。俺の義弟は神のごとき名探偵か？」

「とんでもない！」

ポテトは真顔で手をふった。

「『戯作の殺人』の前後編をキリコが読んだ——そう聞かされてオヤと首をかしげただけです

よ」

「ふうん？」

「そのとき、ふっと思いました。鵜飼範彦氏はもういないんじゃないか……その名を名乗る人物がいたとすれば偽物ではないか」

「ど、どうしてそんなことがわかる」

「この家に原稿を届けさせた者は、小説が前後編で完結している。そう思ったようです。もちろん本物の範彦氏なら、そうじゃないことを知っています。『戯作の殺人』は、前編と後編の間に中編があってワンセットなんだから」

3

「なんだと」克郎がいい、智佐子もいった。

「だからキリコさん、あれではおかしいってぼやいていたんだわ！」

あのときふたりはこうもいった。

「騙されたって、私はどう騙されたんだろう」

「麻寺　某《なにがし》さんの意図がよくわからない」

わからないはずだ、間にある中編を飛ばしてふたりは読んだのだから。

「偽物の範彦はその存在を知らなかった。妻の佐夜歌も『ざ・みすてり』新人賞に落ちた時点で、夫の作品に興味を示さなくなっていた。だから範彦さんが自作を前・中・後編に割って書き直したことにも無関心でした」

「しかし範彦氏が中編を含めて書いたことを知る薩次くんには、即座にわかったわけだ……鵜飼夫妻が怪しい、と」

「ウソ」

美袮がボソリといった。

「そんなのがあるなら、先に教えておいてください」

「え?」

うつむいて抗議する少女を、薩次が覗きこんだ。

「アンフェアです……」

「ごめん、ごめん。でもあの前後編を通読すれば、中が抜けているとわかるんじゃないか? 実際にキリコもヘンだと考えていたし」

「作品内の食い違いが作者のミスと思いこまされてしまえば、無理です。推理はそれ以上前進できません」

少女をミステリファンと知らない克郎は、驚き顔を隠せない。薩次は頭を下げた。

「失敬、失敬。きみはクイーンや有栖川《ありすがわ》さんのファンなんだ」

「有栖川先生が少女探偵のシリーズをはじめたでしょう、私大好き」

彼女に稀な口数の多さだったが、目を丸くしている克郎に気がついて舌鋒《ぜっぽう》を収めた。

「すみません……先をどうぞ」

苦笑した薩次が、またしゃべりはじめた。

「不親切ではあるけれど、とにかくこれで、やっと最初の智佐子さんの疑問に答えられたわけですね。キリコから話を聞くほどに、鵜飼範彦氏の身辺には火災の事故以上に、大きな異変があったと思われてきた……その一方で小袋さんの事件が起きました。現場の状況から犯人はカメラの映像消去を狙ったとする仮説をたててみました。小袋さんとデジカメと聞けば、原稿をユーちゃんに預けたときのシーンが思い浮かびます。カメラには誰が写っていたのだろう？　それが動機で殺されたのなら、彼女が発信したダイイングメッセージこそ重要ですね」

「やはり」美祢がつぶやくと、智佐子が椅子ごとガタガタと前進した。

「お札を見せびらかしていたアレね？　どういうことだったの、ポテトさん」

「お札はお札ですが、彼女が摑んでいたのはエンではなく、ドルでした。それでぼくは、ドールの駄洒落ではないかと推測しました」

「あっ」美祢が叫んだ。

「お茶の用意をしてて聞きました。小袋さんはあいつのあだ名を、英語で呼んでからかってたって」

「ドール……人形か？」

「饗庭光昌、人形みたいなイケメンだった……」

「その前後は、キリコがきっちり覚えていてくれました」

ちょっと笑った。

「スーパーの便利なところです。……小袋さんで交差するふたつの流れから、彼女が祭礼で会ったのは光昌で、『戯作の殺人』の原稿をユーちゃんに渡したことと併せて、その事実が明るみに出れば彼の命取りになると理解しました」

「すると俺が、演劇人のパーティで顔を見た佐夜歌の男というのが……」

克郎の回想を、薩次がフォローした。

「素顔の光昌だったと思います。替え玉生活に飽いたか、六年間でほとぼりが冷めたと甘く見たか」

「スーパーちゃんや私が『ホーク・イン』で会ったときは、あれメイクしていたのね？」

「そうでしょう。薄暗いコーヒーショップだったそうですね。変身を誤魔化すにはもってこいでした」

「でも、ちらと顔を見せたわよ。額の生え際とか片頬の火傷跡なんて、作り物だなんてまるでわからなかった」

「キリコにもタレント時代がありましたからね。あれがメイクとしたら凄いって……それを聞いたので、ぼくはすぐフェリアシティに電話しました」

「フェリア！」美祢らしくない素っ頓狂《すっとんきょう》な声だ。この年ごろの女の子としては、むしろ当たり前なのだが。

薩次はニコニコしている。

「そうだよ、羽根田先生が住んでいたフェリア市だ。そこに三津木新哉《みつきしんや》という特殊メイクのアーティストがいてね」

「特殊メイク……ですか?」

「うん。本人は役者でもあるんだが、ホラーやミステリ、SFの映像に必要なおどろおどろしいメイキャップを開発してる」

「あの人ね!」

智佐子も顔くらいは知っていたようで、克郎としきりに情報を交換している。

「ポテトさんたちの結婚式に出席していたわ。亡くなったユーカリっておばあちゃんのお孫さんとカップルで」

「日本よりアメリカの方がニーズがあるといって、夫婦で渡米したんだ。彼が創り出した人肌そっくりのメイクは、シンヤカラーと呼ばれているそうだ」

意気ごんで美祢が尋ねる。

「羽根田先生もご承知の方でしょうか」

「おなじ日本人同士だからね、交流があるそうだ。それどころか偽範彦のメイクは、三津木さんの制作だった。大劇魔団の関係で佐夜歌は彼と交流があったから」

「あら!」

驚いた智佐子のお尻の下で椅子が鳴り、

「地球も狭くなったなあ」

克郎がオーバーに嘆息したとき、玄関のチャイムが鳴った。

「はあい」

腰を浮かした美祢の耳に、インターフォンからややカン高い男の声が伝わってきた。

「お約束していた羽根田ですが」

「きゃ。羽根田先生！」

ミステリファンが一転してミーハーになった美祢に、克郎がまた面食らっている。

いそいそと玄関に迎えに出た少女が、羽根田を案内してきた。そのついでに、寝室を覗いて報告する。

「キリコさんも赤ちゃんも、よく眠ってます」

羽根田が形のいい髭をゆらした。

「それはそれは。……ではスーパーさんとはのちほどということで」

初対面の薩次に挨拶する。といってもフェリア市の三津木新哉に紹介されて、電話による自己紹介は終わっているそうだ。

「羽根田先生からも確認をいただいています」

薩次が口を切った。

「偽範彦の火傷がシンヤカラーだということを」

「ええっ……それ、いつのことですか」

また智佐子の椅子が鳴ったので、亭主がたしなめた。

「あんたが調子に乗ると、鳴り物入りだな」

薩次が彼女の質問を引き取った。

「お義姉さんとキリコが、『ホーク・イン』で犯人たちと会ったときですよ」

「あの席に、先生がいらしたんですか！」

羽根田自身が説明した。

「私の投宿先もあそこでしたから。コーヒーショップに腰を据えていると、あなた方がおいでになった。やがて、洗面所からもどった範彦を騙《かた》る男の素顔を見ました。……いや、先方は承知していないでしょう。あの店の内装は不必要に鏡が多くて、思いがけぬ角度から思いがけぬ相手を見ることができる。あれは確かにシンヤカラーの色艶でした」

断言するのは、オフ・ブロードウェイの名匠であった。

「私はフェリアの小舞台にゾンビものをかけたことがある。三津木さんにはたいそう世話になった。ですから熟知しているつもりですよ」

「存じませんでした……お客さんがひとりいたことは知っていますが、あまりお静かだったので」

「いや、それは……」

弁解しようとした羽根田を、薩次がにこやかに遮《さえぎ》った。

「もしかしたら、会話の中に範彦さんの名が出たからではないですか」

こない様子だ。

「え……」羽根田は改めてポテトを見た。

「それで私が、聞き耳をたてたとでも？」

「先生ならむろん、その名にご関心があったはずだから」

薩次にしては珍しく、妙に気をひくような言葉遣いだ。それに対する羽根田も、意味ありげな微笑を絶やさない。そんなふたりを美祢は不安げに見比べるが、可能夫妻はさっぱりピンとこない様子だ。

やおら羽根田が口を切った。

「……どういうことでしょうかな。お聞かせいただけませんか」

「ええ。残念ながらぼくはその場にいませんでしたが、キリコは気がついたようです」

「と仰ると」

「偽範彦、つまり饗庭光昌が必要でもない杖を突いて、トイレからもどってきたとき。もうひとつの杖の音を、キリコは耳にしたそうです。その杖の主はコーヒーショップへ下りる階段に足をかけたところで、急いで引き返しました」

「ほう……」

羽根田の微笑が深まった。

「スーパーさんでしたか。さすがよく見て……いや聞いておいでだ」

「一度ですが、鷹取神社でお会いしていますからね。松葉杖をお使いの蔀さんに」

ああ、というように智佐子が顔をあげ、美祢もその名に反応した。

「たどたどしい偽範彦の杖と違って、とてもリズミカルに――まるで自分の体の一部みたいに使いこなしていた。キリコが抱いた印象はまだあります。迷いのない杖の音は、彼女がはじめてこのホテルにきたのではないこと。コーヒーショップに下りようとして杖をとめたのは、なにかの合図をもらったのではないか。あの座席の角度からいって、合図できたのは柱の陰にいた客ではなかったか……」

「なるほど。杖の音だけでキリコさんはそこまでお考えになった。柱の陰にいた私が、杖の主である乃々瀬に下りるなと合図した？」

羽根田がいい、美祢は大きく目を見開いている。

(羽根田先生が、蔀さんを名前で呼んだ)

少女の直観力を薩次も予測していたらしい。どう思う？　というように、笑顔をはっきりむけてきた。

克郎にも智佐子にも、美祢の変化が見えたはずだ。なにかいおうとした亭主を、賢妻が目で抑えた。

少女の顔が赤らみ、息が荒くなった。

羽根田は黙ったままである。

「私……ずっとわかりませんでした……」

かすれ声の美祢は、細い糸をたぐりよせるように真剣な言葉遣いだ。

「蔀乃々瀬さんが、今ごろになって鷹取へ帰っていらした理由です」

そう、大人同士の対立に巻きこまれ、あげくに左足の自由まで奪われた、暗い思い出の故郷鷹取へ。

「なぜあんな明るい、嬉しそうな顔ができるのか。……もしかすると蔀のおばさんは、四十六年前の中学生と違う大人になった。あのときの悲しさをリセットして、似ても似つかぬ大人になったのかなって。私、間違ってました。蔀さんは四十六年前も今も、ちっとも変わってなんかいない、おなじ女——女の子だったんです。凄いわ、本当に。蔀のおばさんも、鵜飼香住さんも——羽根田先生も！」

4

可能夫妻は声もなかった。

かさつく唇をなん度か嘗めて、克郎はつくづくと目の前の人物を見つめた。

オフ・ブロードウェイの俊英、羽根田監督の前身が、半世紀近い過去に神隠しにあった中学生の少女だと？

当の羽根田はさしたる変化も見せなかったが、一、二度まばたきを繰り返して、視線を美祢から薩次に移した。

「牧先生は、美祢くんになにかサジェッションを与えましたか」

「いえ、全然」

「そう……大したものだ」

羽根田は溜めていた息を吐ききった。

「三津木新哉さんの旧知とお聞きして、牧先生なら推測される。その証明も容易におできになる。そう覚悟していましたが、美祢くんまでとは」

克郎と智佐子は驚きの色を浮かべたきり、微動もできない。鷹取市が招いたこの高名な演劇のクリエーターが、少女の指摘をまったく否定しなかったからだ。

それどころか彼は、やっと肩の荷が下ろせるとばかり、これまでの自分の足跡を縷々《るる》語りはじめたのである。

「……私はすっかり嫌気がさしていました。少女歌舞伎の板を踏むのは嬉しかった。でもそれを大人たちの対立の道具にされるのは、やりきれなかった。むろんはじめから、そんな反抗的な気持ちだったわけではない。私はまだ十三歳の小娘だったのです。親や教師はもちろん、周囲の大人の指示を後生大事に守ってきた中学生でしかなかった。ただし私にとって乃々瀬は、あのころも今も特別な女の子でした……それは確かです。困ったことに彼女も私も、それなりに学校から優等生として遇されてきました。いいかえれば、大人の命令に素直に従う良い子でした……ああ、ありがとう」

控えめな動きで、美祢がお茶を注いだのだ。少しずつ厳しい顔になっていた羽根田が、気がついたようにまた頬を緩めた。

「だから私たちは、大人の意図を酌んでやりました。あれほど仲のよかったかすみンとノンノが、人前では対立するようになった……優等生として大人を喜ばせてあげよう。そう気をきかせたのですよ。五郎丸と馬銜《はみ》、ふたつの集落の代理戦争をやらされている私たちが、仲良く肩を並べてはおかしい。角突き合わせれば大人は喝采する……私たちは、子供なりに精一杯サービスしてあげたんです」

羽根田は本当においしそうに、お茶をすすった。ここがフェリアではなく鷹取だと、匂い立つ茶の香りで納得しているに違いない。

「……私と彼女だけになればもとの仲良しコンビにもどり、人目のあるところでは怒鳴り合う。すると周りがはやし立てる。なあんだ、この人たちはいつだって安全な見物席にいるだけだ。そう見切りました。教師やクラスメートまで私たちの掌《てのひら》で踊るのを見て——芝居をする面白さを知ったのかな、私は。だとすれば鷹取のみなさんは、演劇人としての私を、最初に育ててくれた恩人といえますね」

髭が揺れた。シニカルな巨匠の笑みであった。

「私たちの頭越しに大人の対立が深まり、破局寸前となりました。ある晩遅く、私の家に五郎丸の若者が集まり、乃々瀬を主役争いから蹴落とす相談をはじめました。厠《かわや》に立った私はそれを聞いてしまった」

薩次の目が美祢をとらえると、少女はまばたきもせず羽根田を見つめていた。

「男たちの魂胆は、小娘だった私にも透けて見えました。父と別れた母は、まだ十分な若さをのこしており、しかも鵜飼家は鷹取の名門です。集まった男は集落の次男や三男坊ばかりでした……母の機嫌を伺う絶好の機会だったのでしょうね。酔いどれどものダミ声に乃々瀬を汚された気がして、はらわたがねじくれるほどの怒りを覚えた私は、乃々瀬と父の日向丈吉に相談しました。父は渡米する前でした……」

薩次は黙々と耳をかたむけていた。

小袋宗子に神隠しの一件を聞いて間もなく、彼は結論に達していた。香住の奇妙な消失劇を合理的に解釈する方法は、ひとつしかない。

ライバルとして争っていた蔀乃々瀬は、それ以前に大の親友だったたではないか。深刻な対立に見せかけたのが、共謀による演技だったとすれば謎は簡単に解ける。予め香住のために乃々瀬が衣服を用意して、五郎丸杉に沿った崖の上で待ち合わせたのだ。

香住は男の子の遊びに長けていた。凧のアクセサリーに風弾《フータン》というものがある。日本でも中国でも蝶の形をしたものが多い。羽をひろげた風弾は凧糸を伝って上ってゆき、糸の途中のストッパーにたどり着くと、そこで羽を畳んで下りてくる。羽にブラジャーをひっかけた風弾に凧糸を上らせる。凧を操ることが巧みな少女は杉を越えて凧糸をのばし、樹冠の近くにストッパーを位置させた。ブラは自動的に樹冠に落ち、風弾は音もなく香住の手元に帰ってくる。凧を始末したあと、香住は乃々瀬の家に仮泊したはずだ。たまたまその夜の蔀家は、両親ともに留守だったたから。

前もって大山に、五郎丸杉にまつわる古文書を読ませていたのも、香住による巧妙な作戦であったと、薩次は思い当たったのだ。説明のつかない失踪を超自然現象と思わせたい――いささか子供じみた解釈が、大山という伝道師のおかげでポピュラーになり、あの伸江ですら真相を追う努力を緩めてしまった。

薩次は仮にも作家だから、想像の翼をひろげる力がある。この先は推理ではなく推測の域を出ないけれど、離婚した丈吉も彼なりに子供の将来を心配したに違いない。進歩的な医師であった日向丈吉だ。もし彼が、香住の悩みに気がついていたら？　香住自身も性の重荷に耐えかねていた――母の厳しい女子教育に忍耐の限度を覚えていたら？　とまで、薩次は考えていたのだ。

性別違和あるいは性別不合と呼ばれる状況である。

もしもポテトの空想が的中していたとすれば、香住の毎日は針の筵《むしろ》であったはずだ。反面、香住と乃々瀬の仲は女同士の友情を超え、確かな恋を予感させていたのではなかろうか。だが伸江が娘の願いを知り、性別適合手術に同意するとはとうてい思えない。平成の今でこそ国内でも埼玉や岡山など多くの大学病院で施術されているが、ことは半世紀近い昔の昭和の話なのだ。戦国以来の対立が罷《まか》り通るような町に住んだ少女が、ある日にわかに少年になる？

そんな変化を受容できる鷹取でも、伸江でもなかった。

だから香住は鷹取の自分を抹殺した上で、父を頼りに渡米した。

戸籍など解決すべき問題は多々あっても、香住には実の父親がついており、現地では信頼できる医師として評価されていた。時間と金をかけて父と子は、アメリカで新しい関係を構築することができたはずだ。

そして日本では神隠し伝説に装われた香住の失踪事件は、少女歌舞伎の記憶と共に、うつろっていったのである。

5

――というのが、薩次の組み立てた想像のあらましであった。羽根田と交流が深かった三津木新哉の話を聞き、自分の推測と事実の間にさほどの径庭がなかったとわかって、妄想力にいささか自信をつけたものだ。

この件でキリコと意見を交換する機会はなかったが、彼女も羽根田の出自に疑念を抱いていたようだ。

(羽根田先生は、落雷以前の五郎丸杉を見たことがあるのでは?)

彼が一瞬口を滑らせたのを、その耳で聞いていたからだ。

一方、牧夫妻の想像の及ぶところではなかったが、鷹取に残された乃々瀬の現実は厳しかった。左足の自由を失っても香住の秘密を口外しなかった彼女は、鷹取から旗を巻く父にしたがって関西へ転居した。

馬銜の住民にせよ学校関係者にせよ、誰も蔀家のその後に関心を持つ者はなかったから、アメリカ在住の香住にとって、恋人の行方を知る手段は限られたものになった。本人の存在を抹消し、手術が成功を収めるまでに費やした、長い時間も障害であった。フェリアの演劇塾に籍を置くようになって、改めて乃々瀬の足跡を追おうとした香住——羽根田の努力は、むなしく空転しつづけた。

諦めていた再会の機会は、オフ・ブロードウェイでの活躍のニュースがきっかけとなった。配信された彼の映像を神戸在住の乃々瀬が視聴したのだ。

ひとり暮らしになっていた彼女は、六甲《ろっこう》大学の学生食堂で働いていた。行動可能なテリトリーなら足のハンディキャップを感じさせず、学生たちに喜ばれる献立をつくることができた。六甲大に職を得た彼女は、学生に頼んで「ボストン」と「日系」「演劇」、みっつの単語で検索をかけてもらい、香住を捜していた。香住について乃々瀬が連想できる単語はその三種類しかない。ボストンは、香住の父丈吉が赴任したと聞く病院の所在地であり、香住が生涯を賭けると気負っていたのが演劇だったから。

学食のおばちゃんの恋人捜し、しかも以前は女性と見なされていたカレ！　好奇心と同情心半々ではあるが、六甲大学学生の間でそれは一種の伝統となって受け継がれた。乃々瀬が職を得たのは、二十一世紀にはいる直前である。十余年もの間、乃々瀬も入れ替わる学生たちも、倦まずたゆまず検索を励行した。検索エンジンもはじめヤフーの独占だったものが、グーグルの台頭によって効率とサービスは劇的に進化した。

もちろん香住の写真は用意していたが、歳月の経過と、現在の容姿が想像しにくいこともあり、膨大なヒット数の割に無意味な情報ばかり集まったけれど、それでも若干の収穫はあった。医系の学生がボストン所在の病院の医師名簿に、日向丈吉の名を発見してくれたのだ。とうに退職したあとのことだが、彼の最終的な転居先がフェリア市であることまで判明した。「ボストン」を「フェリア」に変更して、検索が再開された。

そしてついにひとりのカンのいい女子学生が、羽根田嘉明にたどり着いたのである。演出中の彼の映像に、若き日の鵜飼香住の面影を発見した彼女は、乃々瀬のおばちゃんに連絡して、動画のコピーを送り届けた。

若々しく動いて演出する羽根田をまのあたりにした乃々瀬は、黙って涙を流したという。四十余年の時間を超えて、彼女の直感はこの人が香住だと教えたのだ。

ひと言も美祢は口をきかなかったが、彼女には思いあたる節があったようだ。いつか牧夫妻が、五郎丸杉の古文書をみつけたのは香住ではないか……そう会話を交わしたとき。期せずしてふたりは、神隠しの真相の一端に気づいたに違いなかった。

「……そんな経緯があって、乃々瀬は鷹取にもどり、私も市長との約束で今ここにいるわけです」

羽根田が話を結ぶと、待ち構えたように智佐子が問いかけた。

「おふたりがご苦労なさったことは、よくわかりました。ではこれから、どうなさるおつもりですの」

「どう……と仰ると」

「舞台のことじゃありませんよ。それはもう、市長さんだって美祢ちゃんだって、全面的に羽根田先生におまかせしてるんだもの。でもその前に、先生にはするべきことがおありですわね」

「……」

羽根田嘉明は、口を結んだままだ。

智佐子はあえてだめ押しした。

「鵜飼伸江さんは、市営病院にはいっていらっしゃいますよ」

「額の傷はもうなんの心配もないそうです」

と、薩次もフォローした。

「しかし院長は、当分の間入院をすすめています。あの伸江さんが、顔も見せず枕を濡らしていると聞きました。とても『やすらぎの巣』にひとりでもどる気力はないだろうというのが、院長先生や奥さんの観測です」

「残されていた息子が、あんな悪党にすり替わっていたんだもの。いくら勘当したからって、みすみす騙されつづけた自分を決して許せないいんですよ、伸江さんという人は。私はまともな母親じゃなかったと、自分を責めぬいていると思うわ。羽根田先生、そんなお母さんをほうっておけますか？　たとえあなたが最悪の想像をなすっていても。あのお産婆さんが、こんな子を産んだ覚えはないと叫んでも。それでも鵜飼伸江さんは、あなたのお母さんなんですよ」

智佐子が押し出す言葉の端々に、彼女ならではの重みがある。いつかキリコがとても敵わないと思い知った義姉《ぎし》である。てらいも傲りもない素の人間性が、羽根田の心にゆっくりと染みてゆくことだろう。

男たちはなにもいわない。ただ彼女の言葉を胸のうちで反芻するだけだ。そう……結論はとっくに出ているのだから。

智佐子はふくよかな顔に笑みを漂わせた。

「今のお母さんに寄り添えるのは、あなただけですよ」

羽根田は深くうなだれていた。

誰にともなく、美祢がやわらかな語気で話しかけている。

「午前中、病院へお見舞いに行きました。おばさん、ポツンといったんです。原稿を読まされて、確かにこれは範彦が書いた……そう思ったって」

意味を汲み取れないみんなは、少女の次の言葉を待った。

「範彦はやはり香住の弟なんだね……姉が死んだと考えもしなかった……いつかきっと帰ってくる。あの子はそう思っていたんだねって」

薩次も克郎もまだ呑みこめない表情だったから、美祢はじれったそうだ。

「廃屋の庇の下に、菊太郎の衣装が並べてあった、あの場面です」

「……そうか」

薩次が唸った。

「はじめて読んだとき、ぼくはまだ五郎丸杉の話を知らなかった。だがそうだ、そっくりなんだね。香住さんの失踪のときの状況と!」

一度は『戯作』の登場人物たちも、菊太郎が死んだものと思いこみ——しかし後編では、山田浅右衛門の粘り強い捜索で、少年の無事な姿が発見されたのだ。

「だから仲江さんは、範彦さんはあの場面を書きながら、お姉さんの無事を信じていた……それがわかったんだな」

さらに智佐子がいった。

「仲江さんだって信じていたんだわ、香住は必ず生きてるって。たとえ誰ひとり信じなくても、私と範彦だけは香住の帰りを待っている……」

そこで克郎が、いささか興ざめな感想をつけくわえた。

「だから仲江さんは、範彦くんを許してもいい……そんな気持ちに傾いた。そういうことかよ。ミステリの善し悪しなんて、はじめっから彼女の眼中になかったんだな。いや、失礼なことをいっちまった」

謝られた薩次は、まったくこだわっていない。

「それでいいんです。ホームズが神の叡知《えいち》を示しても、クイーンが天外の論理を積み上げても、ミステリに無縁なおばさんには関係ないでしょう。でも親子の絆の強さなら、おばさんほど肌で知っている人はいないんじゃないか、ぼくはそう思います。羽根田先生」

薩次の視線を受け止めた羽根田は、やわらかな笑顔のむこう側で、強い決意を固めたようだ。

「ありがとう、牧先生。みなさん。母が茫然とするか、泣くか、怒るか。すべてを覚悟の上で帰国したのに、だらしなく足踏みしてしまいました。……今すぐ病院に参ります」

　立とうとした羽根田に、美祢がそっと呼びかけた。

「先生」

「なんだね」

「病室から出ようとしたとき、いれ違いにお見舞いにいらしたんです」

「誰が」

「蔀乃々瀬さんが」

「えっ」

「とても緊張していらして、大切な用件みたいで……どんなおつもりだったか、私にはわかりませんでした」

「そうか」羽根田の目が宙に据えられた。

「私に話せばとめられると思ったのか。あれはたぶん、私の背中を押したかったのでしょうな」

　アメリカ劇壇きっての俊英が、泣き笑いの表情になった。

「臆病者でした、私は」

　低いつぶやきを残して羽根田は立ち上がった。

6

羽根田が市営病院に去るとすぐ、キリコが大あくびしながら現れた。マタニティと別れた彼女は、一段と女っぷりが上がったように思えて、亭主はひとりでそっと顔を赤くした。ジュニアはまだおやすみのようだ。

「いやー、よく寝たよく寝た寝る子は育つ寝る親も育つ」

「お前はもう育たなくてよろしい」

愚兄にぴしゃりとやられたが、賢妹は屁でもない。

「羽根田先生の話、聞いてたよ」

「そうか。後はあのおばさんがどんな反応を示すかだな……」

克郎の表情は重いが、キリコは意外なほどカラリとした調子で、

「仲江さん、少しは想像していたのかもね。美袮ちゃんとツーショットの写真を見たときに」

「ああ」薩次がうなずいた。

「丈吉に似ているといった」

「そう。理屈抜きで、羽根田先生と自分の血のつながりを感じとったかも」

「まさかね。といいたいが」

克郎が智佐子を振り向いた。

「母親のカンて奴か?」

「当たり前ですよ」

軽く同意してみせる賢妻を、ため息まじりに亭主は受け止めた。

「おなかを痛めたことのない男にわかるもんか! 子供のことで夫婦喧嘩したときの、お前の台詞《せりふ》だ。俺は一言もなかったよ」

「おばさんには、別な疑問もあったはずです……」

と、薩次も言い添える。

「蔀乃々瀬さんが、なぜ今ごろになって鷹取へ帰ったか。小袋さんがその理由を知ろうとしなかったのは、本人に後ろめたさがあったからだろうけど、ぼくらは割り切れませんでした。美祢ちゃんが口にした通りです。おなじ疑いを伸江さんが抱かなかったはずはないんだ。そうすれば……」

「男はすぐ理詰めでくるのよね」

苦笑したキリコが、身軽く立ち上がった。お茶をいれようとした美祢に、

「いい、いい。私がやる。体重も体形ももどってきたもんね。蒲生のおっさんが持参した『マリエ』特製のクッキー、あれみんなで戴きましょうよ。美祢ちゃんも、いいから座って座って。えっとオ、今夜のメニューは決まってたっけ、お義姉さん。たまには外からお寿司でもとろうか。ポテトどう?」

「まかせるよ」

薩次がいい、克郎がぼやいた。

「お前ひとりが目を覚ますと、三人分騒がしくなるな」

「あ……ぐずってるわよ」

智佐子がひょいと立って、寝室にむかった。ドアを開けると同時に、赤ん坊の泣き声がボリユームを倍増したので、急いで駆けこんでゆく。

「泣くのも仕事のうちだからね。おなかが空いたのかな」

クッキーを諦めたキリコも、寝室に姿を消した。入れ替わりに顔を出した智佐子が、克郎を見て釘を刺す。

「スーパーちゃんは母乳なのよ」

「わかってる……」

克郎が肩をすくめた。

「妹のチチなんか見て萌えるかよ」

口走った視線の先に美祢がいたので、「夕刊サン」のデスクは恐縮した。

「卑猥《ひわい》だったかい」

「いえ」

かすかに笑って缶入りのクッキーを小皿に分けはじめた。話題を変えるつもりか、薩次相手に克郎が脈絡のない話を持ちだした。

「えっと。『戯作の殺人』だが、中編はポテトくんが持ってるんだな」

「書庫にあります。むろん義兄さんや美祢ちゃんにも読んでもらうつもりですが」

寝室から流れる嬰児の泣き声は、まったく聞こえなくなった。はじめこそぎこちなかったスーパーの授乳テクも、今はすっかり安定しているので、父親は気が楽だ。

「ろくにまだ見えてないのに乳首にピタッと吸いつくんだなあ」

当たり前のことに感心していたら、智佐子に冷やかされた。

「ポテトさんの焼き餅?」

「え……いや、赤んぼのころからぶきっちょなぼくは、空振りしてたんじゃないかと」

照れて顔を撫で回したのが昨日のことだ。

「……キリコさんはまだ読んでないんですか?」

紅茶とクッキーを運んできた美祢が質問しているのにやっと気付いた。

「え……ああ、『戯作』の中編のことだね。もう少し落ち着いてから読むといってた。ぼくもキリコの意見を聞きたいから、じっくりと読んでほしいんだ」

「ふうん?」

クッキーにありつきながら、克郎が首を回した。

「麻寺皐月……本来は『仮題・中学』をパクって辻真先を名乗りたかったかもな。あれはきみの注文に合わせて書き直したんじゃないのか」

「ええ。確かに修正してもらったんですが」

「歯切れがわるいな。ははん、だから羽根田先生がいる間、その話を避けていたのか。作者が故人ではそれ以上修正しろといえないしな」

「ちょっと違うんです。ミステリとしては出来上がってるのに、どういう形で世に出したらいいか、ぼくも考えが決まらない」

克郎が顔を寄せてきた。

「よくわからんが」

「えっとですね」

当の薩次も説明に困っている。

「ぜひ文英社から上梓してあげたいんですよ。ところがそれには」

「そうか。前中後編ひっくるめて一二〇枚程度のボリュームだろう。一冊にするには量が足りない」

「それもあるんですが、それよりミステリとしてですね」

なにかいおうとしたがうまく説明できない様子だ。口をとめてカップのレモンを取り出そうとしたら、電話が鳴った。

「はい、出ます」

飛びついた美祢が高い声をあげた。

「蔀のおばさん！　あの、待ってください。牧先生に代わります」

「おっとと」

レモンを床に落とした薩次が、受話器をとった。流れてきたのは乃々瀬の静かな声だ。

「羽根田に代わって、ご報告したいと思いまして」

「はっ、はい」

薩次のかすかな緊張が、のこるふたりにも伝わって、クッキーを齧りながら、克郎がのそのそと近づいてきた。

「羽根田先生に代わってと仰ると」

「せっかくの親子対面ですもの……」

乃々瀬の深い安堵の吐息が、薩次の耳にやさしく届いた。

「ゆっくりとふたりだけにしてあげたくて。でもみなさんも待っておいででしょうから、ご報告までに」

「あ……そういうことですか」

緊張を緩ませた薩次の声が、大きく弾んだ。

「じゃあ伸江さんは、羽根田先生をちゃんと受け止めてあげたんだ！」

「ありがとうございました」

つつましい口調ながら彼女の心からの謝辞であった。

「みなさんにお声をかけていただいたおかげで、あの人も踏み切れたといっておりますの。伸江さんも早い時期から、羽根田の上にあのころの香住を重ねていたようですし」

「よかった！」

薩次は無邪気に声を張り上げている。

「それはきっと蔀さんが、おばさんにきちんと説明してあげたからですよ。別れていた四十六年間は長かった。長すぎました！」

「いいえ」

電話の声はやさしく薩次を遮った。

「私もそう思っておりました。それなのにあの人と伸江さんは、その四十六年を一足飛びに超えたようですわ」


その夜の食事の席で、薩次はキリコに語ってやった。

「病室に羽根田先生が顔を見せると、伸江さんはひと言だけいって迎えた。

『お帰り』

……後は黙ったまま、羽根田先生の手をとったそうだ」

第十三章　江戸を読む　中編

玖（承前）

火消し衆　火事は消さいで肝を消す

　そんな落首があったのは、享保のはじめだそうですが、まったく江戸という町と火事は切っても切れない悪縁の仲でした。享保元年につづいてその翌年も毎月どこかで大火事があり、一年を通して算盤《そろばん》をはじけば、呆れたことに江戸が丸焼けになったのとおなじ被害を生じたとか。享保改元後のたった二年で、江戸がふたつ分焼けた勘定になりますから、吉宗公も越前さまも見てはいられなかったでしょう。

　困ったことにこの時代、人口の多さに比べてお役人の数が絶対的に不足していました。江戸の人口調査は享保年間はじめて行われ、およそ五十万とわかっております。もっともこれは町方の人口だけで、武家屋敷や寺町の頭数ははいっておりません。だいたいの目安は庶民とほぼ同数でしたから、享保の江戸はすでに当時世界最大の人口を抱えていたのです。

その巨大都市江戸の市政を担当するお役人、つまり町奉行所の配下の総数といえばたった二百九十人。武家関係はべつとしても五十万にあまる町方の、一般行政から警察、裁判にいたるまでこなしていたのですから、与力だの同心だのお役人の忙しさは想像を絶したことでしょう。

その超多忙な面々を五人まで引き連れてきたのは、いかに清之進が仲間から敬愛されていたかの証左ですが、いざ火の手があがってみれば、これはもう八丁堀は大童のはず。一目散に駆け戻るほかありますまい。

後にのこった浅右衛門が、このとき深い吐息をつきました。

「どうにか引き返したか……」

その言葉尻が、まるで底無し井戸に吸いこまれるような暗い重さを感じさせて、猫蔵と庄吉はつい顔を見合わせてしまいました。同心六人をむこうに回して一歩もひかぬ剣気であった首斬り浅右衛門の、なんという変貌。

「あの……山田さま」

おそるおそる猫蔵が声をかけると、浅右衛門はありありと顔を歪ませました。笑ったと見せようとしたのに努力むなしく泣き顔になった。そんな風に受け取った男ふたりは、はっと胸を衝かれました。

臼井の若造に負けず、このお侍も菊太郎贔屓《びいき》だったこと人後に落ちません。たとえ肉の関わりは求めずとも、美少年の存在は心の支えであった……そんな浅右衛門さまが、ここまでの悲しみを味わっておいでなのは、もしや。

「もしや山田さまは、菊太郎さんの最期をその目でごらんになったのでは」

「その目で見た、だと？」

浅右衛門はぐいと男ふたりを睨《ね》めつけました。岩のような面貌に溢れる悲哀の色。

「目で見たどころか、俺は俺の刀で菊太郎の首を打ち落とした」

「ひえっ」

意味がわかりません。腑抜けのように立ちすくむ猫蔵と庄吉の耳に、浅右衛門の声は遠雷の轟《とどろ》きでありました。地べたを這うように低いが、いつまでたっても鼓膜から離れないであろうその内容は。

「首を落としただけではない。俺はあの子の両手両足を寸断した」

「な……な……なにを仰るんです」

震え声で抗議する猫の字を無視して、浅右衛門はつづけます。

「その度に俺は思ったぞ。自分の手足を切った方が遙かに楽だ、とな。それでも俺は切るほかなかった。さもなきゃあ、首は手桶にはいらなかった。体は前後の水樽に収まらなかった……」

男たちは浅右衛門の気がふれたかと思いました。その一方では、菊之輔が手にした桶と好童が担いだ樽を覚えてもいます。

（ああ、だから人目につくことなしに、菊太郎さんひとりを消すことができたんだ……）

奇怪な納得をさせられてしまいました。

ふたりが人食い堀に駆けつけたときの血なまぐささ。一刀を抜き払ったまま、降りしきる雨を顔に受けている浅右衛門の鬼気。

あれは涙と血を、沛然《はいぜん》たる雨に流そうとした姿であったのかと。

しかし……しかし。

なんだってあの菊太郎さんが、浅右衛門さまに首打たれねばならないんだ？

あんな可愛い男の子が、なぜ手足バラバラにされてまで、この世から姿を消す必要があったのでしょう。

「不憫よなあ」

ふたたび軋《きし》りだす人斬りの声。

「俺は生まれてはじめて、なんの罪咎《つみとが》もない者の命を絶った……ふ」

笑うとも嘆くともつかぬ息を漏らして、

「そうか。罪というならあの子の罪であったな……女だった、という、ただその一事が」

驚愕——とだけの言葉で、片づけられないものがありました。

女だったのか。

はじめて菊太郎の容姿に接したときの衝撃が、稲妻のように猫の字の胸をよぎります。

あまりに美しい……美しすぎる……思わず呻いた己の心の内には、本当に男か？　女ではないのか？　当代の名女形《おんながた》を幾人となく見てきた猫蔵ですら、そんな疑問が湧いたことを認めねばなりません。

隣に立ち尽くす庄の字が、呻きました。

「ああ、だから首を刎《は》ねなくてはならなかったんだ」

おなじ哀しい理解に、猫の字も達しておりました。

女が歌舞伎の舞台に立った！

椿事が幕府に聞こえたら最後です。愚民をくすぐる天下の悪所、百害あって一利なきにゅーめでぃあ、歌舞伎の弾圧に余念のなかった権力者たちです。女が舞台に立った事実を奇貨として、中村座はお取りつぶし、菊之丞の召し捕り、ひいては歌舞伎をまるごとご禁制にすることさえ考えられました。

男髷《まげ》に結ってはいても、菊太郎の隠された胸は女を主張するでしょう。臼井清吾に手ごめにされれば無論ですが、投身自殺したところで事情に変わりありません。遺体が発見されれば芋蔓式に、女を男とあざむいて舞台に上げた関係者一同が、土壇場に立つのは火を見るより明らかでありました。

だから菊太郎は、首と体をべつべつに処分されねばならなかった。舞台に上がった菊太郎は、もとより必死の覚悟を決めていたでしょう。菊太郎を女と知る浅右衛門も、おなじ覚悟であったはず。

「……立派な最期だったよ」

彼の声音はもはや乾ききっておりました。

「あれは私を、この人食い堀で待っていた。私に首打たれ五体バラバラとされるためにな。天が覆るほどの土砂降りを『天佑ですね、山田さま』……そういってのけたあの子は白い歯を見せた。橋に座って両手を合わせた。『それでも私は舞台に立ちたかったのです。嬉しかったと、父に伝えてくださいまし』

菊之輔が好童に連れられて姿を見せたときには、なにもかも終わっていた。あれの首を手桶に、体を水樽に収めることで、あれの五体を消すことにした……だがせめて、あの子の首だけは、舎利になっても」

えぐっ、人斬りの喉が鳴りました。

「いつかきっと、歌舞伎ゆかりの土に葬ってやる。あの子にそう約束した。俺の代で機会が得られなんだら、次の浅右衛門、また次の浅右衛門と申し送って、必ずや叶えよう、菩提を弔おう。美しく無残な首の前で、俺は誓ったのだよ」

男ふたりは声もなく、ただ思い浮かべておりました。しとど雨に濡れながら、人知れず遺体のかけらを運んでゆく菊太郎の父親たち――密室殺人の共犯者の、悲しみにうちひしがれた後ろ姿を。

第十四章　江戸を読む　後編

零

遠い火の手にむかって駈け去っていく同心たちの後ろ姿を見送りながら、

（ちと残念……というべきか）

五世山田浅右衛門吉睦《よしむつ》は、ほろ苦く笑いました。笑みの理由は猫造《ねこぞう》も庄七《しょうしち》も知りません。ついい今まで臼井の手勢をむこうに回して、頑強な構えを見せていた彼です。猫の字にせよ庄の字にせよ、音に聞く首斬り剣法の手練《てだれ》に期待を寄せたことでしょうが、安永《あんえい》から文政《ぶんせい》にかけて――三代目瀬川菊之丞の全盛期――の泰平つづき。人斬り浅右衛門といえども、お役目以外に剣を揮《ふる》う機会とてありません。

（さて、戦った方がよかったか、戦いを避けられて安堵の息をつくべきか。あるいは同心どもの腕がなまって、首尾よく人斬り剣法の冴えを見せつけることができたか、俺にもわからんなあ）

皮肉な思いに頬を撫でるばかりでした。

初代菊之丞の舞台にただ一日立ったきり、杳《よう》として行方をくらました伝説の美童の再来として、二代目菊太郎を名乗る絶世の美少年。彼に懸想した八丁堀の同心と、五十年足らずのうちに繰り返されたいみてーしょんどらまは、定番の江戸大火によって、最後まで鮮やかに縁取られてしまいました。

だからといって、菊太郎が労咳《ろうがい》の身を儚《はかな》んで死んだとする強弁まで、おなじであっていいかどうか。実は猫の字も庄の字も、浅右衛門が同心を説得する言葉を聞いて、意外な感を抱いておりました。

確かに菊太郎は風にも耐えぬ弱々しげな姿であったけれど、目力といい声の張りといい、内なる心の逞《たくま》しさは想像を超えている。そう考えていたからです。

そんな菊太郎が病のため気力を失って入水した？　浅右衛門が断言したからには、それなりの重みはあるのでしょうが……。

ごおおお。

またひとしきり風が天空をかけ抜けてゆきました。

（後編　壱につづく）

第十五章　誕生七日目

1

「……というわけだ」

「というわけね」

熟読したキリコが、原稿をテーブルの上にもどして、ギイとロッキングチェアを鳴らした。

はじめての姪誕生に安堵した可能夫妻は、三日前に東京へ帰っている。克郎の上司「夕刊サン」の田丸《たまる》取締役から、非常呼集がかかったのだ。

「葉月麻子《はづきあさこ》のインタビュー、頼むで」

「えと。誰でしたっけ」

「ユノキプロ出身のもとイベントキャスターでな。失恋歴豊富のタレントなんや、すぐ会ってくれ！」

のんびりした鷹取の空気をかき回す。東銀座が本拠の癖になぜか関西弁の上司なのだ。ぶつくさいいながら、可能夫妻はあわただしく帰っていった。

日照に恵まれた今日は、美祢も下校してから買い物に出かけている。ジュニアはお昼寝中だったから、スーパーとポテトふたりきり、晩秋の平和な昼下がりを迎えていた。ガラス越しの陽光が、リビングとダイニングを心地よく暖めている。

ようやく腰を落ち着けて読んだ鵜飼範彦——麻寺皐月——辻真先の作品を前に、キリコは思案に暮れている。

気の長い薩次さえ待ちきれなくなった。

「どう、感想は」

「まあいいんじゃない。……だけど」

「だけど?」

「このままでは一冊にできない。それは確かだよね。分量が足りないもの。でもまあ、それは造本次第として……」

「まだあるのか?」

「あるよ。この三編を、どういう順序で読者に読ませるのか」

キリコのつっこみは、薩次も予想していたに違いない。

「それなんだよなあ……」

愛妻が言おうとすることはわかる。

三つに分割され、前・後・中編という変則的な形で提供されているのだ、前編の密室殺人の解決を棚上げして、後編でいったんそれらしいものを見せておき——改めて真・解決編を読ませるというアイデアは理解できるが、時系列に沿って正しい順序で読んだ読者には、相似形の事件がふたつ連結しただけという、まるで芸のない構成になってしまう。

「この作品だけ独立して読ませたのでは、作者が案出したアイデアが死んでしまうじゃん」

「だからどうすればいいと思う」

「うーん」

ロッキングチェアをまたギイと鳴らす。椅子の上であぐらをかいたスーパーが、ぼそりとつぶやいた。

「……埋めこむ」

「え」

「別な長編の中に、この『戯作の殺人』を交ぜるのよ。理屈をつけて誤魔化して、わざと順不同で読ませるの。そうすれば、人のいい読者は仮の解決でいったん騙される。でもうるさい読者は首を傾げる。そして最後に作者のミソを明かしてやる。メタミスならぬメタミソだ……なんちゃって」

「それはいいけど、具体的な展開の方法は?」

「栗羊羹《ようかん》ですよ、つまり」

「なんだ、そりゃ」

「羊羹の中に栗のかけらが埋まってるでしょ。端から切って食べてゆけば、一切れごとに栗がはいってる。でもかけらの順序までお客さまにはわからない。ACとまず食べさせて、その後でBのかけらを食べてもらう……そんな構成にしてはいかが」

「その羊羹にあたる原稿をどうするんだよ」

「へへへ」

笑ったスーパーが体を起こした。

「なにが可笑しい?」

「ずるいよ、ポテト。腹案がある癖に、私に考えさせようなんて。あっホラ、今ギクリって効果音が聞こえた。素直だからねえ、きみは。もろ顔に出るんだな」

薩次が苦笑した。

「参ったよ。実はおんなじことを考えてた」

「で? 羊羹パートの小説に当てがあるの。今となっては、範彦氏に書いてもらうことはできないんだから」

「うん。新谷局長や青ちゃんと相談の上だけど……きみの高年齢出産の話をぼくが書く。『誕生殺人事件』て奴を」

「はああ。それなら取材の必要がないか」

「全体のタイトルは範彦さんに敬意を表してキメラにする。『戯作・誕生殺人事件』はどうかな」

「そうするとリレー作でもなし連作でもなし、共作の名をいれるなら麻寺……」

「いや」

薩次がかぶりをふった。

「二重のアナグラムでは不親切すぎるよ。辻真先にもどしてはどうだ。故人だから遺作ってことになるが」

「そうだね。その名前なら第一作の『仮題・中学殺人事件』に登場させてるもんね。よし決まった。作者は牧薩次と、亡き辻真先の連名だ！」

2

「ただいま」

声につづいて、勝手口から美祢が顔を見せた。寒風に吹きさらされても、寒そうな顔ひとつしない。買い物の籠と紙袋を山のように抱えてはいってくる。自転車だから運動量たっぷりだが、電動アシストつきに買い換えたので、本町からの長い上り坂も苦にならなかったようだ。

「あっちでも、こっちでも、お誕生おめでとうって……牧先生、人気者なんですね」

「人気があるのは、私なの」

照れもせずに放言して、キリコが袋のひとつを受け取った。

「野菜ゴロゴロだね。カレーにするの」

「あ、いえ。ラタトゥイユにします。本当は夏野菜を使うんだけど、季節外れでごめんなさい。

キリコさんのワインには、サーモンのカルパッチョが合いますね」

「おお、気が利くシェフじゃ」

ご機嫌なママを呼び立てるように、寝室から泣き声があがった。

「お呼びでございますか、お姫さま。ただいま参上」

キリコがあたふたとドアの中に消えるとすぐ、ギターの音が流れてきた。すっかり耳に馴染《なじ》んだ『揺籃のうた』である。

野菜の水洗いをはじめながら、美祢が笑った。

「牧家のテーマソングですね」

「うん。ぼくだって歌えるから」

まるで条件反射だ。ギターの響きが耳にはいると、すぐ赤ん坊の泣き声はやんだ。キリコの母親らしく和やかな歌声が流れてくる。

「揺籃のうえに枇杷の実が揺れるよ……いけね、これ二番だった……ねんねこねんねこねんねこよ」

微笑した薩次も小声で口ずさむ。

「揺籃のつなを木ねずみが揺するよ……」

美祢が手伝ってくれるかと思ったが、そうはゆかなかった。カウンターのむこうから遠慮がちだが爽やかな口跡で、美祢の台詞《せりふ》が聞こえてきたからだ。

「……それから若衆《わかしゆ》の美人局《つつもたせ》、ここやかしこの寺島で、小耳に聞いた音羽屋の似ぬ声色で小ゆすりかたり、名さえゆかりの弁天小僧菊之助たァ俺のことさ」

　年明ければ鷹取少女歌舞伎の復活公演である。稽古にも熱がこもってきた。公募に応じた鷹取市民の間から、新機軸の観客参加に寄せる期待の声が大きいという。群衆演出にかかりきりの羽根田監督から、あとはきみにまかせると突っ放されて、時間さえあれば美祢は台詞と所作の工夫に没頭していた。

「がんばれよ」

　つぶやいた薩次が、このときやっと気がついた。

「あ……」

　ガラス戸に額をつけて中庭を覗く。ひと房だけだがキンモクセイの花を発見したのだ。ささやかなオレンジ色でも確かにそこに、新しい命の芽吹きを予告していた。

　そっと戸を開けると外気が芳香を運んでくる。肌に心地よい小春日和の一日であった。薩次はたっぷりとキンモクセイの香りを嗅いだ。

戯作・誕生殺人事件

牧 薩次
辻 真先

蛇足

寝室はむろん川の字だ。ハリウッドツインだから、万一にもベッドの間が空いては大変と、兄貴の克郎が力まかせに二台のベッドを連結してくれていた。

キリコが囁《ささや》く。

「今夜はお七夜よ。私の名前はまだないのかって、うるさいんだこの姫君」

もちろん薩次は、母娘の催促を予想していた。

「この子はぼくらの子供だけど、見方を変えれば読者みなさんの子供でもある……そうだろ」

「わかってるけど、まさか読者全員に名付け親になってもらうわけにはゆかないじゃん」

薩次は微笑した。

「そうでもないさ。読者みんながひとりずつ、これはと思う名をつけてくれればいい」

スーパーが呆れた。

「ンなことといったら、読者が千人いれば名前も千種類になるじゃない！」

「そうだよ。読者が五千人なら名前も五千」

「読者が百万なら……ムリムリ、そんなにいるわけないか。狸の皮算用はよして、その名前をどう処理するのよ。本人はひとりしかいないんだ」

「本人はひとりでも、読者のみなさんが買ってくれれば、一冊ごとにぼくらの子供が一人存在する。中には図書館で読むとか、新古書店で買う人もおいでだろうけど、そこまで面倒は見られない。新刊の読者限りという条件つきにして、最後の一ページに印刷しておくのさ」

「へえ?」

「牧ナントカちゃん、誕生おめでとう!……そのナントカの箇所に、自分が選んだ名前を書いて、署名してもらえばいい。それで読者のあなたは名付け親になれる。その名がついた赤ちゃんが誕生するまでの殺人事件——世界にただ一冊しかない、あなたのミ、ス、テ、リ、が、完結する!」

牧　　　ちゃん
お誕生おめでとう！
より
（どうぞあなたのお名前を記入してください）
完

註・なぜかまだ生きている辻真先の消息は、左記でおたしかめ下さい。

X（旧 Twitter） http://twitter.com/mtsujiji

『人間まがい』
作詞・作曲：山崎ハコ
JASRAC　出 2402856-401

解説

青崎有吾

二〇一二年十月、鮎川哲也賞贈呈式。名札をつけた出版関係者が行き来する会場の片隅に、私は立っていた。リクルートスーツの胸には受賞者を示す造花。当時二十一歳、若い書き手が現れたと話題になり、本人もどこか天狗になっている。やれやれ仕方ない、ナウでヤングな感性を持つこのボクが、本格ミステリにフレッシュな風を吹かせてやろうじゃないか。

名刺交換の列も途絶え退屈になってきたころ、一人の男が私に近づいてきた。奇妙な男であった。八十を過ぎようかという老紳士だが、柔和な顔にはどこか少年の面影がある。開口一番、彼は言った。

「野崎《のざき》まどは、読まれていますか」

「えっ」

野崎まどといえば今でこそアニメ脚本も手掛ける人気作家だが、当時の著作はメディアワークス文庫に限られ、その知名度も若い読者からのカルト的支持に留まっていた。そして私は

『［映］アムリタ』しか読んだことがなかった。

恐縮しつつ白状すると、老紳士は「最近読んでいるんですが、面白くてね」と笑い、『死なない生徒殺人事件』や『パーフェクトフレンド』をオススメしてくる。偉そうに講釈を打《ぶ》つのではなく友人に話しかけるような気さくさである。私は夢中でそれを聞いた。天狗の鼻はすっかり縮んでしまっていた。二十一歳の学生が、八十過ぎの男に野崎まどの良さを語られるという倒錯した状況。この人はいったい何者か？　私は彼の名札を確認し、アッと叫んだ。

そこには〈辻真先〉と書かれていた。

というわけで『戯作・誕生殺人事件』をお送りする。ミステリ作家として五十年以上、アニメ・特撮脚本家としてはさらに長いキャリアを持つ辻真先の代表作、〈ポテトとスーパー〉シリーズの完結編である。

じゃが芋のような風貌の朴訥《ぼくとつ》とした推理作家・牧薩次と、文武両道のスーパーウーマン・可能キリコ。辻真先の様々な作品に登場する名コンビだが、メインシリーズとしては『仮題・中学殺人事件』、『盗作・高校殺人事件』、『改訂・受験殺人事件』、『本格・結婚殺人事件』がある。いずれも創元推理文庫から新装版が刊行済みである。初登場時は中学生だったポテトとスーパーは、シリーズが進むに連れて成長し、（周囲をやきもきさせつつ）関係性を深め、『本格・結婚殺人事件』でめでたくゴールインする。

今作で描かれるのは、そこからさらに十数年後の物語だ。夫婦となった二人は関東西北部の町・鷹取市に転居し、キリコの両親から譲り受けた邸宅で暮らしている。彼らの親世代がすでに故人となっていることや、名コンビのアグレッシブさも落ち着きを見せているあたりに時の流れを感じる。事件となればタクシーに飛び乗り初対面の漫画家にまで話を聞きにいった、若かりし日のキリコたちはもういない。

しかし、平凡な生活もまた試練の連続だ。今回夫婦に訪れるのは、キリコの妊娠・出産という一大イベント。高年齢出産になるが、無事に生むことはできるのか――牧夫婦&シリーズ読者待望の、第一子〈誕生〉までの顚末《てんまつ》が描かれる。

今作の年代設定は二〇一二年だと思われる（理由は後述）。『改訂・受験殺人事件』新装版解説文における市川憂人氏の考察によれば、一九七一年の時点でキリコ達は中学二年生だったはず。計算すると、今作のキリコたちは五十代なかば……。高年齢出産としてのリアリティはきわどいところだが、作者もわきまえたもので、作中では二人の実年齢への言及が巧妙に避けられている。アガサ・クリスティー『カーテン』を彷彿とさせる、長寿シリーズならではの気配りだ。

脇道に逸れるが、『仮題・中学殺人事件』が発表された七二年当時、可能キリコというキャラクター像には類型が存在したのだろうか。男勝りで気風《きっぷ》のよい、スーパーヒーローのような少女。七〇年代前半に放送していたアニメ作品を俯瞰《ふかん》すると、キリコと似た魅力を持つキャラクターを二人見出すことができる。『デビルマン』の牧村美樹《まきむらみき》と、『キューティーハニー』の如月《きさらぎ》ハニー。いずれも永井豪《ながいごう》作品のヒロインだ。そしてこの二作、辻真先もアニメ制作にがっつり関わっている。ともすれば、可能キリコの造形は永井豪から影響を受けているのかもしれない。

今作ではテーマが出産ということもあり、そんなキリコをメインに物語が進む。彼女は自宅出産を選択。薩次だけでは広い家の家事が回らないということで、醍醐美祢という中学生が登場する。地元の神社の養女なのだが、なぜか養父と距離を置きたがっている様子。そこに町おこしイベント・女歌舞伎を巡るいざこざと、四十六年前の少女消失事件、助産師の息子が書いたという謎めいた原稿まで絡んできて……。いつになく複雑なストーリーラインが読者を翻弄するが、さすがは名コンビの魅力とベテランの筆致。キリコたちの生活を追うだけでも充分に楽しく、打たれる布石の奔流に、なんだなんだと溺れつつもページをめくり続けてしまう。

（以下、ネタバレを含みます）

四十年をまたいだシリーズ完結編となる今作では、過去と現在を紡ぐような構図が随所にちりばめられている。

まずは物語の核となる殺人事件。被害者の小袋は、事件前、薩次からちょっとした密室講義を受ける。襖と障子が主体の日本家屋では浴室くらいでしか密室を作れない、という趣旨のもので、高木《たかぎ》彬光《あきみつ》の『刺青《しせい》殺人事件』を念頭に置いたものだろう。純和風家屋が減った現代では、とても通用しない理屈だ。ところがミステリに疎《うと》い被害者は、それを鵜呑みにし、必然性のない〈浴室の密室〉を現代によみがえらせてしまう。その行動が犯人の偽装工作にも影響を及ぼし、スタンガンによるデジカメのデータ消去、という現代的トリックに結びつく。

作中作『戯作の殺人』も然《しか》り。江戸時代の人間消失事件を描く原稿と、四十六年前に実際に起きた事件がリンクし、歌舞伎の女形を巡る逆説的な真相が、現代社会のとある問題を浮き上がらせる。美祢は「アンフェア」と評しているが、作中作に秘密が隠されているのはこのシリーズの定番なので、注意深い読者であれば、完全看破とはいかずとも真相に手をかけるくらいは可能だろう。

作中には実在の小説やアニメのタイトルが次々登場するが、これらの年代も縦横無尽の振れ幅を見せる。『火の鳥』『アシュラ』『オバケのQ太郎』『サイボーグ009』といった名作から、『Q.E.D. 証明終了』『名探偵コナン』を経て、『氷菓』、『退出ゲーム』、ばらのまち福山ミステリー文学新人賞、さらにはスカイツリー、ツイッター、ノロウィルスといった刊行当時のトレンドを押さえたトピックまで登場。ちなみに一六〇ページの「まどマギ」とは、二〇一一年に放送され話題をさらった『魔法少女まどか☆マギカ』のこと。四一一ページで美祢が言及する有栖川有栖の「少女探偵のシリーズ」とは、『闇の喇叭』から始まる空閑純《そらしずじゅん》シリーズのことだ。光栄なことに拙作も登場する。台風接近のさなかに美祢が読む『体育館の殺人』がそれで、このあたりのタイトルから年代が特定できるわけである。「のめりこんだ」と書かれているが、果たしてお気に召す出来だっただろうか。

そんな多くの作品名に彩られた『戯作・誕生殺人事件』は、〈親と子〉に〈作者と作品〉を重ね合わせ、創作の苦労を描いた物語でもある。

作中で描かれる様々な〈親と子〉の関係性は、そのまま〈作者と作品〉のバリエーションとして読み替えることができる。一度は突き放し自分の手を離れたが、それでも憎みきれない子。世間体というフィルターによって将来を否定されてしまう子。望まぬままに孕まされた子と、親に残った大きな傷。そして、トラブルに次ぐトラブルの末にやっとのことで誕生する、愛しき我が子。

数多くの作品に関わり、数多くの〈子〉を生み出した辻真先がこれを書くことで、一種の回顧録のような趣が生じている。それぞれの親子の関係性に、著者はどの作品を重ねたのだろうか。

〈ポテトとスーパー〉のメインシリーズ四作は、いずれも〈小説〉という形式を活かしたトリックが用いられており、本作でも、新生児の名付けを読者に委ねるという小粋な結末が待っている。作品は、作者だけの所有物ではない。あなたのもとに届き、あなたに読まれることで、初めて完成するのだ――辻真先が繰り返し描いてきたものは、単なるメタ的趣向ではなく、独りよがりな〈子育て〉を嫌う一クリエイターの叫びだったのかもしれない。

かくして無事に〈誕生〉した本作。シリーズは完結し、辻真先もこれにて引退……とはならなかったのが、すごい。

辻真先はこれ以降も精力的に執筆し、コンスタントに新作を発表。二〇一九年には日本ミステリー文学大賞を受賞し、その後『たかが殺人じゃないか』（東京創元社刊）で『このミステリーがすごい！ 2021』第一位を獲得。九十二歳になる現在も、ツイッター（現X）に新作アニメの感想を次々と投下している。最高齢が現役かつ最強というのはバトル漫画の王道パターンだが、辻真先はそんなファンタジーを体現している。

どこまでもアニメ・漫画的な人生を送り続ける、傑人である。

本書は二〇一三年、小社より刊行された作品を文庫化したものです。

検印
廃止

著者紹介　1932年愛知県生まれ。名古屋大学卒業後、NHKを経て、テレビアニメの脚本家として活躍。72年『仮題・中学殺人事件』を刊行。82年『アリスの国の殺人』で第35回日本推理作家協会賞を、2009年に牧薩次名義で刊行した『完全恋愛』が第9回本格ミステリ大賞を受賞。19年に第23回日本ミステリー文学大賞を受賞。

戯作・誕生殺人事件

2024年5月17日　初版

著者　辻《つじ》　真《ま》先《さき》

発行所（株）東京創元社
代表者　渋谷健太郎

162-0814/東京都新宿区新小川町1-5
電話　03·3268·8231-営業部
03·3268·8204-編集部
URL　http://www.tsogen.co.jp
DTP　萩原印刷
暁印刷・本間製本

乱丁・落丁本は、ご面倒ですが小社までご送付ください。送料小社負担にてお取替えいたします。

ISBN978-4-488-40523-6　C0193

創元推理文庫

新装版〈ポテトとスーパー〉シリーズ③

REVISED EDITION: ENTRANCE EXAMINATION MURDER CASE

改訂・受験殺人事件

辻 真先

◆

大学受験直前の秋、牧薩次と可能キリコは残りの高校生活を謳歌していた。ところが十一月の学園祭の翌日、学校一の秀才が校舎から飛び降りてその遺体が消え失せ、発見は四時間後だった！　さらに十二月、クリスマス・パーティー会場での殺人が。二つの事件は、高校校歌に沿った見立てであると、薩次は気づく。「私が真犯人なのだ」というはしがきにはじまる、シリーズ第三弾。

四六判上製

〈昭和ミステリ〉シリーズ第三弾

SUCH A RIDICULOUS STORY! ◆Masaki Tsuji

馬鹿みたいな話！

昭和36年のミステリ

辻 真先

◆

昭和36年、中央放送協会（CHK）でプロデューサーとなった大杉日出夫の計らいで、ミュージカル仕立てのミステリ・ドラマの脚本を手がけることになった風早勝利。四苦八苦しながら完成させ、ようやく迎えた本番の日。さあフィナーレという最中に主演女優が殺害された。現場は衆人環視下の生放送中のスタジオ。風早と那珂一兵が、殺人事件の謎解きに挑む、長編ミステリ。